모던 러브

모던
러브

대니얼 존스 지음
정미나 옮김

예문사

사랑이란 확실성보다는 호기심에 가까운 것이다.
사랑이란 게 본디 배 밖으로 몸을 던져 거친 바다에 빠지는 일이지,
갑판에 안전하게 머무는 일은 아니다.

사랑,
깊이를 알 수 없는 바다

나는 〈뉴욕 타임스〉에서 '모던 러브 *Modern Love*'라는 개인 에세이 칼럼을 맡고 있다. 모르는 이들이 연애사의 고민을 미주알고주알 털어놓는 이 칼럼을 지난 구 년간 맡으면서 거의 이십사 시간 풀타임으로 근무했고, 그동안 대략 5만 건의 안타까운 연애사가 내 머릿속은 물론, 종종 내 가슴속까지 파고들었다.

밤낮을 가리지 않고 이메일로 들어오는 이런저런 사연들이 내 노트북에서 흘러넘치고 프린터에서 줄줄 새어나와 사무실과 집의 책상을 뒤덮는다. 사연들은 침대까지 나를 따라오고 휴가지까지 쫓아오는가 하면, 개와 산책할 때나 아들의 축구 시합을 구경하는 순간에도 아이폰으로 띠링띠링 들어온다. 이뿐만이 아니다. 칵테일파티나 공공행사 자리에서, 비행기, 열차, 자동차 안에서 직접 사연을 털어놓는 사람도 한둘이 아니다.

사람들은 내 직업을 알고 나면 하나같이 이런 말을 한다.

"완전히 연애 박사겠네요."

아니면 드라마 『섹스 앤 더 시티 *Sex and the City*』에서 사라 제시카 파커가 연기한 신문 섹스 칼럼니스트의 이름을 들먹이며 이렇게 말하기도 한다.

"그럼 남자 캐리 브래드쇼인 셈이네요?"

물론 나는 내가 지혜를 산처럼 쌓아두고 근엄하게 앉아 사랑에 아파하는 이들에게 현명한 조언을 베푸는 대단한 도사導師라고는 생각하지 않는다. 지난 몇 년 동안 내가 사랑에 절여질 만큼 완전히 통달했다고는 생각하지 않는다. 나에게 사랑에 대해 얼마나 배웠느냐고 묻는다면, 그것은 피클에게 식초에 대해 얼마나 배웠느냐고 묻는 격이다.

사랑은 참으로 복잡하다. 이해하기 어려운 좌절과 배신의 이런저런 이야기들이 넘치는 와중에도 용기와 너그러움을 보여주는, 역시 잘 이해되지 않는 이야기들이 있다. 저 높은 곳에서 희망을 품고 뛰어내려 다른 이들에게 용기를 보여주는 그런 이야기들 또한 있다. 누구에게나 관계는 어려운 도전이라지만, 왜 어떤 사람들은 갈망이 관대함으로 이어지고, 어떤 사람들은 소모적 과대망상으로 이어지는 것일까?

나와 함께 그 답을 풀어나가 보자. 참, 내가 아까 퀴즈를 풀자고 했던 얘기를 기억하는가? 이제부터 퀴즈가 나간다. 몇 가지 질문은 별나게 보일 수도 있지만, 애당초 사랑이란 것이 좀 별나지 않은가? 그럼 잘 풀어보시길!

1. 열심히 사랑을 찾아나서는 쪽이 나을 것 같은가, 아니면 사랑을 운명에 내맡기는 쪽이 나을 것 같은가?

2. '운명'이란 말을 들으면 속이 메슥거려서 그걸 믿으려면 노력을 해야 하는가?

3. 당신에게 부끄러운 신체적 단점이나 심리적 문제나 건강상의 문제가 있어서 새로운 관계를 시작하는 데 자신이 없다고 가정해보자. 당신 자신이 약점이라고 여기는 그 문제를 새로운 연인에게 털어놓을 만한 가장 적절한 시기는 언제일까? 가까워지기 시작한 초반에 실토하여 상대가 겁먹고 멀어질지 모를 위험을 감수해야 할까? 아니면 상대가 당신에게 푹 빠져버릴 때까지 기다리는 것이 나을까?

4. 인터넷으로만 교제하며 실제 세계에서는 만나지 않는 커플이 늘어나고 있다. 당신이 그런 사람이라고 가정해보자. 당신은 어떤 관계보다 더 많은 시간과 감정적 에너지를 그 만남에 쏟고 있다. 이야기, 이미지, 이모티콘, 문자를 동원해서 인터넷에서만 오가는 이런 관계가 직접 만나는 관계 못지않게 만족스러울 수 있을까? 아니면 오히려 훨씬 더 만족스러울까?

5. 당신이 이혼녀인데 온라인 데이트 서비스에 가입하여 다른 지역에 사는 이혼남과 사귀고 있다고 가정해보자. 처음에는 이메일을 통해 장난삼아 연애를 시작했지만 긴 시간 친밀한 전화 통화를 나누는 횟수가 늘면서 점점 가까워졌다. 남자는 독특한 영국식 억양도 그렇고(남자의 말로는 자기가 영국에 살고 있단다), 여러 가지로 끌리는 매력이 있다.

　그러던 어느 날 두 사람은 만나기로 약속한다. 남자가 외국 출장길에 일을 마치고 당신이 사는 곳으로 오기로 한 것이다. 그런데 이를 어쩌면 좋은가? 남자가 나이지리아에서 얼이 나간 목소리로 전화를 걸어와 충격적인 소식을 전한다. 그곳에서 강도를 만나 가진 것을 다 빼앗기고 폭행까지 당해 병원에 입원 중이라고. 여권도 없고 돈도 없다고. 이럴 때 당신이라면 남자가 출장 업무를 마친 후 당신을 만나러 올 수 있도록 1000달러를 송금할 수 있겠는가? 남자의 부탁은 심심치 않게 날아오는 스팸 메일의 내용과 놀랄 만큼 비슷한데도 당신은 어찌된 일인지 남자를 믿고 만다. 이메일이 아니라 전화이고, 한 번도 본 적은 없지만 생판 남이 아니라 연인이라는 이유로. 그래서 돈을 보내주는데, 그 뒤로도 남자는 수차례 돈을 더 빌려달라고 부탁하고 당신은 또 돈을 보내다가 결국엔 인정하게 된다. 자신이 사기를 당하는 것일지 모른다고. 당신은 이제 남자가 돈 부탁을 해도 별 호응 없이 무시해버리고 남자도 더 이상은 부탁 전화를 걸어오지 않지만, 그 일로 당신은 진이 빠져버리고 감정적 충격을 받는다.

몇 달이 지나고 나서야 남자에게서 다시 연락이 오는데, 이번에는 자신이 사기를 쳤던 사실을 고백하며 용서를 구한다. 사실 자신은 영국에 사는 이혼남이 아니라 독신의 나이지리아 사람이며 한 번도 자기 나라를 떠난 적이 없다고. 그런데 긴 시간 전화기를 붙잡고 당신과 이야기를 나누던 사이에 당신을 진짜 사랑하게 되었고, 지금도 당신을 사랑한다고. 남자가 이어서 해명하길, 자신이 속한 범죄집단의 두목에게서 유혹하는 단계에서는 상대가 어떤 여자든 사랑에 빠져선 안 된다고 주의를 받았는데도 당신에게 빠지고 말았다며 다시 한번 기회를 달라고 한다. 다시는 돈 부탁을 하지 않겠다고 약속하며 이런 말도 한다. 이제는 그 생활을 청산하고 싶다고. 당신을 만나고 싶다고. 그런데 자신은 나이지리아를 떠날 수 없으니 당신이 와줘야 한다고.

당신은 경계심이 일긴 하지만 뿌리치지 못한다. 당신 역시 사랑에 빠졌고 그 부드러운 목소리, 그 다정다감함에 아직도 마음이 끌리기 때문이다. 가난 때문에 어쩔 수 없이 몹쓸 짓을 해왔겠다는 생각이 들자 남자가 가엾기까지 하다. 그렇지만 머릿속에서는 그 관계를 끊지 않으면 미친 것이라며 다그친다. 그런데도 당신은 그와의 관계를 끊지 못한다.

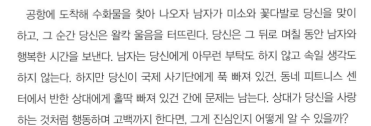

공항에 도착해 수화물을 찾아 나오자 남자가 미소와 꽃다발로 당신을 맞이하고, 그 순간 당신은 왈칵 울음을 터뜨린다. 당신은 그 뒤로 며칠 동안 남자와 행복한 시간을 보낸다. 남자는 당신에게 아무런 부탁도 하지 않고 속일 생각도 하지 않는다. 하지만 당신이 국제 사기단에게 푹 빠져 있건, 동네 피트니스 센터에서 반한 상대에게 홀딱 빠져 있건 간에 문제는 남는다. 상대가 당신을 사랑하는 것처럼 행동하며 고백까지 한다면, 그게 진심인지 어떻게 알 수 있을까?

6. 중년 권태기에 빠진 수많은 부부가 그러듯이, 당신도 페이스북에서 고등학생 때나 대학생 때 사귀던 연인을 찾아낸다. 그러다가 만약 그 사람과 결혼했다면 당신의 인생이 어땠을지 상상하기에 이른다. 욕망이 이끄는 대로 당신은 상대를 유혹하기 시작한다. 그런데 가족과 직장, 명예, 친구들을 가진 사람들이 대개 그렇듯이 앞으로의 상황도 걱정스럽다.

하지만 당신은 멈추지 못한다. 그리고 기어코 아슬아슬한 선을 넘어 다시 만나기로 결심한다. 만날 계획이 구체화되면서 당신은 들뜨고 초조해진다. 결국 배우자와 아이들에게 핑계를 대고 슬쩍 집을 나온다. 두 사람이 사는 곳 중간 지점에 있는 레스토랑으로 가는 길에 당신은 손이 덜덜 떨리는 것을 느끼면서 이제는 모든 일이 걷잡을 수 없게 되었다고 생각한다. 발길을 돌릴까 머뭇거리기도 하지만 이내 이런 생각이 고개를 든다.

'몇 년 동안 못 느껴본 감정이잖아? 이런 뜨거운 감정을 좀 느낀들 안 될 게 뭐 있어?'

좋은 질문이다. 정말 안 될 이유가 없지 않을까?

7. 결혼한 지 오래된 사람으로서 지금 당신은 일부일처제에 회의가 생기고 그 목적에 대해서도 의문스러워진 상태다. 동물의 왕국에서 정절이 어떻게 작동하는지 친구들과 진지한 대화를 나누기까지 한다. 사실, 동물의 왕국에서 일부일처제를 영위하는 종은 회색늑대와 검은대머리수리 등 극소수뿐이다. 여기에는 뭔

가 중요한 암시가 깔려 있는 게 아닐까 하는 생각을 떨칠 수 없다.

아무튼 당신은 배우자가 아닌 다른 사람과 키스하는 기분은 어떨지 궁금해서 안달이 나기 시작한다. 키스까진 아니더라도 묘하게 흥분되는 기분만이라도 알고 싶어진다. 그러던 중, 당신에게 불꽃처럼 뜨거운 감정을 느끼게 해주는 누군가와 술을 마신다. 물론 그 사람과 정말로 자고 싶은 마음도 들겠지만, 그건 안 될 일이라고 마음을 다잡으며 생각한다. 하지만 기회가 생긴다면 다른 일은 괜찮지 않을까? 정절과 외도를 가르는 육체적·감정적 선은 정확히 어디쯤일까?

8. 당신의 남편이나 아내가 사고로 뇌에 손상을 입어 조기 치매에 걸렸다거나, 해로운 중독에 빠졌다고 가정해보자. 대다수 사람들처럼 당신은 아플 때나 건강할 때나, 행복할 때나 불행할 때나 서로의 곁을 지켜주겠다는 이상주의적인 결혼 서약을 하면서 그 맹세를 지금까지 충실히 지켜온 상태다.

다른 사람처럼 돼버린 배우자에게 잘해주려고 최선을 다한다고 하더라도, 당신은 자신이 부부 관계의 미래를 따져보고 있음을 깨닫는다. 남아 있는 부분을 생각하느냐 잃어버린 부분을 생각하느냐에 따라, 할 수 있다는 희망을 품느냐 못 할 것 같다는 두려움을 품느냐에 따라 두 사람의 미래는 달라진다. 물론 당신은 죽음이 두 사람을 갈라놓을 때까지 서로에게 충실하며 상대방을 사랑하겠다고 약속했다. 하지만 그런 약속을 어느 선까지 지켜야 할까? 사랑이라는 이름으로 요구할 수 있는 자기 희생은 어느 정도일까? 사랑하기로 약속한 사람이 결혼할 때의 그 사람이 아닌 것 같다면 어떻게 할까?

9. 마지막 질문이다. 당신이 현재 이 책에 관심을 느낄 만한 나이라면 아마 다양한 방식으로 여러 번의 사랑을 경험해봤을 것이다. 그렇다면 사랑이란 것이 본질적으로 감정의 문제라고 여기는가, 아니면 선택의 문제라고 여기는가?

이제 펜을 내려놓아도 된다. 어땠는가? 잘 모르겠다고 중얼거린 질문이 많진 않았는가? 사실 그건 나도 마찬가지다. 실망했는가? 준비운동 퀴즈도 제대로 못 풀었는데 사랑 분야의 멘사클럽에 가입할 자격이 되는지 도무지 알 수 없다고?

궁금하다면 계속 읽어주기를 바란다. 이 질문들은 다시 등장할 테니까. 사실 이 질문들은 앞으로 이어질 열 개의 장에서 도약의 포인트 아니면 넘어야 할 울타리 노릇을 하게 될 것이다. 모든 해답을 내놓겠다고 약속할 수는 없지만, 어쨌든 해답이란 것 자체는 과대평가되어 있다. 조언도 마찬가지다.

인생에서 그렇듯이 사랑에서도 중요한 것은 의문이다. 사랑이란 확실성보다는 호기심에 가까운 것이다. 사랑이란 게 본디 배 밖으로 몸을 던져 거친 바다에 빠지는 일이지, 갑판에 안전하게 머무는 일은 아니다. 그러니 잠수복을 입고 마스크를 쓰고 산소탱크를 메야 한다. 그리고 내 손을 잡아라. 짠 바닷물이 콧구멍으로 훅 들어와 놀라는 일이 없도록 고무 코마개도 꼭 챙기시길. 만만찮은 잠수가 될 테니, 각오하고 입수해보자.

CONTENTS

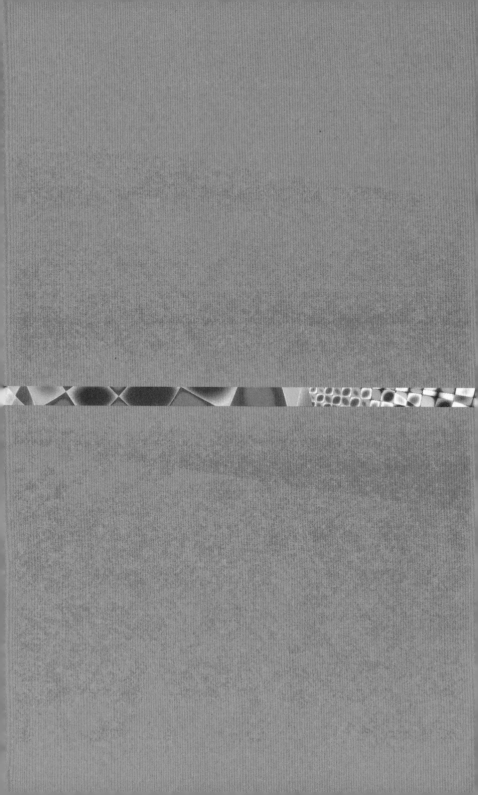

사랑 찾기

저
오인가외

당신은 사랑을 어떻게 찾았는가?
아직 찾지 못했다면 어떤 식으로 사랑을 찾는가? 이상형 리스트도
만들어놓고 커플 매니저에게 상담도 받고 소개팅 서비스에도 가입
하면서 노력을 들인 만큼 더 좋은 결과가 나올 거라고 믿는가? 아니
면 평소처럼 생활하고 일하는 가운데 일상 속에서 잠재적 연인들을
만나면서, 일어날 일은 일어나게 돼 있다고 믿는 편이 더 낫다고 생
각하는가? 단도직입적으로 묻자면, 광적인 통제형에 가까운가, 아니
면 게으른 운명론자에 가까운가?

고백하자면 나는 딱 게으른 유형에 해당한다. 그리고 내 아내는
본인도 선뜻 인정했다시피 통제광의 경향이 있는데 어쩌면 '주도
적'이라는 표현이 더 적합할지 모르겠다. 형제간 출생 순위가 그 전
적인 원인은 아니라 해도, 책임을 떠맡을 다른 누군가를 가진 복 받

은 둘째들은 대체로 나와 같은 유형인 것 같다. 그리고 주도적 유형은, 어릴 적부터 동생들을 돌보면서 성인이 되어서도 무의식적으로 관계에 적극성을 띠는 내 아내와 같은 맏이가 많다.

　나는 아내 캐시를 이십 년도 더 전에 애리조나 주의 투손에서 만났다. 당시에 나는 애리조나 주립대 대학원에서 사 년간 느긋하게 문예창작을 공부하면서 예술학 석사 학위를 준비하고 있었다. 우리는 스물일곱 살 동갑이었는데, 캐시는 대학을 졸업한 후 몇 년 동안 뉴욕의 잡지계에서 편집 일을 하며 쭉쭉 승진 중이다가 글도 좀 쓰면서 어느 정도 느긋한 시간을 갖고 싶은 마음에 대학원 진학을 생각하고 있었다. 반면에 나는 (유치원을 더 늦게 들어가는 바람에) 캐시보다 일 년 늦게 학사 학위를 취득한 뒤에 서쪽 지방인 유타 주의 파크 시티로 가서 겨울에는 스키 강사로, 사계절에는 내내 청소부로 일했었다.

　하지만 스키를 타고 걸레질을 하며 이 년을 보내다가 새로운 도전에 목이 타서 자몽나무 아래에 앉아 단편소설을 써볼 작정으로 남부의 투손으로 옮겨갔다. 한 학기 두 학기 수강하다 보니 어느새 졸업이 코앞인데 취업이 불투명한 상태에서 나는 하루하루 무기력에 빠져들었다. 캐시가 투손에 왔을 무렵에는 아침에 눈을 떠도 엉덩이를 집밖으로 끌고 나가기 힘들어 애를 먹고 있었다.

　그런데 그런 무기력이 우리가 만나게 된 계기로 작용했다.

캐시는 천성적으로 꼼꼼해서 어떤 결정을 내리든 간에 철저히 검토해봐야 직성이 풀린다. 그래서 애리조나의 문예창작 대학원 과정에 대해 알아볼 때도 안내 책자를 보거나 전화를 걸어서 확인하는 방식으로는 성에 차지 않아, 직접 확인할 수 있게 취잿거리를 만들어 애리조나까지 날아왔다. 학과장과 면담하는 자리에서는 학과장에게 알아낼 수 있는 정보를 낱낱이 캐고 나서도, 자신과 같이 점심을 먹으며 그 학과에 대한 견해를 들려줄 여학생들의 이름과 전화번호까지 물었다. 캐시가 특별히 여학생을 추천해달라고 부탁했던 이유는, 그 대학원 과정에 대한 여자 입장에서의 체험담을 듣고 싶었을 뿐 아니라 괜히 남자와 점심을 먹었다가 묘한 감정이 싹트기라도 하면 번거로워질 것 같아서였다.

그런데 참으로 모를 일이다. 나는 여자도 아닌데, 학과장은 왜 캐시에게 몇몇 여학생 이름을 적어주며 맨 밑에 내 이름을 적었을까? 어쨌든 캐시와 나는 만날 운명이었던 모양이다. 학과장이 알려준 여학생들 중 점심을 먹고 싶어 한 사람이 아무도 없었으니까. 다들 바쁘다고 했단다. 그런데 그 운명의 아침에 내 전화벨이 울리는 순간, 나는 커피도 마시기 전이라 침대에 앉아 맥없이 허공만 바라보고 있었다.

'공짜로 점심을 사준다는데 마다할 이유 없지?'

샌드위치를 먹고 음료수를 마시면서 한 시간도 채 지나지 않은

사이에, 캐시는 대학원 과정은 물론 나에 대해서까지 온갖 질문을 퍼부었다.

"고향이 어디예요? 무슨 글 써요? 형제는 어떻게 돼요? 룸메이트는요?"

아직도 정신이 다 들지 않은 내가 진땀을 흘리며 대답하기가 무섭게 캐시는 또 다른 질문을 던졌다.

"어떤 소설 좋아해요? 구독하는 잡지 있어요? 그 선글라스는 어디에서 샀어요? 목에 건 그건 뭐예요?"

캐시의 마지막 부탁은 그 학과를 수강하며 썼던 글을 보여달라는 것이었다. 그래서 점심을 먹은 후 슬슬 영문학과 건물로 데려가서는, 워크숍에서 다른 두 수강생과 공동으로 쓴 소설을 찾아 건네주었다.

그다음 주에 뉴욕에서 캐시가 편지를 보내왔다. 1989년의 얘기니까, 당연히 우표를 붙여서 보낸 진짜 편지였다. 만나서 도움을 줘 고맙다고, 욕조에 몸을 담그고 앉아 내 소설을 읽어봤는데 재미있었다고 했다. 한참 뒤에 캐시에게 들은 얘기지만, 욕조에서 내 소설을 읽던 그 시간에 처음으로 나한테 마음이 끌리기 시작했단다. 그리고 고백하자면 욕조에서 내 글을 즐겁게 읽는 캐시의 모습을 상상하는 순간, 나도 캐시에게 마음이 끌리기 시작했다.

나는 답장을 보냈다. 내 글을 좋게 봐준 것도, 그날의 점심도 고맙다고. 우리는 그것을 시작으로 편지를 주고받았다. 성격상 열정의 강도가 달랐던 만큼, 내 편지는 두세 쪽으로 짧았고, 캐시는 빽빽하게 스무 쪽을 채웠다. 어떤 때는 출근 전 꼭두새벽에 편지를 쓰기도 했다. 그렇게 쓴 편지에서 캐시는 직장에서 어떤 일이 있었는지, 저녁으로 뭘 먹었는지, 전날 밤에 어떤 글을 읽었는지 등을 시시콜콜 얘기했다. 또 친구들, 전 남자 친구들, 좋아하는 작가들, 여행했던 곳들에 대한 얘기도 썼다. 그리고 내게도 내 친구들, 전 여자 친구들, 좋아하는 작가들에 대해 물었다.

이렇게 편지를 주고받으면서 우리는 4000킬로미터도 더 떨어진 거리에서 서로 탐색을 벌였는데, 얼마 지나지 않아 로맨틱한 관계의 싹으로 보일 만한 이런저런 징조를 포착하게 되었다. 태어난 시기만 봐도 그랬다. 얼마 지나지 않아 알게 된 사실인데, 우리는 같은 해 같은 달에 고작 열흘 차이로 같은 주의 같은 지역에서 태어났다. 그러니까 우리가 갓난아기 때 같은 공기를 호흡하고 같은 구역의 잔디밭을 밟았을지도 모른다는 얘기다. 우리한테는 이 점이 예사롭지 않게 다가왔다. 우리가 궁합이 잘 맞을 운명이라는 확실한 징조 같았다.

얼마 뒤에는 우리 사이의 각별한 인연을 또 하나 알게 되었다. 정치학자인 나의 아버지는 책을 여러 권 썼는데 그중 한 저서의 개

정판을 형과 나에게 헌정하셨다. 그런데 캐시의 여동생이 갓 정치
학도가 되어 코넬 대학교에서 정치학을 수강할 때 바로 그 책을 교
재로 구입했던 것이다. 캐시의 여동생은 학기를 마친 후 그 책을 집
으로 가져가 어린 시절에 캐시와 함께 쓰던 침실의 선반 위에 놓아
두었단다. 그러니까 내 아버지가 '사랑'이라는 말과 함께 실은 내 이
름이, 우리 두 사람이 만나기 몇 년 전부터 내 미래의 아내의 침실에
자리 잡고 있었다는 얘기다.

　이만하면 캐시와 내가 평생의 소울메이트라는 확실한 증거 아니
겠는가?

　우리는 그렇다고 생각했다. 하지만 아버지가 쓴 책이나 같은 주
에서 같은 달에 태어난 점 같은 피상적 징조 때문만은 아니었다. 그
무렵 우리가 함께한 모든 순간 때문이기도 했다. 캐시는 투손의 대
학원에 지원하기로 결심한 후 입학 허가를 받았고, 몇 달 후에 나는
캐시의 이사를 도와주기 위해 비행기에 몸을 싣고 동부 지역으로
날아갔다. 우리는 같이 돈을 보태서 산 지프를 타고 대륙을 횡단했
고, 그 뒤로 같은 도시에 살면서 같이 밥도 먹고 하이킹과 사이클링
도 다니고 휴일과 주말에는 장거리 자동차 여행도 갔다. 그리고 캐
시도 나도 진지한 얼굴로 '소울메이트'라는 말을 꺼내지는 않았지
만 마침내 서로를 연인으로, 어쩌면 평생의 반려자로까지 낙점했다.
다시 말해, 우리는 서로에게 끌렸고 유머 감각도 잘 통했고 인생 목

표도 비슷했고 만난 타이밍도 기가 막혔다.

우리는 만난 지 열여덟 달이 채 안 되어 결혼을 약속했고, 그 후 일 년이 안 되어 결혼했다. 어쩌다 보니 캐시가 나에게 청혼을 하고 말았지만 맹세컨대 나도 그때 캐시에게 청혼을 하려던 참이었다.

소매를 걷어붙이고 사랑을 찾아

여기까지가 캐시와 내가 이십오 년 전에 서로를 찾아낸 사연이다. 사랑은 내가 집밖으로 나갈 기운을 끌어내기도 힘들었던 때, 그리고 캐시가 애써 남자들을 피하려 경계하던 그때, 뜻하지 않게 나타났다. 어쩌된 영문인지 내 이름이 엉뚱하게 적혔고, 거기에 적힌 여자들이 하나같이 점심을 먹을 시간이 없는 희한한 상황이 겹치면서 우리는 그렇게 만났다.

요즘 사람들은 어떻게 사랑을 찾을까? 대부분 비슷비슷한 방식으로 우연히 사랑을 발견한다. 학교나 직장에서 만나거나, 친구나 친척한테서 소개받거나, 비행기 좌석이나 공원 벤치에 앉았다가 우연히 마주치는 식이다. 내 칼럼에 사연을 보낸 사람들만 봐도, 대다수가 적극적인 전략을 떠올려볼 필요도 없이 우연으로든 소개로든 사람을 만나 사랑을 찾고 있다.

하지만 이런 구식 방법으로는 사랑을 찾지 못하는 사람도 많다. 물론 그중엔 그럴 만한 끈기가 없거나, 그 방법만으로는 부족할 것 같아 걱정하는 경우도 있겠지만 말이다. 그리고 로맨틱한 만남의 기회를 더 많이 제공하고 만남의 질까지 보장해줄 갖가지 수단이나 서비스가 나와 있는 요즘 상황을 감안하면, 그런 구식 방법에 만족해야 할 필요도 없다. 노력과 결의에 따라 성공 가능성을 확 끌어올릴 수 있는 시대에, 우연한 만남과 행운에만 기댈 이유가 무엇인가? 내가 직접 체감한 바로도, 사랑 찾기에서 이런 식의 태도가 점점 늘고 있다. 사실, 외로움과 낙담에 빠진 이들이 체념한 말투로 이렇게 말하는 것도 들었다.

"이제는 사랑 찾기를 일처럼 할까 봐요."

물론, 안 되겠다 싶어 이런 생각을 하는 사람들조차 곧 그 생각에 회의를 품을 수 있다. 따져보면 그럴 만도 하다. 이미 일을 갖고 있어서 또 다른 일을 원하지도 않고 그럴 여유도 없을 테니까. 게다가 사랑은 마법 같은 것으로 인식되는데 일이란 건 대체로 마법과 상관이 없다. 심지어 마술사의 일조차도. 또한 자신의 일에 매진하면 열정적인 프로페셔널로 보일 테지만, 사랑을 찾는 일에 매달리면 필사적인 패자로 비칠 소지도 있다. 아니면 딱한 사람으로 보이거나.

그럼에도 불구하고 이런 사람들은 그 생각대로 밀고 나간다. 어떤 이들은 마지못해, 또 어떤 이들은 열성적으로 사랑 찾기 심층 작전을 위한 상세한 계획까지 준비한다. 이런 계획은 업무 회의의 안건과 아주 흡사하게 마련이다. 전략을 세우고 아이디어를 떠올리고 일을 수행하는 문제에 관해서라면 그것이 우리들 대다수에게 익숙한 원형이니 그럴 만도 하다. 그리고 이런 의제에서의 첫 항목은 대개 '목표와 데드라인 설정'이다.

이런 주도적 유형의 사람들은 다섯 달 동안 적어도 쉰 번의 데이트를 해보자는 식으로 다짐한다. 아니면 일 년간은 로맨틱한 제의라면 뭐든 응하면서 별별 우스꽝스러운 일을 겪는다거나, 온라인 데이트 사이트 열 개에 가입해 각 사이트마다 백 명의 사람들과 접촉하기로 다짐하면서 적어도 천 명의 사람들에게 잠깐씩 꼬리를 칠 수도 있다.

전형적인 업무 회의에서는 '새로운 사고'를 해서 창의적 해결책을 내놓으라고 다그치는 상사가 꼭 있다. 그런 식상한 말을 생각 없이 되뇌는 것 자체가 새로운 사고를 하지 않는 사례인데도 말이다. 이처럼 판에 박힌 방식으로 창의성을 고무하는 모습은 더 주도적으로 사랑을 찾으라고 스스로를 코치하는 이들에게서도 흔히 나타난다.

"지금 방식은 효과가 없어. 새로운 방법, 뭔가 더 좋은 방법이 있어야 해."

이렇게 생각하며 사랑 찾기 도구함에 직관에 어긋난 방식 몇 가지를 보태 놓는다.

예를 들어, 요즘 식의 뻔한 사랑 낚기 전략이라면 밖으로 나가 더 많은 사람을 만나보는 것이 아닐까? 하지만 더 많은 사람을 만나는 것은 해결책이 아닐지 모른다. 그것이야말로 게으르고 뻔한, 그래서 피해야 할 생각일지 모른다. '새로운 사고'의 아이디어에서는 만나는 상대를 몇 명으로 제한할 수도 있다. 생판 모르는 사람 열 명과 카약으로 남미의 티에라 델 푸에고 제도를 일주하는 여행 상품에 가입한다거나, 평화봉사단에 가입하여 인도주의로 뜻을 모은 한두 사람과 함께 먼 나라의 논으로 파견 나가는 식이다. 아니면 사랑이 서서히 스며들 만한 충분한 시간을 가지며 소수의 상대와 어울리되, 너무 별나지는 않은 방법을 생각해낼 수도 있다. 사실, 당신이 전 세계 사람 중 고를 수 있는 상대가 몇 명으로 제한돼 있고 그중 한 사람에게만 빠지거나 아예 아무에게도 빠지지 말아야 한다는 사실을 알고 있다면, 또 상대방들도 마찬가지 입장이라면, 누군가에게 각별히 관심을 가지며 성공시키는 쪽이 더 나을 것 같지 않은가? (덧붙여 말하자면 평화봉사단 이야기는 내가 지어낸 사례가 아니다. 평화봉사단은 결혼 중매 조직으로서 명성이 자자하단다. 이 조직에서 활동하며 세계 곳곳을 다니는 인도주의자들 사이에서 아주 인상적인 결혼 성사율을 과시하고 있기 때문이다.)

대체로 업무 회의는 각자에게 이런저런 책임을 맡기는 것으로 마무리되며, 그리고 나면 모두들 어슬렁어슬렁 자신의 칸막이 자리로 돌아가 느긋하게 인터넷에서 해결책을 찾아 헤맨다. 그것이 가장 쉽고 가장 효율적인 방법이기 때문이다. 소매를 걷어붙이고 사랑을 찾기로 작정한 이들도 이와 다르지 않다. 열성의 파도가 물러나고 더 야심 찬 계획을 생각할 기운이 사그라지면, 책상 앞을 떠나지 않아도 될 더 쉬운 방법에 기대고 싶어 한다. 바로 이때부터 온라인 데이트의 세계를 찾아 클릭을 시작한다는 얘기다. 온라인 데이트야말로 주도적 유형의 사람들이 최소한의 에너지를 쓰면서도 야심적이고 생산적인 느낌을 느낄 수 있는 공간이다. 적어도 처음에는.

온라인 데이트는 한때 문란한 이들이 섹스 파트너를 찾는 저질 공간으로 조롱받았으나 현재는 솔로 파트너를 찾는 용도로 이용되고 있다. 현재 이런 서비스는 언뜻 보기에 적당한 파트너들을 무한대로 제공해주며 연간 수십억 달러의 수익을 올리는 산업으로 자리 잡으면서, 매일 수백 쌍의 결혼을 성사시키고 있다고 주장한다. 몇 년 전만 해도 이런 사이트에 가입했다간 친구들에게 놀림이나 동정을 받았다. 하지만 이제는 기를 쓰고 가입을 꺼리며 황무지에서 살아남기 위해 마른 나뭇가지를 비벼 불을 피우려는 사람처럼 구닥다리 방법에 집착하는 이들이 놀림을 받기 쉽다.

게다가 과거에는 어땠을지 몰라도 이런 사이트들은 더 이상 젊은이들만의 전유물이 아니다. 온라인 데이트를 즐기는 무수한 사람

들을 통틀어 가장 빠른 성장세를 보이는 연령층이 바로 중년층이다. 그것도 배우자와 이혼하거나 사별한 뒤에 일을 하고 자녀들을 챙기며 바쁜 일상을 보내느라 새로운 사람을 만날 여유가 없는 중년층. 이들에겐 대개 밤늦은 시간만이 파트너를 찾아볼 유일한 시간이며, 파트너를 찾아볼 유일한 장소도 온라인이다.

클릭으로 후보자 압축하기

수백 년 전만 해도 사람들은 집안, 종교, 경제, 정치 등의 이런저런 이유에 따라 결혼했다. 로맨틱한 궁합은 고려되었다 한들 우선순위에서 한참 아래로 밀렸다. 사랑의 감정은 결혼한 이후에 키워나가거나, 절대로 키우지 못하거나 둘 중 하나였다.

그러다 지난 이백여 년 사이에 사회적 격변이 일어나면서 모든 것이 바뀌었다. 이제는 시대에 뒤떨어진 전통이나 관심사의 강요에 떠밀려 누군가와 결혼해 평생 그 사람과 함께 사는 것은 성에 차지 않게 되었다. 이제는 사랑을 위해 결혼하게 되었다. 그래서 그 사랑을 찾을 확실하고 효과적인 방법을 고안해야 했다.

마침내 유수 기관들의 명석한 지성들이 이러한 시도에 시간과 자원을 할애하기 시작했다. 그 뒤로 연구를 실시하고, 그 결과들을 분석하고 인터넷을 발명하고 너도나도 노트북을 갖게 되는가 싶더니, 어느새 무수한 사람들이 집에 편안히 앉아 열렬한 가입자들로 가득한 온라인 카탈로그를 들여다보며 자신의 삶에서 가장 중요한 인연을 찾게 되었다.

이렇게 상업화로 넓게 확산된 커플 맺어주기 서비스도 사랑 찾기에 뒤따르는 걱정은 덜어주지 못한다. 시대가 지나도 기본적인 것들은 어려운 법이다. 마음이 끌리는 누군가가 자신에게 잘 맞는 상대인지, 그 사람도 자신을 좋아할지 걱정스러워진다. 그런 걱정을 해결하려면 자신에게 없는 것 같은 매력이 필요해지거나, 없는 시간을 짜내야 하거나, 드러나지 않았으면 좋을 취약성을 드러내야 할지도 모른다. 온라인 데이트 사이트들은 이런 걱정과 압박감을 덜어주지 못할뿐더러, 스스로도 그렇게 해준다고 내세우지 않는다.

온라인 데이트는 가까운 댄스 클럽이나 바에서 열리는 '솔로들의 파티'와 비슷하지만 만족감이 더 크다. 솔로들의 파티에서처럼 다른 방법으로는 만날 일이 없었을 여러 사람을 소개받을 수 있다. 그리고 모두 자신이 애인이 없는 솔로라는 것을 인정하도록 강요받는다. 그런데 온라인 데이트에서는 취향과 버릇, 지난 연애사 등 상대가 궁금해서 애탈 만한 것들도 알 수 있다. 말문을 여느라 지겨운 잡담을 주고받아야 할 필요도 없이 말이다. 따라서 더 신속하게 서로를 알아갈 수 있으며, 치러야 할 대가라곤 컴퓨터 앞에 앉아서 보내는 시간뿐이다. 까놓고 말해서 오늘날 우리의 생활이란 게 주야장천 컴퓨터 앞에서 시간을 보내는 일이 아닌가? 기왕 앉아 있는 것, 배우자감을 찾는 쪽이 낫지 않을까?

장점은 이뿐만이 아니다. 인근 지역에서 비슷비슷하고 수적으로도 한정된 솔로들만 만나는 대신, 더 섹시하고 더 호감 가는 매력을 가졌을지 모를 수천 명의 타지 사람들로 선택의 폭이 넓어진다. 무릇 모르는 사람이 아는 사람보다 더 섹시하고 더 호감을 주는 법이다. 적어도 직접 만나기 전까지는.

하지만 어려운 문제도 없지 않다. 이런 사이트들은 어마어마한 프로필을 과시하는 만큼, 후보들을 다루기 쉽게 그룹별로 솎아내는 여러 전략에 기댄다. 원칙상 이런 그룹들은 서로 잘 맞을 것 같은 사람들로 구성된다.

이런 식의 그룹 구성은 각자가 자신이 찾는 유형을 잘 안다는 가정에 따라 운영되며, 설문을 통해 이상형을 묻는 식으로 보강된다. 그리고 그 과정에서 수천 명의 후보라는 매력적인 가능성을 향해 돌진하던 처음의 기세는 꺾인 채로, 이내 배척 게임으로 넘어간다. 다시 말하면, 다양성, 위험성, 신비성에서 물러나 패기 없게도 친숙한 쪽으로 기울어 나이, 인종, 지역, 소득, 종교에 따라 마우스를 클릭하면서 데이트 어장에서 후보들을 제명시켜 나간다.

심지어 직업, 외모, 종교, 나이 등에 따라 '미리 잡초를 없앤' 특정 사이트로 직행해 뜻하지 않게 추남추녀, 미성년자 등과 잠자리를 가질 위험을 아예 피하는 경우도 있다. 더군다나 이런 식의 도피에는 거리낌도 없다. 우리가 거절하는 것이 진짜 사람들이 아니라 카테고리일 뿐이기 때문이다.

사실 직접 만난다면 여러 부류의 사람들에게 끌릴 수도 있겠지만, 카테고리에는 그런 매력이 없다. 카테고리에 초점을 맞추면, 그것은 사랑 찾기가 무한한 가능성의 문제가 아니라 계산된 개연성의 문제가 되는 것이다. 몽상가보다는 책략가에 가까워진다는 얘기다.

가령 이런 식으로 따지게 마련이다.

"흡연자랑은 잘 안 맞을 것 같으니까 안 만나는 게 좋겠어. 그리고 종교가 다른 사람하고도 잘될 가능성이 거의 없으니 아예 관심 끄자."

또한 정치적 성향을 따지기도 한다.

"남은 평생 동안 서로 편이 갈린 채 티격태격 싸울 일이 뭐 있어? 정치 성향도 나랑 같은 쪽이 낫겠어."

이런 식으로라면 휘발유값도 계산에 넣어야 할 것이다. 100킬로미터 떨어진 곳에 사는 사람과 사귀려면 오고 가는 데 기름값도 장난 아닐 테니까.

"나보다 열 살 많은 사람은 어떨까? 별로야."

"개를 키우는 사람은? 괜찮지."

"아이가 있으면? 그건 싫은데."

이런 식으로 여러 그룹을 하나씩 빼나간다. 그런데 성향이 맞지 않은 얼굴 모를 수천 명은 어떤 이들일까? 혹시 그중에 당신의 소울메이트가 있었는데도 당신의 독단적인 선택으로 그런 상대를 빼버린 것이라면?

사실을 털어놓으면 손해?

나는 문득 궁금해졌다. 캐시와 내가 이런 방식으로 서로를 찾아낼 수 있었을까? 그래서 우리는 인기 있는 사이트 두 곳에 가입해봤다. 물론 단순한 연구 목적이었다. 아무튼, 캐시는 잘 모르겠지만 내 경우엔 연구 목적이었다. 싱글이고 현재 애인을 구하는 중이라는 점을 그럴듯하게 둘러대기 위해, 나는 이혼남이라고 했고 캐시는 남편과 사별했지만 새로운 사랑의 기회를 간절히 바라고 있다고 꾸몄다. 이것만 빼고 모든 질문에 성실하게 대답했지만 사진을 올리진 않았는데, 덕분에 우리는 사람들 사이에서 남다른 흥미를 끌었던 듯하다. 사진 좀 보내달라고 부탁하는 이메일을 여러 통 받았을 뿐만 아니라, 사진을 올려놓지 않으면 가망성 있는 상대들을 충분히 못 만날 수 있다는 권고를 받기도 했으니 말이다.

우리의 메일함에 정기적으로 들어오던 그 많고 많은 추천 상대 중에 서로의 이름은 보이지 않았다. 아무리 '재추천'을 클릭해봐도, 스크롤을 쭉 내리며 눈 씻고 찾아봐도, 아무리 열심히 이메일을 확인해도 나한테 추천하는 상대로 캐시의 이름은 없었다. 그것은 캐시의 경우도 마찬가지였다. 아무래도 캐시가 설정한 희망 소득 수준이, 내가 솔직히 밝힌 액수보다 훨씬 높아서 그랬던 것 같다. 실제로 캐시에게 추천된 사람은, 이혼한 금융계 관리자로서 수입이 나보다 세 배는 많은 레오라는 사람이었다. 프로필에는 흔히 수입을 부풀려 적으니까 실제로는 나보다 두 배 많은 정도일 테지만.

정말로 그것이 캐시와 내가 추천받지 못한 이유였을까? 소득액에서 서로 맞지 않았기 때문에? 아니면 캐시가 자신을 과부라고 소개한 탓에, 컴퓨터가 나를 죽은 사람으로 생각해서였을까? 어쨌든 죽은 사람은 소득이 '0'이니 자체적 알고리즘에 따라 내가 캐시의 상대로서 살아 있는 사람인 경우보다 그 적당성에서 크게 떨어질 것이다.

나는 내 소득액을 부풀려 답해야 했거나, 아니면 적어도 평균 소득 대신 최고 소득액을 내세웠어야 했을지 모른다. 사실 누구나 알다시피 온라인 데이트의 프로필에는 거짓말이 횡행하고, 특히 나이, 몸무게, 키, 소득 같은 뻔한 사항에서는 더하다. 이렇게 만연된 거짓

말이 구제 불능일 만큼 경솔한 짓일 뿐만 아니라 나쁜 짓이라고, 그리고 신뢰가 바탕이 되어야 할 관계를 그런 식으로 시작해선 안 된다고 투덜대는 이들도 있겠지만, 결국에는 그다지 중요한 문제가 아닐 수도 있다.

요령 있는 온라인 데이트 이용자들은 이런 식의 저질 거짓말을 프로스포츠에서의 도핑 행위와 비슷하게 받아들인다. 그러니까 이런 거짓말 관행이 너무나 퍼져 있어서 거짓말을 하지 않으면 경쟁에서 자신만 손해라는 것을 안다. 사실 스포츠에서는 도핑 행위를 하면 실질적으로 경기력이 높아지지만, 데이트 사이트의 프로필에서는 몸무게를 제멋대로 10킬로그램쯤 줄이거나 나이를 여덟 살 더 줄인다고 해도 실제로 뚱뚱하고 나이 먹은 사실이 거짓말을 하기 전이나 후나 달라질 게 없다. 그렇다면 여기에서의 포인트는 뭘까?

데이트 사이트에서 행해지는 날조 성향과 정도는 아주 확실해서 많은 온라인 데이트 이용자가 데이트에서 그런 날조와 뒤범벅되는 불리한 입장에 놓인다는 것, 그것이 포인트다. 즉, 당신이 진실을 밝힐 경우 사람들은 그런 진실한 반응을 당신에게 불리하게 재해석해서 당신이 실제보다 더 늙고 더 뚱뚱하고 더 키가 작고 더 가난한 사람이라고 추정할 소지가 있다. 이런 의미에서 보면, 억지이긴 하지만 거짓말도 경쟁력을 지키기 위한 합리적 수단인 셈이다.

인기 있는 무료 데이트 사이트 OK큐피드*OKCupid*는 어느 정도까지 사실을 조정해도 괜찮은지 친절히 일러주기까지 한다. 이런 자기 포장의 실례를 들어보자. 남자들의 경우엔 키가 크고 돈을 많이 벌면 섹스 기회도 더 많이 갖고 관심도 더 끌게 마련이라 키를 5센티미터쯤 늘리고 소득액을 20퍼센트 정도 부풀리는 경향이 있다. 하지만 극단으로 치닫지는 말기 바란다. 노련한 온라인 데이트 이용자들은 자신을 완전히 딴사람으로 포장한 상대에게 서슴없이 비난을 분출하는 편이기 때문이다. 과거에 몇 번씩이나 속아서 질릴 만큼 질리고도 여전히 희망을 못 버린 채 온라인 궁합을 믿는 이들도 있다. 그런 이들은 공원 벤치나 레스토랑에서 상대를 기다리면서 여전히 희망한다. 이번엔 잘될 거라고.

그런데 막상 만나보니 상대의 외모가 포장된 것과는 달라도 너무 다른 순간, 이들은 어떤 생각을 할까?

'낚였다.'

실제 세계에서라면 사람들은 외모나 나이만으로 사람을 평가하는 것을 부끄럽게 여기며, 실망을 내색하지 않거나 적어도 예의바르게 대응할 방법을 찾는다. 그런데 온라인 데이트의 세계에서는 꼭 그렇지 않다. 베테랑 이용자들은 "안녕하세요?"라는 인사말을 꺼내기도 전에 불쑥 치고 나온다.

"서른두 살이라니 뻥치지 마시지."

"프로필 사진은 도대체 언제 적 사진이에요?"

　심지어는 물어보나 마나라고 생각해 그런 말을 쏟아낼 필
요도 없다고 여긴다.

　이런 경우라면 상처받은 척하거나 불쾌한 척해 봤자 무의
미하다. 그렇다고 프로필을 너무 정직하게 수정하면서, 당신
이 겁을 집어먹어 쩔쩔매고 있다는 것을 드러내는 것도 현명
한 처사는 아닐 것이다. 몇 년 전에 '모던 러브'의 한 칼럼니
스트는 중년의 나이에 데이트를 하는 것이 어떤 경험인지 말
하면서 이렇게 썼다.

　"우리가 정말로 솔직하다면 이렇게 말해야 할 것이다. '저
는 밴댕이 소갈딱지에다 간은 콩알만 해요. 혹시 저를 만나보
고 싶은 분 없나요?'"

　하지만 그 칼럼니스트는 프로필에서 변변찮은 은퇴 연금

과 두 번의 이혼 경력은 굳이 밝히지 않기로 했다. 아무튼 적
정선은, 약점 인정과 '셀프 디스' 사이의 중간쯤인 것 같다.

어쨌든 프로필이란 것은 흥미를 끌려는 것이지 겁을 주려
는 것이 아니다. 게다가 직접 얼굴을 마주하는 경우에는 외모,
태도, 목소리, 체취, 몸동작 등 여러 가지를 한꺼번에 종합적
으로 판단하지만, 온라인 프로필에서는 두 가지, 즉 말과 이미
지를 근거로 판단한다. 바로 이 부분에 주목해야 한다. 온당성
여부를 떠나, 엉성한 글이나 형편없는 사진을 올리면 시작도
하기 전부터 불리함을 떠안을 수 있다. 특히 그동안 내가 들
어온 이야기로 미루어보면, 많은 여자들이 맞춤법이 틀리거
나 빈정대는 글을 쓰는 남자는 상대하지 못하겠다고 했다. 한
여성은 상대 남자가 메시지를 보낼 때 인터넷 은어나 축약어

만 쓰는 데 짜증이 나서 "정말 수준 떨어져서 같이 못 놀겠군요"라면서 잠깐의 연애놀이를 끝냈다. 그런데 이 남자가 보낸 답글은 "뭥미?"였다.

이미지는 대체로 말보다 영향력이 큰데 OK큐피드에서는 여성에게는 샐쭉한 표정으로 시선을 위로 치켜 올린 모습이 가장 뜨거운 반응을 유도한다고 일러주는가 하면, 남성에게는 식스팩이 없다면 상체를 드러내지 말라면서 설사 식스팩이 있더라도 그런 사진은 올리지 않는 게 낫다고 권고한다. 차라리 귀여운 애완동물과 함께 찍은 사진을 올리면 책임감이 있어 보여서 더 좋다면서.

그런데 이용자의 책임감을 보여줄 만한 뜻밖의 기준이 한 가지 더 있다. 일부 사람들에게만 적용되는 얘기일 테지만, 바로 이혼 경력이다. 어떤 여성은 프로필을 살펴볼 때 이혼 경력이 약간의 플러스 요인으로 느껴진다고 말한다. 그 남자가 결혼하려는 의지를 가졌었음을 보여주는 증거이기 때문이란다. 하지만 이혼 경력은 문제점이 될 수도 있다. 당신과 전 배우자가 같은 데이트 사이트에 가입할 경우에는 특히 더 그렇다.

실제로 이혼 후 몇 달이나 몇 년쯤 흐르고 나면 마침내 트라우마에서 벗어나 다시 연애할 생각이 들게 마련이다. 하지만 이제는 팔팔한 청춘도 아니고 사회생활에서 만나는 사람들이라 봐야 학부모 모임 같은 곳에서 보는 커플과 가족들뿐이라 연애 상대가 될 만한 누군가를 만날 가능성이 희박하다. 그 나이에 온라인 데이트 사이트에 가입하는 것도 괜히 굴욕과 불쾌감만 떠안을까 봐 꺼려지지만, 그것이 아니면 다른 방법이 없는 것 같다.

그래서 어렵사리 마음먹고 가입을 한다. 처음으로 추천 상대들을 받는 순간, 솔직히 설레기도 한다. 이성 관계에서 흥분을 느껴본 것이 몇 년 만이던가. 다시 시작할 수 있을 것 같고, 상대가 나와 처지가 같은 한부모라면 관심과 감성이 잘 통할 것도 같다. 과장된 웃음을 짓고 있는 추천 상대들을 쭉 훑다 보니 정말로 그런 상대가 눈에 띈다. 바로 전 배우자다.

그 낯익은 사진과 이름을 발견하는 순간 웃어야 할지, 울어야 할지, 구토를 해야 할지 난감해진다. 어떤 면에선 그런 파트너 연결이 그럴 만도 하다. 따져보면 당신은 더 늙고 더 울적해졌을 뿐 과거나 지금이나 똑같은 사람이니까. 하지만 달리 생각하면 소름이 쫙 돋는다. 대상만 상품에서 사람으로 바뀌었을 뿐, 상품을 추천하는 방식과 다를 바가 없다. 고객의 이전 구매 내역을 바탕으로 "고객님이 관심을 가질 만한 또 다른 상품은 ……" 어쩌고 하며 X를 구매하셨으니 Y도 마음에 들 거라며 들이미는 것과 뭐가 다른가! 하지만 이런 상품 추천은 X가 당신에게 잘 맞았던 이유나 그 특정 상품을 다시 구매하는 게 왜 좋은가는 밝혀주지 않는다. 그저 한 번 X를 구매했으니 그 상품의 재구매에 관심을 가질 만하다고 알려주고는 그만이다.

그나마 소름이 덜 끼치는 측면이라면, 적어도 컴퓨터는 당신이 처음에 X와 결혼하고 싶어서 안달했다는 사실은 모른다는 것이다. 케미스트리닷컴 *Chemistry.com* 이 아는 것은 단지 두 사람이 궁합이 잘 맞는다는 점이다. 아니, 두 사람이 파탄나기 전까지 한때는 궁합이 잘 맞았다는 점이라고 해야 맞을까?

사랑의 검색 조건

사람들은 온라인 데이트의 한계와 부정적인 면에 대해 걱정하지만 그런 걱정은 시작 단계일 뿐이다. 온라인 데이트도 술집이나 해변 카페에서 한잔 하는 식의 만남으로 이어지며, 우리가 늘 해왔던 방식으로, 아니면 여태껏 해본 적 없는 색다른 방식으로 관계의 진전을 이루기도 한다. 게다가 키나 직업에 따라 사랑을 찾는 것 같은 얄팍한 충동조차 깊은 단계로 이어질 수 있다. 그 시작이 온라인이든 아니든 간에, 얕게 시작되어 깊어지는 것, 그것이 사랑이다. 따라서 시작이 얕았다고 해서 반드시 더 얕은 결과를 낳는 것은 아니다. 다시 말해 터무니없이 얕은 단계에서 시작했다고 해도 벌칙을 받지 않을 수도 있다.

항공업계에 합병과 인원 감축의 바람이 닥치면서 비행기 승무원

자리를 잃었던 티파니의 이야기를 들어보자. 그녀는 그 직업 덕분에 누리던 항공여행의 특전을 좋아했지만, 몇 년 후에도 그 일을 잘 해낼 수 있을지 자신이 없었다. 그동안 스타킹에 올이 나간 채로 햄버거점에서 대충 점심을 때우러 허둥지둥 달려가는 승무원들을 너무도 많이 봤는데, 그것은 그녀가 꿈꾸는 삶이 아니었다. 그런데 어쩔 수 없이 이런 생각이 들었다. 괜찮은 민간 항공기 조종사를 만나 사랑에 빠지는 건 어떨까? 그러면 그 남자의 비행기 이용 특혜를 같이 누릴 수 있지 않을까? 어차피 온라인 검색 말고는 달리 방법이 없다면, 내 최고의 바람에 그 초점을 맞추면 안 될 이유가 없지! 그녀는 해보기로 마음먹었다. '파일럿'으로 검색을 하자마자 수많은 조종사들이 떴지만 기대에 어긋나는 엉뚱한 사람들도 같이 떴다. TV '파일럿' 에피소드(pilot episode, 정식으로 발표하기 전에 제작한 텔레비전 프로그램이나 에피소드—옮긴이)에 관련된 사람도 있었고 삶의 '부조종사*co pilot*'를 찾는 컴퓨터 프로그래머도 있었다. 그렇게 쭉 살피다가 진짜 조종사와 채팅을 하게 되었는데, 알고 보니 그 남자는 지역 항공사를 그만두고 국경 순찰 일을 할 생각이라고 했다. 그렇다면 그 남자와는 더 나갈 이유가 없었다.

이번에는 검색 범위를 미국 전역으로 넓혔다. 그랬더니 'Navy Shark'라는 닉네임이 눈에 들어왔다. 군 복무 중이시만 일 년 후에 제대하여 민간 항공기를 몰 계획이라고 했다. 하지만 몇 달간 이메일을 주고받고 한 번 찾아가 얼굴을 보긴 했어도 찌릿찌릿한 감정이 생기지 않아 헤어지고 말았다. 그 뒤에도 두 명의 해병대 조종사와 데이트를 했다. 그러나 두 사람 다 잘 맞지 않자, 결국 그녀는 애인 찾기를 포기하고 데이트 사이트의 계정들을 해지해버렸다. 그로부터 얼마 뒤였다. 비행기 승무원으로 일했던 그녀의 친구가 자기도 온라인을 통해 연인을 찾던 중에 티파니가 조종사 애인을 찾는다는 사실을 알고는, 자신이 우연히 알게 된 공군 조종사를 알려주었다. 과연 티파니는 그 조종사에게 연락을 했을까?

티파니는 대범한 성격이었다. 그녀는 그 조종사에게 편지를 썼고 그렇게 서로 이메일을 주고받으며 즐거운 교제를 했다. 하지만 그는 공군 의무복무 기간이 십 년 더 남아 있었고 그 뒤에도 몇 년간 더 복무할 계획을 갖고 있었다. 그뿐만이 아니라 그의 주둔지는 아랍 에미리트 연방이었다.

그래도 상관없었다. 이메일을 주고받고, 얼마 후 그가 귀국한 뒤에는 직접 만나기도 하면서 어느 사이엔가 두 사람은 사랑에 빠졌으니까. 그런데 이를 어쩐다? 그는 군 복무를 마치더라도 민간 항공사에는 들어갈 생각이 없었으니 말이다. 그래서 대신에 티파니 본인이 비행기 승무원 일자리를 얻었다. 그것도 그녀가 죽어도 못하겠다고 말했던 저가 항공사에 들어가, 원대로 또다시 비행기로 전국을 누비게 되었다.

근무 조건은 그녀의 예상보다도 형편없었다. 종종거리며 뛰어가 햄버거 가게에서 끼니를 때우는 것은 약과였다. 하지만 그녀는 사랑을 찾았다. 카테고리에 따른 사랑 찾기에서 성공했으니까. 비록 그녀가 꿈꾸던 그대로는 아니지만. 그리고 그 조종사 남자 친구와 바라던 대로 결혼도 했다. 다만 티파니가 남편의 비행 특혜를 얻는 대신, 남편이 그녀의 비행 특혜를 얻었을 따름이다.

한 가지만 볼 것인가, 이것저것 다 볼 것인가

몇몇 단점이 있긴 하지만 온라인 데이트는 확실히 수많은 사람에게 성공을 안겨주고 있다. 성공이라는 말의 정의가, 많은 온라인 데이트 사이트의 주장처럼 결혼에 골인할 상대를 찾는 것이라면 말이다. 그리고 이 성공이란 것은 이용자들에게만 해당하는 것이 아니다. 온라인 데이트 사이트는 엄연한 하나의 사업으로서, 훨씬 더 성공률 높고 인기 있고 수익성 높은 사이트로 성장하는 데 유익하게 활용할 만한 귀중

한 데이터를 축적해가고 있다. 어쨌든 이용자 개개인의 경험들은 성공과 실패 여부를 떠나 그 행위, 성향, 거짓말, 충동 등의 단서를 데이터로 남겨놓게 마련이다. 게다가 사업가와 연구자 할 것 없이 이런 데이터를 거르고 분석하여 성공 유형과 그 이유를 더 잘 이해하려고, 또 그런 지식을 밑천 삼아 돈을 긁어모으려고 혈안이 되어 있다.

내가 보기에, 현대의 데이트 풍속도에는 굳이 이런 시스템과 결부하지 않더라도 다소 영구적인 변화가 생긴 듯하다. 현재는 수많은 사람들이 데이트 상대를 선택할 때 가능성보다는 신중한 계산을, 오락보다는 효율을, 성격보다는 조건을, 보디랭귀지나 얼굴 표정이나 즉흥적 꼬리치기보다는 유동적이지 않은 프로필을 선호한다. 따라서 내 견해로는, 우리가 온라인 데이트를 어떻게 변화시켰는가가 아니라 온라인 데이트가 우리를 어떻게 변화시켰는가, 그것이 더 긴급히 풀어야 할 문제라고 본다. 또한 이런 온라인 데이트 서비스가 우리의 기회를 넓혀주었다기보다 제한하고 있을 가능성도 생각해봐야 한다. 어쨌든 캐시와 나는 함께 가입한 어떤 서비스에서도 서로의 상대로 추천된 적이 없지 않은가? 여러 가지로 따져볼 때 우리 두 사람이 잘 맞는 짝이 되어야 할 텐데도.

온라인 데이트 사이트가 유도하는 대로 관심의 초점을 한곳으로 집중하면 넓게 볼 시야를 잃기 쉽다. 애정생활에 대해 더 높아진 통제력과 커진 사명감을 느낄 수도 있겠지만 그 대가가 무엇인가? 카테고리, 사진, 짤막한 소개글에 따라 로맨틱한 선택의 폭을 좁히면서 사랑의 복잡성을 과소평가하여 스스로를 속일 위험을 떠안는 것은 아닐까? 중요한 것은 어떻게 만나는가가 아니라 어떤 사람을 만나는가이며, 어떤 사람을 만나게 될지는 그 찾는 방법에 달려 있다.

여기에 사례가 하나 있다. 소피아와 그녀의 남편은 어떤 온라인 데이트 사이트에서도 서로를 찾지 못했을 것이다. 캘리포니아 주 버클리에서 활동하는 평화운동가이며 정치 시위로 몇 번이나 체포되었던 소피아는 반전, 반체제에다 철저한 반남성주의자였다. 해군 기지에 무단 침입하여 해군 슬로건 게시판에 스프레이 페인트로 항의 메시지를 썼는가 하면, '폭탄이 아니라 빵'이라고 적힌 배지를 달고 다니기도 했다. 이런 그녀가 어떻게 특별기동대_{SWAT} 출신으로 대도시 경관이자 예비군 대령인 남자와 사랑에 빠지게 되었을까? 부상 _{負傷} 탄도학에 대한 글을 기고했고, 자신이 싫어하는 사람은 '공산주의자'라고 부르며, 턱수염을 기른 사람은 무조건 신뢰하지 않는 그런 남자와 말이다.

두 사람의 인연은, 이 남자와 학교 동창인 소피아의 사촌이 소피아가 그를 좋아할 것 같다고 생각하면서 맺어졌다. 소피아 자신도 너무 당황스럽고 믿기지 않는 일이었지만 정말로 그녀는 그가 좋았다. 그의 적절한 관점과 행동 요령, 유머감각, 자상함에 마음이 끌렸다. 그녀는 두 사람이 이론상 잘 맞지 않을 텐데도 그에게 빠져드는 자신이 놀라웠다. 그녀가 끊임없이 이런저런 부정적 상상을 하는 바람에 두 사람은 삼 년이라는 긴 시간 동안 여러 차례 눈물겨운 이별을 겪기도 했다. 그녀로서는 두 사람이 서로에게 맞지 않는 상대인데 잘될 수 있을지 괴로웠다. 그럴 때마다 그는 그녀의 손을 잡고 그녀의 말을 끝까지 들어준 후 이렇게 말하곤 했다.

"우리 둘이 모든 면에서 다른 건 사실이야. 하지만 그래도 나는 당신을 사랑해."

두 사람은 서로를 사랑했다. 그래서 그녀는 끝내 그를 떠날 수 없었다.

얼마 후 두 사람은 결혼을 했고 한때 정반대였던 삶이 서로 뒤섞였다. 9.11 테러가 터졌을 때 그의 예비군 부대가 소집되었고, 소피아는 자칭 '간디의 딸*Gandhi girl*'에서 군인의 아내로 처지가 바뀌었다.

시간이 지나는 사이에 두 사람은 서로의 강경함을 누그러뜨리고 그동안 외면했던 관점에 눈을 떴다. 그녀는 군 생활을 이해하고 공감하게 되었으며, 그는 신문에서 자유주의 칼럼니스트의 글을 찾아 읽고 자유주의 계열인 〈뉴요커*New Yorker*〉 기사들을 봤다. 그렇다면 현재는 어떨까? 결혼 후 몇 년 동안 경찰 생활, 군대 배치, 민간 직업 생활, 이곳저곳으로의 이사, 아들 출산, 딸 입양 등 여러 일을 겪으면서 여전히 서로를 사랑하고 있다.

대학 도서관에서 만난 사이인 하일라와 래리도 똑같은 사례였

다. 하일라는 자신의 애인감 후보에서 가장 먼저 탈락시키는 요건
으로 흡연자를 꼽을 만큼 담배라면 질색했다. 만약 온라인 데이트를
이용했다면 흡연자라면 무조건 상대도 안 했을 것이다.

그녀가 일하는 대학 도서관도 절대 금연 구역이었는데, 바로 그
곳에서 그녀는 래리를 만나 가까워졌다. 그래서 하일라는 자신의 마
음을 사로잡은 잘생긴 법학도가 흡연자라는 사실을 그에게 푹 빠진
뒤에야 알았다. 어느 날 래리가 말보로 담뱃갑을 꺼냈을 때 그녀는
충격적이고 당혹스러운 마음을 감추지 못한 채 쉰 목소리로 말했다.
"자기 담배 피워?"

래리는 담배를 끊겠다고 말했다. 그런데 그 말뜻은 2주 후, 아니
면 한 달 후에 끊겠다는 의미는 아니었던 모양이다. 일 년이 흐른 후
에 하일라, 래리 사이에 래리의 담배도 함께였으니까. 친구들은 그
녀에게 어떻게 흡연자를 사랑할 수 있었느냐고 물었지만 그녀는 이
렇게 생각했다. 누군가를 한 가지 나쁜 습관 때문에 사랑하지 않기
로 선택할 수는 없지 않느냐고. 어쨌든 담배는 중독이지 습관이 아
니라고. 그는 매력적이고 사랑스러운 남자이며 중독은 있지만 자신
을 사랑해서 끊기로 약속까지 한 사람이었다고. 결국 두 사람은 결
혼했다. 그리고 수년간 번번이 실패를 거듭한 끝에 마침내 래리는
담배를 끊었다.

그녀는 그때까지 십칠 년만 기다려주면 되었다.

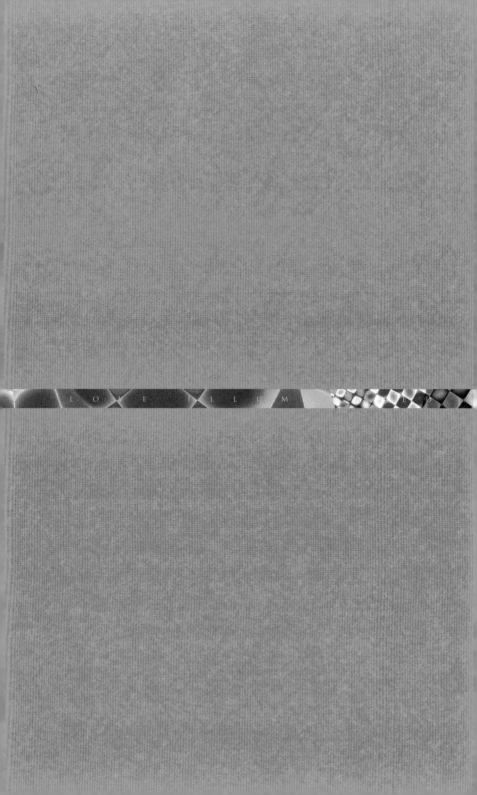

운명

우리는
운명일까,
아닐까?

리즈는 밥이라는 남자와 데이트를 했다. 밥은 자동차를 사지 않고 자전거만 타고 다닌다는 군은 철칙이 있었다. 그것도 로스앤젤레스에서 말이다. 차 없는 생활은 밥의 건강이나 환경을 위해 유익한 선택일지 몰라도, 자동차 중심 문화인 로스앤젤레스에서는 데이트에 불편을 끼치는 요소였다. 시간에 맞춰 자전거로 태우러 와서 어디로든 자유롭게 데려가는 일은 곤란했기 때문이다. 그런 탓에 밥은 자전거 이동이 가능한 거리 안에서만 리즈를 만나거나, 리즈가 자신을 태우러 오길 기다려야 했다.

리즈는 밥을 좋아했지만 로맨틱한 미래를 그려보려 할 때면 그의 차 없는 생활 원칙이 불길한 징조인 것 같아 불안했다.

어느 날 서녁, 리즈는 자신의 폭스바겐 고물차로 밥을 태우러 가서 함께 선셋 대로의 코미디클럽으로 향했다. 사실 그녀는 영화를

보고 싶었지만 그가 코미디클럽에 가자고 졸랐다. 밥이 코미디클럽
이 더 낫다고 설득의 말을 늘어놓는 순간에도, 리즈는 그것이 두 사
람이 서로의 운명이 아니라는 또 하나의 징조는 아닐까 싶었다.

두 사람은 코미디클럽에 도착해 입구 앞에 길게 늘어선 줄로 들
어가 섰다. 그렇게 기다리던 때였다. 난데없이 뒤쪽에서 요란한 자동
차 굉음이 들려 두 사람이 뒤를 돌아보는 순간, 1970년대의 덩치 큰
차 한 대가 보도 연석을 타고 넘더니 그들에게 돌진해왔다.

리즈는 황급히 건물 벽 쪽으로 피하며 다른 클럽 손님들 사이로
허둥지둥 파고들었고, 바로 그 순간 자동차가 아슬아슬하게 비켜 지
나갔다. 이어진 어수선한 상황 속에서 그녀는 밥을 찾아 두리번거렸
다. 밥은 어디 있지? 가만, 파란색 셔츠를 입고 바지는 벗겨진 채로
선셋 대로 한가운데에 쓰러져 있는 저 남자는 누구지? 참, 밥이 파
란색 셔츠를 입고 있었는데? 저 사람이 밥인가?

밥이 맞았다. 리즈가 그쪽으로 후다닥 달려가 보니 그는 의식이
맑았고 걸을 수도 있었지만 부상이 심했다. 구조대가 도착한 후에
밥은 구급차에 실려 갔다. 나중에 병원 응급실에서 밥에게 이야기를
들어보니, 그는 차에 치여 차 후드에 받혀 바지가 끼면서 도로로 끌
려갔다가 아랫도리가 벗겨진 채 내동댕이쳐졌다고 했다. 하지만 차
에 치이기 직전에 그녀를 차의 진로 밖으로 밀어낼 수 있어서 천만
다행이었다고 했다.

정말? 리즈는 그런 기억이 없었다. 그녀의 기억으로는 스스로 허겁지겁 차를 피했던 것 같지만, 그것도 확실하지 않았다. 너무 순식간에 일어난 일이라 분간하기 힘들었다. 정말로 밥이 그녀를 밀어냈을 수도 있다. 하지만 그랬더라도 리즈는 머리가 복잡했다. 이것이 계속 이 남자와 데이트를 해야 한다는 징조는 아닐까? 어떤 사람과 데이트를 하다가 그가 목숨을 걸고 나를 구해줬다면 다른 모든 요건이 같을 경우 그 사람과 맺은 인연의 끈이 다른 사람보다 훨씬 강하다는 의미는 아닐까?

하지만 리즈는 두 사람의 인연의 끈이 강해지는 것은 원치 않았다. 당시엔 서로 운명인지 아닌지 따져보면 따져볼수록 대다수 징조가 부정적인 쪽으로 기울던 참인데, 이번 징조는 그런 부정적 징조들을 압도할 만큼 아주 긍정적인 징조 같아서 걱정이었다.

이런 리즈에게 논리적인 대답을 해주려는 이들은 이렇게 말할 것이다. 두 사람의 관계에 대한 그녀 생각이 그렇다면 그녀와 밥은 서로 운명이 아니라고. 사랑에 빠지면 이런저런 징조에 매달려 장단점을 따지면서 앞으로의 로맨스를 판가름하려 들지 않는다고. 무슨 수학 공식처럼 사랑을 계산하지는 않는다고. 사랑에 빠지면 교통 철학이나 오락 취향을 궁합의 지침으로 삼아 고민하지 않으며, 남자친구가 목숨을 구해준 것을 걱정할 일로 여길 리 없다고. 사랑에 빠진 사람이라면 그것을 모를 리가 없다고!

그런데 나라면 이렇게 말해주고 싶다.

"자신이 사랑에 빠진 것을 아는 사람도 있지만 그렇지 못한 사람도 있습니다. 그런 사람들은 상대와 인연을 느끼지만 그 인연이 사랑이라는 희열의 단계까지 이르렀다고는 확신하지 못해요. 서로 애착이 가고 관심을 공유하면서 끌림과 갈망을 느낀다 해도 의혹과 두려움 역시 커서 상대에게 평생 헌신할 수 있을지 불안해하는 법이죠."

흔히 우리는 사랑에 빠지는 것이, 이상형을 찾은 다음 절벽 끝에서 발을 떼며 그 다음 일은 중력에 내맡겨야 하는 과정인 것처럼 말한다. 하지만 수많은 이들에게 사랑이란 이상형에 비슷한 사람을 찾은 후 두 사람이 함께할 만한지 헤아리려는 시도에 더 가깝다. 한마디로 말해 사랑에는 두 종류가 있을지 모른다. 거부할 수 없는 사랑과, 마침내 받아들이게 되는 사랑. 관계의 지속성 측면에서 보면 둘 중 어느 쪽이 더 장밋빛이라고 장담할 수 없다. 서로 죽고 못 살 만큼 뜨겁던 커플이 결혼 이 년이나 오 년 만에 무참히 어긋나는가 하면, 몇 년이 지나도록 결정을 질질 끌며 고심한 커플이 평생토록 행복하게 사는 사례도 많다. 첫 번째 유형에 해당하는 이들은 자신들의 현재 사랑을 철석같이 믿고, 두 번째 유형에 해당하는 이들은 그렇지 못할 뿐이다. 그래서 이들은 장단점을 저울질하고 끊임없이 이야기하면서 다른 사람의 지도를 구한다.

"그것이 사랑이란 걸 어떻게 알았어?"

짝을 찾은 친구들에게 이렇게 물어보기도 한다.

"그냥 알았어."

이런 속 터질 대답만 돌아오기 일쑤지만.

이런 딜레마와 씨름하는 커플에게는 운명이라는 믿음과 징조가 미래를 그려보는 데 어마어마한 역할을 할 수 있다. 이런 징조는 리즈와 밥의 경우처럼 실질적인 행동이나 선택이 되기도 하고, 두 사람 관계가 운명인 것처럼 만들어주는 마법 같은 우연의 일치가 되기도 한다.

여기서 패트릭과 제프의 사례를 살펴보자. 두 사람은 뉴욕의 게이 클럽에서 열린 즉석 데이트 파티에서 만났다. 패트릭과 제프는 서로에게 첫눈에 반했다. 패트릭은 운명이라는 생각까지 한 것 같다. 하지만 그는 첫 만남의 순간이 로맨틱하지 못한 현실에 마음이 걸렸다. 번호표를 가슴에 붙이고 접이의자에 앉아 있다가 서로 눈이 마주쳤다는 것이 찜찜했다. 그가 꿈꿔온 것은 그런 만남이 아니었다. 어떤 마법 같은 우연의 일치로 진정한 사랑을 찾고 싶었다. 메트로폴리탄 오페라 극장에서 낯선 이가 떨어뜨린 장갑을 주워 건네주다가 그 사람에게 마음을 빼앗기는 것처럼.

패트릭이 경계심을 풀지 못하는 이유는 그뿐만이 아니었다. 그는 서해안 특유의 차분한 성격인 반면에, 제프는 동해안 특유의 의

욕적인 성격이었다. 또 제프는 유대인이었는데, 패트릭은 그동안 사귄 유대인 남자들에게서 상처만 받은 아픈 과거가 있었다. 게다가 제프는 자기가 관계가 깊어질라치면 달아나는 '도망자형'이라고 고백했고, 패트릭은 자신이 때로는 사랑하는 상대를 질리게 만드는 '집착형'이라고 인정했다. 도망자형과 집착형이 만나 잘 사귈 수 있을까?

두 사람은 아주 잘 사귀었지만 패트릭은 자꾸 망설였다. 그는 두 사람이 운명이라는 하늘의 징조를 원했다. 즉석 데이트라는 흔해빠지고 계획적인 만남을 뛰어넘을 뭔가가 필요했다. 그러던 어느 저녁, 제프가 가족과 함께 엄마의 친한 친구를 만나러 시카고에 자주 간다는 얘기를 꺼냈는데 그 친구의 이름이 모니카 모리스라고 했다.

'모니카 모리스라고? 우리 엄마 친구 이름도 모니카 모리스인데.' 패트릭의 엄마는 모니카라는 친구 얘기를 입에 달고 살았다. 그만큼 가장 소중하고 중요한 친구였다. 패트릭은 엄마가 그 친구와 타호 호수에서 함께 스키를 타며 찍은 사진을 본 기억도 났다. 모니카는 엄마의 결혼식에서 신부 들러리를 해준 친구이기도 했다. 혹시 두 모니카 모리스가 같은 사람은 아닐까?

그럴 리 없었다. 모니카 모리스라는 이름은 아주 흔해서 그 이름을 가진 사람은 수두룩할 테니까. 그런데다 제프의 엄마는 중국에서 유대인으로 태어나 일본과 이스라엘을 거쳐 뉴욕에 정착했고, 패트

릭의 엄마는 (패트릭과 제프가 만나기 칠 년 전에 돌아가셨지만) 글래스
고에서 태어난 스코틀랜드인 장로파로 스코틀랜드를 떠나온 뒤로
평생을 샌프란시스코에서 살았다. 아무리 봐도 살아온 인생에서 겹
치는 부분이 없었다.

제프는 유대교 신년절에 패트릭을 엄마의 롱아일랜드 집으로 초
대했다. 그날 점심을 먹으면서 제프의 엄마가 때마침 모니카 모리스
이야기를 꺼냈다. 패트릭은 정말 우연의 일치지만 자신의 엄마와 친
한 친구의 이름도 모니카 모리스라고 말했다. 제프의 엄마는 그 말
에 깜짝 놀랐지만 다른 사람일 거라고 했다. 하지만 잠시 후 모니카
가 샌프란시스코에서 살며 비행기 승무원으로 일할 때 그곳으로 모
니카를 만나러 간 적 있다는 얘기를 꺼냈다.

"엄마, 그럼 연관성이 있겠는데요. 패트릭 어머니의 친구인 모니
카 모리스가 샌프란시스코에 살거든요. 그분한테 전화해봐요!" 제
프가 끼어들었다.

제프의 엄마가 아들의 말대로 전화를 건 후에, 패트릭이 전화를
건네받아 자기소개를 하고 어머니 이름을 말하며 혹시 아는 사이인
지 물었다.

"당연히 알지. 고등학교 때 아주 친했는데." 모니카의 대답이었다.

패트릭은 모니카에게서 처음 듣는 엄마의 이야기를 들으며 잠
깐이나마 엄마가 살아 돌아온 듯 느껴져 눈물을 흘렸다. 그리고 생

흔히 사랑에 빠지는 것이,
이상형을 찾은 다음
절벽 끝에서 발을 떼며
그 다음 일은 중력에 내맡겨야 하는
과정인 것처럼 말한다

각했다. 이것은 메트로폴리탄 오페라 극장에서 떨어뜨린 장갑과 같다고. 두 사람이 운명으로 엮인 징조라고. 두 사람 사이의 적신호나 멋없는 첫 만남에도 불구하고 그들은 결국 서로를 찾아낼 운명이자 생을 함께할 운명일지 모른다고!

그렇지만 두 사람은 그럴 운명은 아니었나 보다. 집착형 패트릭은 이내 둘의 관계를 의지대로 끌고 가려 했고, 도망자형 제프는 달아나려는 충동이 발동하면서 두 사람 사이는 끝이 났다. 하지만 언제나 로맨틱한 패트릭은 자신과 제프가 어떤 이유로든 맺어질 사이였다고 믿는다. 또 그 덕분에 모니카 모리스의 어린 시절 우정 이야기를 통해 오래 전에 돌아가신 어머니와 감정적 유대를 느낄 수 있었다면서 평생 감사할 선물을 얻었다고 여긴다.

따라서 징조에 매달리는 것이 언제나 맞는 것은 아니며 기대하거나 바라는 만큼 맞지 않을 수도 있다. 그러나 때로는 적절한 타이밍에 옆구리를 찔러주는 역할을 하기도 한다. 나탈리의 이야기를 들어보자. 나탈리는 캐나다 앨버타 주 가스전*gas field* 지대에 위치한 메디신햇*Medicine Hat*이라는 작은 도시에서 스물세 살까지 쭉 살았다. 메디신햇으로 말하자면 '가스 시*The Gas City*'로 유명할 만큼 천연가스 매장량이 풍부한 데다, 세계에서 가장 큰 티피(teepee, 아메리카 인디언의 천막집)를 비롯해 여러 볼거리를 자랑하는 곳이기도 하다.

이렇게 매력적이고 친근한 도시인데도 나탈리는 메디신햇에서
맞이한 청춘의 삶이 점점 좁아지는 터널 앞에 선 느낌이었다. 당시
에 그녀는 자기가 다닌 고등학교 맞은편의 집을 남자 친구와 함께
구입해 동거 중이었다. 그녀가 사랑하는 남자 친구는 굴착기를 운전
하며 투스텝을 기막히게 추는 남자였다. 하지만 그녀는 그 도시와
그 집에서 그와 꾸려갈 안락하고 안정된 미래를 아무리 소중히 여
기려 해도 저 먼 어딘가에 그녀를 위한 다른 것이 있을 것만 같았다.
그래서 남자 친구가 다가오는 크리스마스에 자신에게 프러포즈라
도 할까 봐 두려웠다. 그때는 정말로 꼼짝없이 붙잡힐 테니까.

하지만 남자 친구는 프러포즈 대신 골프화를 선물했다. 덕분에
당장은 마음의 부담을 덜었지만, 또 한편으로는 그 일이 자신이 정
말로 그 도시를 벗어나야 한다는 징조로 다가오기도 했다. 어느 날,
나탈리는 용기를 끌어 모아 남자 친구에게 떠나야겠다고 말했다. 그
렇게 앞날의 두려움과 남자 친구의 만류를 떨치고 메디신햇을 떠났
다. 맨 처음으로 간 곳은 비교적 대도시인 캘거리였는데, 이곳에서
몇 달 동안 성공을 꿈꾸며 악착같이 일하다가 말 그대로 세계적 모
험을 해보자는 생각에 타이 방콕에서 영어 교사 일자리를 수락했다.

하지만 막상 타이로 와보니 외로웠다. 마음속 깊은 곳에서는 옳
은 결정이었다고 느끼면서도 고국이 그리웠다. 여러 달이 지나도록
친구도 딱 한 명, 그녀가 일하는 학교의 사무관밖에 사귀지 못했다.

남자를 만나 사랑을 찾고싶은 마음이 간절했지만 어떻게 해야 할지 몰랐던 그녀는 결국 타이에 사는 외국인을 찾을 생각에 그곳의 온라인 데이트 서비스에 가입했다. 하지만 여전히 운이 따르지 않았다. 거기서 본 서양 남자들은 헌신적 관계보다 가벼운 섹스 상대가 되어줄 타이 여자들을 찾는 것 같았고, 단 한 사람도 그녀에게 응답을 해오지 않았다. 몇 달이 지나서야 같은 캐나다인 한 명이 '버건디 *Burgundy*'라는 닉네임으로 그녀를 방문해 채팅을 시작했다.

그의 진짜 이름은 노엘이었다. 그녀는 그와 메시지를 주고받으며 혼잣말로 그의 이름을 크게 불러봤는데 듣기 좋은 이름이라는 생각이 들었다. 두 사람의 온라인 채팅은 대화가 잘 통해서 그녀는 서로가 잘 맞을 것 같다는 들뜬 마음이 생기기 시작했다. 직접 만나서 그런 마음을 말하고 싶었다. 노엘은 자기도 무척 만나고 싶지만 곧 고향으로 돌아가야 해서 당장은 못 만난다고 대답했다.

나탈리는 실망한 채, 캐나다 어디 출신이냐고 물었다. 그가 답문을 보냈다.

"앨버타 주의 작은 도시에서 자랐어요. 이름을 말해줘도 잘 모를 텐데, 메디신햇이라는 도시예요."

나탈리는 커피를 마시다 사레가 들려 킥킥거렸다. 그리고 그의 답문을 다시 한 번 읽어보고는 깨달았다. 지구 반 바퀴를 돌아 몇 달 동안이나 외로움과 회의감으로 괴로워했지만, 이 순간이야말로 그녀가 그토록 기다려왔던 징조라고.

그녀의 생각은 맞았다. 이 년 후에 나탈리와 노엘은 결혼했고, 캐나다 브리티시콜롬비아 주의 산악지대로 이사해 지금까지도 그곳에서 잘 살고 있다.

운명 효과

운명을 연구해온 전문가들에 따르면 운명의 힘을 믿는 사람이 굉장히 많은 듯하다. 여론조사 기관 마리스트 폴*Marist Poll*에서 2011년에 시행한 조사에서도, 미국인 가운데 무려 73퍼센트가 어딘가에 함께할 운명인 소울메이트가 있다고 믿는 것으로 나타났다. 하지만 전문가들은 사랑을 찾을 때는 소울메이트에 대한 환상을 버리는 편이 바람직하다고 경고한다. 일명 '소울메이트 망상'의 희생자가 되기 싫다면 말이다.

심리학 전문지 〈사이콜로지 투데이*Psychology Today*〉는 '소울메이트라는 개념을 맹신해선 안 되는 이유'라는 제목의 기사에서 그 이유를 분별 있게 지적했다. 이런 무한한 이상주의가 사랑을 찾는 동안 위험 요소로 작용할 수 있기 때문이란다. 그 이유로, 단 한 사람의 진정한 소울메이트라면 모든 면에서 잘 맞고 완벽한 사람일 거라는 기대를 품기 쉬운데, 그 기대가 독이 될 수 있음을 제시했다. 그 사람과 함께 보내는 시간이 길어지면서 어느 순간부터 완벽하지 않다고 느끼거나 의견 차이와 다툼이 생길 경우 상대가 '그 한 사람'이 아니라고 여기게 되고, 그러면 사귀는 중에 일어나게 마련인 어려운 문제를 직면하기보다 그냥 헤어지기로 결정할 소지가 있다.

맞는 말이다. 사랑을 시작하는 이들에게는 그런 믿음이 탈이 될 수 있다. 아이 같은 순진함과 어리석은 기대를 품은 채 새로운 관계에 뛰어드는 것은 파멸을 불러온다. 하지만 일단 관계가 깊어진 사이라면, 즉 결혼이라는 구덩이에 이미 빠져 험난한 사랑의 현실에 익숙해진 경우라면, 운명의 힘을 믿는 것이 탈이 되지 않는다. 오히려 더 어려운 일이 닥쳐도 서로의 곁을 지키도록 힘을 준다고 생각하는 사람들이 많다.

관계 전문가들은 서로의 관계가 운명이라고 믿으면 비축된 선의와 긍정적 에너지가 발산될 수 있다는 의미에서, 이런 현상을 '운명 효과*The Destiny Effect*'라고 부른다. 아니, 적어도 나는 지금껏 관계 전문가들이 이런 현상을 그렇게 불러왔다고 생각했다. 사실, 그렇게 생각할 만하지 않은가? 그런데 구글 검색창에 'destiny effect'를 쳐 봤더니 실제로 이 명칭이 쓰이는 예는 카드 속임수, 기독교 청년단체, 콜로라도 주 시골 지방의 아마추어 록 밴드뿐이었다. 따라서 이 명칭은 다른 사람들의 지지를 받지 못하는 것 같으며, 당신이 나와 함께 운명 효과를 믿고 싶다면 과학계의 지지 없이 믿어야 할 것 같다.

하지만 이 점만은 확실하다. 운명 효과가 미국 특허청에 등록된 명칭이건 식품의약국의 사용 승인을 받은 것이건, 우리는 그것이 안겨주는 확신이라는 마법 같은 위안에 기대고 싶어 한다. 특히 의혹이 몽글몽글 일고 의견이 대립해 관계에 금이 가기 시작할 때는 더 그렇다. 이유와 욕망이 사랑을 찾는 데서 나름의 역할을 한다고 해도, 우리는 가능하다면 우리의 관계가 천박한 계산과 격렬한 성욕보다 위대한 어떤 힘에 의해 조종되는 듯한 느낌을 갖고 싶어한다.

시간만 있다면 운명의 손이 자신을 사랑으로 이끌어주길 기다리는 것은 그리 어려운 일이 아니다. 어차피 운명론자들은 그 일에 매달리지 않은 채, 자연스럽게 흘러가는 일상생활 속에서 예정된 연인을 만나 비로소 진정한 사랑과 마주칠 마법 같은 순간을 기다린다. 운명론자들이 진정으로 원하는 것은, 메트로폴리탄 오페라 극장에서 떨어진 장갑을 주워주는 식의 만남과, 그 사람이 자신의 운명임을 알려주는 어떤 행복한 사건이나 우연이니까.

디트로이트행 비행기의 하나 남은 좌석을 샀는데 거기서 미래의 배우자와 나란히 앉게 되는 건 어떤가? 아니면 지하철에서 휴대전화를 잃어버리고 발견한 사람이 있나 해서 전화를 걸었더니 누군가 "여보세요?" 하며 전화를 받았고 몇 년 후에 두 사람이 나란히 유모차를 끌게 되는 식도 있다.

하지만 이런 방식은 시간이 다급할 때 속도를 높일 수 없다는 단점이 있다. 사랑을 찾기 위해 옆자리 티켓을 한 장 더 사고 지하철 좌석에 휴대전화를 일부러 두고 내릴 수는 없는 노릇이며, 그렇게 해서 잘되더라도 그것은 일종의 강제적 운명이 아닐까? 그렇다면 그 마법을 앞당겨야 할 때는 어떻게 할 수 있을까? 빠르면서도 운명적으로 사랑을 찾을 방법이 있기는 할까? 데드라인에 맞춰 운명을 찾을 방법이 있을까?

당연히 있다. 효과는 어떠냐고? 가끔이지만 분명 있다!

당신의 문제는 무엇일까?

사람들이 다급히 사랑을 찾는 이유는 각양각색이다. 임신 가능 연령이 똑딱거리며 지나가고 있어서, 어느 순간 거울을 보니 머리가 벗겨졌다거나 이런저런 식으로 젊음의 매력을 잃어간다고 느껴져서, 다른 사람들은 다 짝이 있는데 나만 없는 것 같아서, 아니면 순전히 집에 같이 살 누군가나 개를 같이 키울 누군가가 필요해서 등등 다양하다. 짝을 간절히 원하며 나에게 사연을 보내오는 솔로들은 대체로 이십 대 후반이나 삼십 대 초반이다. 이들 대다수는 은둔형도 아니고, 신체적으로나 사회적으로 '비호감'도

아니며, 성생활에 자신이 없거나 미숙하지도 않다. 집이 없어 고양이 사료와 보드카로 그럭저럭 연명하는 처지들도 아니다. 다른 사람들보다 결혼에 더 목매는 것도 아니다(오히려 다른 사람들보다 결혼에 대한 집착이 적기 때문에 제 짝이라고 느껴지지 않는 관계를 억지로 끌고 가는 일도 적다). 애인 만들기 지침서에서 흔히 강요하는 바와 달리, 자신의 어떤 점을 '고칠' 필요도 없다. 가령 내성적인 성격을 외향성으로 바꾼다거나, 사람 좋은 척하려고 재미있지도 않은 농담에 웃어준다거나, 마음이 시키는 것과 반대되는 데이트 법칙을 억지로 따를 필요도 없다.

한 여성은 삼십 대에 접어든 싱글이었는데 몇 년 동안 데이트 한 번 못 해본 암울한 시절이 있었다. 그런데 새로 사귄 애인에게 그때 이야기를 고백해야 하는 순간이 닥칠까 봐 끔찍했다. 그러던 어느 날 그런 순간이 왔을 때 듣고 있던 남자 친구는 비꼰다기보다 호기심 어린 말투로 물었다. "자기한테 무슨 문제가 있었는데?"

하지만 그녀에게는 아무 문제가 없었다. 아니, 더 정확히 말하자면 누구나 갖고 있는 그런 보편적 문제밖에는 없었다. 그녀는 당시엔 몰랐지만, 마침내 사랑을 찾으면서 그제야 깨달았을 것이다. 아직 제 짝을 만나지 못했던 것뿐임. 자신에게 무슨 '문제'가 있을지 모른다는 생각에 매달리는 것은 적절치 않다. 그녀만이 아니라, 자기한테 목매는 사람이 아무도 없는 것 같아 절망에 빠진 이들은 거의 누구나 마찬가지다. 그들은 단지 제 짝을 만나지 못했을 뿐이다. 평생토록 못 만나는 이들도 더러 있다. 하지만 그렇다고 해서 이들이 사랑을 찾는 다른 수많은 사람들과 비교해서 문제가 더 있는 것은 아니다.

어서 사랑을 찾고 싶어 안달하는 이들은 친구와 동료들 대다수가 그렇듯, 지난 십여 년 동안 이 사람 저 사람과 사귀면서 마음의 상처를 받고 또 상대에게 상처를 주기도 했을 것이다. 또한 플라토닉 러브 여부를 떠나 재미있거나, 편안하거나, 한쪽만 열 올리는 관계이거나, 아니면 세 가지 모두 해당하지만 별 진전 없이 겉도는 관계에 머물기도 했을 것이다. 그러다 의자에 먼저 앉기 게임을 하듯 또래들이 앞 다퉈 결혼을 하는 사이에 어느 순간 게임이 끝나가면 앉을 의자가 남지 않을 것 같아 초조해진다.

이런 처지가 되면 당혹감과 좌절감에 빠진다. 사랑이란 자연스럽게 생겨나는 감정이라고만 생각했고, 일부러 노력을 벌이며 부자연스럽게 사랑을 찾아 나선다는 것은 낭만주의자로서 비위가 거슬린다. 게다가 그 시스템이란 것을 이용하는 대가로 시간은 물론 돈까지 치러야 하는 데다, 사용자 아이디(lonelyjane2346)와 패스워드(pleAseG0D)를 요구하며 성격 분석을 한답시고 사생활 침해성 질문을 들이밀 때는 더더욱 몸서리가 쳐진다. 이런 질문도 봤다. "파트너의 음모가 어떤 스타일이었으면 좋겠습니까? 자연스러운 스타일, 깔끔하게 다듬은 스타일, 완전히 제모한 스타일, 상관없음 중에서 어디에 해당하나요?"

이런 전자 설문을 마주하다 보면 과거의 연인 X가 새삼 그리워진다. 잘됐을지 모른다는 아쉬움과, 돌이켜보니 두 사람이 서로에게 너무 많은 것을 기대했다느니 까다롭게 굴었다느니 하는 후회가 밀려든다. 물론 X는 얼마 전에 다른 사람과 결혼해서 남의 사람이 되어 있지만. 그런데다 어쨌든 기회가 있었는데 그걸 놓쳐버렸다고 생각하니, 미련이 아닌 자기 혐오마저 치민다. 자책의 목소리가 머릿속을 헤집는다.

'어딘가에 더 나은 상대가 있을 것이라는 생각을 못 버리더니 꼴좋구나! 쉽게 놓지 않고 꽉 붙잡고 있으면 깨닫게 되는 것이 사랑인데, 나는 왜 그렇게 어리석었을까?'

사실 한두 세대 전이라면 연인 X와 결혼에 골인했을 가능성이 꽤 높았을 것이다. 그때는 그 정도의 관계에 충분히 만족했을 것이고 결혼할 타이밍도 잘 맞았을 것이다. 오 년이나 십 년쯤 시간을 두고 더 나은 누군가를 계속 찾아보려는 생각은 아예 안 했을 테니까. 게다가 애초부터 선택할 만한 상대의 폭도 그다지 넓지 않았을 것이다. 한두 세대 전에는 이런저런 편견, 규범, 실용성, 지리적 고려, 종교적 관례, 가족의 참견 등으로 선택의 폭이 좁았다. 실제로 일부 주에서는 다른 인종 간의 결혼을 위법으로 규정하며 대놓고 못마땅하게 여겼다. 지역에 따라, 가령 결핵에 걸렸거나 '정신박약자'로 판명된 누군가에게 마음이 끌렸을 때는 그것이 법에 저촉된다는 이유만으로 마음을 접을 수도 있었다. 우량 시민으로 남으려면 인증된 리스트에서만 신중하게 상대를 고르도록 강요받은 셈이다.

법과 편견이 선택의 폭을 좁히는 현실은 아직까지도 있고, 동성

^{同性} 결혼 반대가 그 극명한 사례이다. 하지만 그 밖의 벽들은 무너져 내렸고 동성 결혼도 차츰 그런 방향으로 나아가는 추세이다. 전체적으로 보면, 이제 대다수 사람의 의식이 빠르게 변하고 있다. 결혼할 당사자가 셋이 아니라 두 사람이기만 하다면, 또 두 당사자 모두 의사능력을 갖춘 성인이라면, 누구든 마음에 드는 사람과 결혼할 수 있어야 한다는 것이 대다수 사람의 생각이다.

하지만 자유가 이렇게 확장된 만큼 그 이면엔 부담도 따른다. 제약이 거의 없이 누구든 선택할 수 있고 그 선택이 전적으로 우리 자신에게 달려 있다면 '최선의' 선택을 내려야 한다는 압박감을 느끼기 때문이다. 또 훗날 예전에 사귀었던 사람들을 떠올리며 자신의 선택에 실망할 가능성도 그만큼 높아진다. 물론, 가장 괴로운 문제는 돌이켜보면 운명의 상대였던 사람을 이미 포기해버렸을 가능성이다. 그때는 성숙하지 못했거나 준비가 되지 않아서, 아니면 그 밖의 이유로 상대를 놓쳐버렸다. 이런 뒤늦은 후회는 고통스럽기만 하다. 나에게 사연을 보내오는 사람들 중에서도 많은 이들이, 훗날 사랑인 것을 깨달았지만 당시엔 그 감정을 확신하지 못해 그 사람과 헤어졌다며 고통을 토로한다. 게다가 이들은 '확신'이라는 것이 가능하기나

한지 의심을 표출한다.

　헌신이나 결혼에 대한 동기가 과거보다 약하다는 점 또한 문제인데, 이는 특히 여성들에게서 두드러진다. 많은 여성이 혼자 힘으로도 자족감을 느끼며 결혼에 조심스러운 입장을 취하며, 결혼이 최선의 이득일지 납득하기 힘들어한다. 혼자 버는 것보다야 맞벌이가 재정적으로 가족 부양의 짐을 덜어줄 수 있지만, 그런 경제적 부분이 문제가 아니라면 나머지는 혼자서도 해결할 수 있다. 일례로 여성들은 아기를 갖기 위해 더 이상 육체적으로 남자가 필요하지 않으며 정자은행, 인공수정, 대리모를 통해, 그리고 상당 액수의 은행 잔고를 통해 아기를 갖는 사례가 점차 늘고 있다.

　이제 결혼이 임신 차원이나 경제적 필요의 차원이 아닐뿐더러 농사일을 도와줄 일손이 필요한 차원도 아닌 오늘날에는 상대방에게 더 많은 것을 기대하는 경향이 있다. 화려한 이상형 기준을 보면 거의 종합선물세트 수준이다. 상호 공경, 만족스러운 섹스, 서로 잘 통하는 기호와 유머감각, 뛰어난 경제 능력, 공동 육아와 공동 가사에 대한 트인 태도, 여기에다 소울메이트 느낌까지 ……. 이 정도면 불가능하게 보일 만큼 높은 기준이 아닐까?

운명을 주문하다

운명을 믿는 사람들은 대개 사랑을 상업적으로 이용하는 것에 의심의 눈초리를 보낸다. 이들은 온라인 데이트 형태이건 직접 만나는 이벤트 형식이건 간에, 공장에서 대량으로 찍어내는 식의 중매 시스템은 무조건 신뢰하지 않는다. 그래서 데이트 상대의 폭이 좁고 연애가 거주 지역 내로 한정되었던 과거의 연애 방식을 택하려 한다. 그 까닭에 애인을 빨리 찾고 싶은 마음과 달리, 점 보기 같은 전통적인 방식으로 후퇴할 가능성이 높다.

이들은 시간이 느긋할 때나 다급할 때나 애정 생활을 광적으로 통제하려 들지 않는다. 오히려 다른 누군가가 통제해주길 바란다. 누구를 사랑할지, 그 사람을 어디서 찾아야 할지, 어떻게 마음을 열어야 할지 등을 누군가가 알려주길 바란다.

그런 의미에서 그런 사람들이 선택할 만한 옵션들을 소개해보려 한다. 거의 모두가 구식인 데다 누가 봐도 비과학적이긴 하지만, 가망성은 어느 정도 보장된 것들이다. 그럼 가장 현실적이지 않은 옵션부터 하나하나 살펴보자.

중매결혼

인연을 다른 사람 손에 맡기고 싶다면 중매결혼이 최고의 방법이다. 아주 오래된 전통이자 가부장적이며 혼수를 교환하는 이런 관례는 세계 여러 문화권에서 여전히 행해지고 있으나, 미국 문화권에서는 그다지 보편적이지 않은 편이다. 중매결혼 전통은 빈약하지만 좌절에 빠진 애인 갈망자들 가운데 중매결혼을 동경하는 사람이 꽤 많다는 사실은 놀랍다. 아니, 어쩌면 빈약한 전통 때문에 중매결혼에 매혹적 환상을 품게 되는지도 모르겠다. 잘 모르는 낯선 것에 열망하기는 쉬운 법이다.

그렇다면 중매결혼의 매력은 뭘까? 먼저, 낮은 기대치다. 전혀 모르는 사람을 만나면서 높은 기대를 갖기는 당연히 힘들다. 반면 서구식 결혼은 하늘 높은 줄 모르는 기대를 품고 시작되는 편이다. 서양인들은 마침내 진정한 사랑을 찾아 천상의 기쁨을 즐길 수 있게 되었다는 식으로 믿는다. 그런 까닭에 불만이나 불행이 스멀스멀 끼어들면 금세 놀라고 당황한다. 이들의 머릿속에서는 자신이 무슨 '실수'를 저질렀나 따져보며 어서 원상태로 되돌릴 방법을 찾고 있을지 모른다.

이쯤에서 파라하드의 이야기를 엿보자. 인도에서 자라 런던에 살며 사연을 보내온 파라하드는 결혼에 무심한 편이었다. 세계 여러 곳을 돌며 소프트웨어 개발자로 활동하던 그는 결혼에 관해서라면 어머니가 다 알아서 해주려니 여기고 있었다. 사회적·경제적 지위뿐만 아니라 종교적인 면에서까지 자신과 잘 맞는 사람을 골라줄 것이라고. 그래서 어느 날 어머니가 특별한 희망사항이 없느냐고 물었을 때, 그런 문제로 의견을 묻는 것 자체가 놀라울 따름이었다. 그는 잠시 생각하다가 그냥 대학을 나오고 영어를 할 줄 아는 신붓감이면 된다며 무덤덤하게 말했다. 그 밖에는 어머니가 골라주는 사람이면 누구든 상관없다고.

알고 보니 그의 어머니는 같은 동네에 사는 아가씨 한 명을 점찍어놓고 있었다. 어머니의 관심사는, 아들을 같은 동네 아가씨와 결혼시키는 것 하나였다. 아들의 직업상 외국에 나가 살 가능성이 높은데, 아들 내외가 잠깐씩 고국에 올 때마다 그 짧은 시간을 본가와 처가에 나누어 써야 하는 점이 마음에 걸려서였다. 본가와 처가가 한 동네에 있으면 아들이 먼 거리를 오가는 데 쓸 시간을 낭비하지 않을 것이었다.

이로써 조건은 결정되었다. 영어를 할 줄 알고 대학을 나온, 같은 동네 아가씨면 되었다. 파라하드의 어머니가 점찍어둔 아가씨 사메라는 이 조건에 들어맞았고, 당장 그날 오후에 모자는 즉석 미팅을 위해 사메라의 집으로 찾아가 이야기를 나누고 식사도 했다. 집으로 돌아오자마자 파라하드는 어머니에게 고개를 끄덕이며 사메라가 귀엽고 자신감 있어서 마음에 든다고 했다. 사메라도 자신을 그런대로 마음에 들어 하는 것 같다면서.

이것은 두 아들을 낳고 살기 전인 이십 년 전 일이었다. 결혼 전에 파라하드와 사메라가 만난 시간은 모두 합해 고작 사십오 분이

었다. 두 사람의 연애는 결혼 후에야 본격적으로 시작되었다. 그때부터 영화관이나 해변으로 데이트 나가고, 싸웠다 화해하고, 성생활을 하면서 어느새 사랑에 빠졌다. 파라하드의 말마따나, "나 아닌 다른 사람을 서서히 알아가며 신비로움을 한 겹 한 겹 풀어나가는 것이야말로 중매결혼의 재미 가운데 하나"이다. 이런 발견의 과정은 확실히 연애의 재미이기도 하다. 다만, 차이라면 중매결혼에서는 그 목표가 애초에 결혼을 할지 말지가 아니라, 결혼할 방법을 찾는 것이라는 점뿐이다.

중매결혼에 대한 이런 긍정적 견해는 파라하드만의 특이한 사례가 아니다. 내가 접한 중매결혼 이야기들은 거의 예외 없이 비슷한 궤도를 따르면서 중매결혼에 대해 겸허한 찬양의 경향을 띤다. 중매로 결혼한 부부들은 차차 서로를 알아가야 하고, 시간이 지나면서 서로 사랑해야 하며, 어떻게든 결혼 생활을 잘 이어가야 한다. 언뜻 생각하기엔 불가능해 보이지만, 실제로 잘되는 경우가 아주 많다. 그 이유는 뭘까? 한 가지 확실한 이유는, 사랑의 절정기에 시작했다가 한 해 두 해 지나는 사이에 시들해져서 불신 속에 불안해하는 대신에, 백지 상태에서 시작했으나 운이 좋다면 불모의 땅에서 온정과 애정이 뿌리를 내려 꽃을 피우는 경이로운 삶에 감탄할 수 있기 때문이다.

물론 이런 궤도는 일정하지도 않고, 심지어 그 가능성이 확실하지도 않다. 사랑에 푹 빠져 결혼한 신혼부부들 중에는 사랑이 커지고 깊어지면서 황홀감이 더욱 높아가는 사례가 많은가 하면, 중매로 결혼한 부부들 가운데 서로 어울리지 않는다는 점이 분명해지면서 점점 절망의 구렁텅이로 추락하는 이들도 많다. 하지만 애초에 서로에게 아무 감정 없이 시작하는 이들은 싸게 사들여 비싸게 되판다는 장기 투자의 전략에 따를 때, 확실히 상승 잠재력이 더 높다. 사랑을 주식 시장과 동일시하다니 주책없다고 생각할 수도 있겠지만, 결혼도 일종의 장기 투자가 아닐까? 모든 사랑은 미지의 세계로 뛰어드는 것이다. 이는 중매결혼 커플의 사랑도 다르지 않다.

하지만 중매결혼 문화에서 자라지 않은 사람이 중매결혼을 자청하는 것은 훨씬 더 대범한 도약이다. 통일교가 전성기를 누리던 몇 년 동안 수많은 통일교 신자들이 바로 그런 도약을 감행했었다. 이들은 다른 나라에 사는 생면부지의 사람, 그것도 이제는 고인이 된 문선명 목사가 무작위로 골라준 누군가와 결혼하라는 명령을 받아들였다. 그래서 수천 쌍의 신자들은 합동결혼식을 올리면서, 분열된 세계를 잇는 가교로 상징되는 아이를 낳아 세계평화를 촉진한다는 모토에 동의했다.

르네도 이런 결혼을 한 통일교 신자였지만, 결과적으로 너무 멀리 나간 도약이 되고 말았다. 1987년 봄에 뉴요커 호텔에서 열린 합동결혼식에서 생판 모르는 일본인과 결혼한 르네는 어떠한 일이 있더라도 그 결혼에 헌신하겠다고 마음먹었다. 그녀의 일본인 남편은 합동결혼식에서 문선명 목사가 즉석에서 수백 명 가운데 뽑아준 사람이었다.

문선명 목사는 그녀와 그녀 남편의 셔츠 소매를 붙잡아 가까이 끌어당기고 말했다.

"두 사람 자신의 행복을 위해서가 아니라 두 사람의 결혼으로 태어날 아름다운 자녀들을 위해 두 사람을 짝지어 주노라."

이 말은 필요에 따라 그 당시에는 상당한 경고의 의미로, 또 나중에는 유용한 합리화의 의미로 해석될 수 있었다. 말하자면 이런 메시지였다.

"앞으로 일어날 상황에서 황홀한 순간을 기대하지 마라. 그런 기대가 고개를 든다면, 이 결혼은 너희의 행복에 관한 것이 아님을 떠올려라."

이런 식의 승화는 르네의 마음에 와 닿았고, 그녀와 그녀의 남편은 세 자녀를 낳으며 십팔 년 동안 결혼 생활을 유지했다. 그녀가 온갖 노력과 희망에도 불구하고 결국엔 그 결혼 생활에서 탈출해야 한다고 결심하기 전까지는 그랬다. 하지만 어떻게 탈출하느냐가 문제였다. 스스로 한 맹세를 어떻게 깰지 막막했다. 생각만 해도 이기적인 행동 같고 죄책감마저 들었다.

애초에 이들의 결혼 목적이 평화의 상징인 아름다운 자녀들을 창

조하는 것이라고 했던가? 그렇다면 아주 적절하게도, 자녀 중 한 명
인 열두 살 딸이 르네에게 그 서약에서 벗어날 본질적인 길을 열어주
었다. 엄마의 불안과 고통을 눈치 챈 딸이 이렇게 말했던 것이다.

"하느님은 우리 세 명이 태어나게 하려고 엄마와 아빠를 맺어주
셨을지 몰라요. 그러니까 이제는 엄마가 이 결혼을 계속 유지하지
않아도 괜찮지 않을까요?"

딸의 말에 용기를 얻은 르네는 마침내 이혼을 했고, 얼마 후에 새
로운 남자를 만나 진정한 사랑을 찾으면서 두 번째 인생을 시작했다.

누군가가 대신 골라준 생판 모르는 사람과 결혼하는 일은 상상
할 수 없는 일이라고 여기더라도, 이런 중매결혼에서도 배울 만한
교훈이 있다. 특히 지금껏 내가 보면서 느낀 가장 중요한 교훈은 사
랑과 결혼에 대해 더 겸허하게 다가가야 한다는 점이다. 우리는 흔
히 사랑과 결혼에 대해 로맨스와 애착과 황홀한 섹스가 평생 이어
지리라는 몽상적인 기대를 품고 다가간다. 이런 기대 사항을 사랑의
필요조건이며, 성공적 결혼의 토대이며, 모든 좋은 것들이 펑펑 흘
러나오는 샘물이라고 믿는다. 하지만 아무리 애착과 애정이 충만한
결혼에 골인했다 해도 이후에 시들해질 수 있고, 완전히 백지 상태
로 짝을 맺었다 해도 굳건한 관계를 다져나갈 수 있다.

종교 권위자의 한마디

짝 맺어주기 사업에 관여하는 종교 권위자들이라고 해서 모두 다 배우자를 직접 골라주며 집단결혼식을 거행하는 것은 아니다. 비영리 차원에서 점을 봐주는 정도에서 그치는 이들도 있다. 그런데 종교가 없는 경우엔 어쩌냐고? 걱정 마라. 종교가 없어도 다른 방법이 있다.

나도 에이미의 이야기를 듣기 전까지는 그런 방법이 있는 줄 몰랐다. 에이미는 서른여덟 살로, 유대인이지만 신앙이 없었으며 실력 있는 작가이자 저널리스트였다. 당시에 에이미는 스스로에게나 남들에게나, 남편이 필요하다는 사실을 부정할 수 없는 상태에 이르렀다. 이제는 결혼을 할 때였다. 더 늦기 전에 결혼해서 가정을 꾸리고 싶었다. 이미 늦은 것이 아니라면 …….

그러던 중 삶을 되짚어보기 위해 이스라엘로 자기 성찰 여행을 갔다가 한 친구의 어머니와 이야기를 나누게 되었는데, 친구의 어머니는 어느 유대교 신비주의 랍비 얘기를 꺼냈다. 그 랍비가 자기 딸들의 결혼을 모두 예언해주었다며 (게다가 다른 이야기이긴 하지만, 남편의 목숨도 구해줬다며) 한번 만나보라는 것이었다.

손해 볼 것 없다는 생각에 에이미는 그 랍비를 찾아갔다. 랍비의 첫 인상은 그다지 호감이 가지 않았다. 입이 안 보일 만큼 수염이 덥수룩한 데다 안경알이 하도 두꺼워 눈이 흐리멍덩해 보였다. 저런 사람이 사랑에 대해 뭘 알까 싶었다. 그럼에도 그녀는 랍비에게 마음을 털어놓았다. 솔직히 남편이 있었으면 좋겠다고. 그래서 남편감을 찾는 데 도움을 청하러 찾아왔다고.

랍비는 그녀에게 결혼의 복을 기원해주고 미래의 남편을 언제쯤 어떤 상황에서 만나게 될지 예언해주겠다며 400셰켈을 요구했다 (당시 기준으로 약 100달러에 해당했는데, 그 정도 액수면 자선을 베푸는 것이나 마찬가지라고 했다).

그때 에이미는 수중에 400셰켈이 없었다. 랍비는 ATM(현금 자동인출기)에 가서 돈을 찾아오라며 가장 가까운 ATM의 위치를 알려주기까지 했다. 그쯤 되자 그녀는 자신이 사기를 당하고 있다는 생각이 들었지만, 그런 분별과는 달리 자신도 모르게 그의 지시대로 따르고 있었다.

에이미가 돈을 찾아 돌아오자 랍비는 돈을 받아 지퍼락 봉투에 넣더니 그녀가 아직까지 솔로인 이유가 저주 때문이라며 그 저주부터 풀어주겠다고 했다. 그런 후에는 그녀를 성적으로 만족시켜주고 자식을 낳게 해주며 자신의 어머니보다 그녀를 더 사랑해줄 그런 남자가 조만간 나타날 것이라고 말했다.

반가운 얘기였다. 하지만 그 남자를 어떻게 만나게 될지 궁금했다.

랍비는 유대교의 연례 축제인 하누카에 만나게 될 거라고 알려주었다. 그 말대로라면 넉 달밖에 남지 않았다는 얘기였다!

사랑은 우리 안에 있는 잘 속는 봉을 위한 것이지
의심쟁이를 위한 것이 아니다.
사랑은 우리의 잘 속는 측면,
즉 믿고 싶어 하는 우리의 일면에 호소한다

"하누카에 만나게 될 거예요." 랍비가 거듭 말했다.

그녀는 랍비의 말을 반신반의했다. 모든 이야기가 사기처럼 들리기도 했지만, 한편으로는 친구의 어머니가 보증한 사람인데 설마 하는 마음도 들었다.

뉴욕으로 돌아온 후에도 에이미는 의심을 떨치지 못했다. 하지만 막상 하누카가 되자 바짝 긴장이 되었다. 마음이 열려서 마주치는 모든 남자를 유심히 살펴봤다. 혹시 저 사람일까? 아니면 저 사람? 하지만 하누카가 다 지나가도록 별일은 없었다. 내 짝이다 싶은 남자는커녕 그 비슷한 사람도 못 만났으니. 그런데 희한한 일이 일어나긴 일어났다. 문득 생각해보니 그날 내내 자신이 사랑을 받아들이려 적극적으로 마음을 열고 있었던 것이다. 지금은 김이 샌 상태지만, 조금 전까지는 의심과 비관에도 불구하고 사실상 마주치는 모든 남자들에게 사랑의 가능성에 대한 마음을 열고 있었다.

그 뒤로 꼬박 일 년이 지났다. 소울메이트도 연인도 없이 또 한 해를 보낸 셈이다. 또다시 하누카가 다가오고 있을 때 퍼뜩 그녀의 머리를 스치는 생각이 있었다. 그 랍비가 어느 해의 하누카라고 구체적으로 말하진 않았잖아? 그냥 하누카에 만날 거라고만 했지. 그럼 혹시 올해 하누카를 뜻하는 건 아닐까?

그녀는 지푸라기라도 잡는 심정으로 마주치는 모든 남자들에게 마음을 열었다. 하누카 내내 남자와 마주칠 때마다 혹시 이 사람일까 생각하며 유심히 뜯어봤다. 그런데 하누카 축제에서의 일이었다. 그녀가 또다시 쓸쓸함과 절망을 안은 채 자리를 막 뜨려는데, 아까 흘끗 보기만 했을 뿐 대화를 나눠보진 못한 한 남자가 다가와 말을 걸었다. "어디 가세요? 좀 더 있다 가시죠."

그녀는 떠나지 않았다. 그리고 그 남자 솔로몬은 현재 그녀의 남편이 되어 있다.

랍비의 예언이 정말로 맞았던 것일까? 아니면 그 예언은 그저 일이 그렇게 되도록 그녀를 유도했을 뿐일까? 에이미로선 알 길이 없다. 그리고 어느 쪽이든 상관없다.

심령사(그리고 그 밖의 점쟁이들)

당신이 이스라엘 여행을 할 만한 형편이 못 된다고 치자. 아니면 흐리멍덩한 눈에 덥수룩한 수염을 가진 종교 권위자에게 사랑의 조언을 구한다는 생각 자체가 당황스럽다고 치자. 그럴 경우에는 심령사나 타로카드 점술가, 점성가, 수상手相 전문가에게 상담을 받는 방법을 추천한다. 자신은 애정 문제로 심령사에게 상담이나 받는 그런 사람이 아니라는 생각 때문에 이런 제안에 코웃음이 나온다면 당신만 그런 것이 아니니 괜찮다. 내 경험상, 애정 문제로 심령사를 찾아가는 사람들 중에 자신이 애정 문제로 심령사나 찾는 그런 사람이라고 생각하는 사람은 단 한 명도 못 봤다.

또한 그러긴 죽어도 싫은데 애정 문제로 심령사를 찾고 있다면, 그것은 절망의 단계를 지나 전환점에 다다른 것이다. 이제는 공식적으로 마음을 열어 새로운 것들을 시도해보고 새로운 사람들을 만나면서, 그로써 사랑을 믿으려는 그런 단계인 셈이다. 경험 많은 심령사라면 누구든 알 것이다. 당신이 지휘를 기다리는 개방적인 배*ship*라는 것을. 사실, 당신이 이런 상태에 들어선 것은 심령사에게만 좋은 것이 아니라 당신에게도 좋을 수 있다.

심령사의 도움을 받아 정말 잘될지도 모른다. 적어도 내 견해에 따르면 심령사는 이 드라마의 엑스트라이자 촉매자일 뿐이고, 당신의 변화를 이끄는 주체는 바로 당신 자신이다. 언뜻 생각하기에는 주도권을 내주는 것 같지만 실제로는 주도권을 내준다고 믿음으로써 당신이 주도권을 잡고 있는 것이다. 이것은 심리게임인데 사실상 유익한 심리게임이 될 수 있다.

어째서일까? 우리가 애정사를 망치는 이유 가운데 하나는 건사하기도 힘들 만큼 무수한 선택 앞에 무방비로 노출되는 탓도 있다. 그런 선택 앞에서 자꾸 정신이 산만해지고 불안하고 무기력해지기까지 해서 어느 쪽으로도 움직이지 못한다. 그런데 삶의 다른 문제들에서는 리탈린과 애더럴 같은 신경각성제를 먹어서 잡음을 차단하고 집중하는 데 도움을 얻기도 한다.

어쩔 줄 몰라 절망에 빠진 솔로들에게 심령사는 관계의 리탈린

복용과 같은 역할을 해준다. 다시 말해 길 잃은 남녀들이 어떤 방향이나 기회의 순간, 특정 사람에게 집중하게 해주면서 이렇게 일러준다.

"현재에 집중하라. Q와 R이라는 제약된 시간 내에 X, Y, Z 좌표의 위치로 가서 눈과 가슴을 열어라. 그러면 사랑이 찾아오리니."

에이미의 이야기를 칼럼에 실은 이후로 그 랍비의 이름과 연락처를 묻는 문의가 밀려들었다. 칼럼이 나간 월요일뿐 아니라 그 다음 주, 한두 달 후까지 말이다. 몇 년이 지나도록 그런 문의가 들어올 정도라면 말 다했다. 그것도 지구 반 바퀴 너머 예루살렘에 사는 랍비인데 ……. 관계의 리탈린을 복용하고 싶어 몸이 다는 사람들은 언제쯤 사랑을 찾게 될지 알려줄 단서를 위해서라면 기꺼이 400 세켈을 내놓으려는 심정으로 이스라엘에 가볼 생각을 하거나 벌써 길을 나서기도 했다. 이런 일은 유별난 사례도 아니었다. 낭만적 예언을 잘 적중시키는 심령사나 점쟁이 이야기가 실릴 때마다 문의가 쏟아져 들어왔으니까.

나는 원래 이런 연애 점에 의심이 많았지만 그동안 하도 많은 사례를 접하다 보니 이제는 믿게 되었다. 그렇다고 해서 심령사나 점쟁이들의 마법 같은 능력을 믿는다는 것은 아니다. 우리가 시큰둥하게 시내는 세계에 너 세심한 관심을 기울이도록 유도하는 그들의 능력을 믿는다는 얘기다. 곰곰이 따져보면 돈을 내고 점을 보는 일

은 사랑을 찾는 아주 저렴한 방법일지 모른다. 게다가 점을 봤는데 그대로 되었다면 두 사람이 만나게 된 스토리에 흥미가 더해지는 덤까지 누릴 수 있다.

돌아보니 운명이었어

내가 아는 어떤 여자의 아주 옛날 이야기다. 어느 날 그녀가 포춘쿠키를 쪼갰더니 "턱수염을 기른 대머리 남자가 당신의 삶을 바꿔놓을 것이다"라고 적힌 종이가 나왔다. 맙소사, 그런데 정말로 그녀는 턱수염을 기른 대머리 남자를 만나 삶이 바뀌었다. 그 남자에게 청혼을 받았으니까. 그 뒤로 두 사람은 아들 둘을 낳고 행복하고 풍족하게 잘 살았다. 얼마 전에는 결혼 오십 주년을 맞았다.

다만, 두 사람이 만났을 때만 해도 남자는 대머리가 아니었다. 턱수염도 없었다. 머리숱이 많고 말끔한 뺨을 가진 청년이었다. 사실, 그녀가 포춘쿠키 점을 본 것은 남편을 만나고 이십 년이 지난 후였고, 그때 남편은 머리가 빠지고 턱수염이 더부룩해져 있었다. 정말 재미있는 점이 아닌가? 시간상으로는 좀 어긋났지만 말이다.

시간상으로 정확하려면 "턱수염이 난 대머리 남자가 당신의 삶을 바꿔놓았다" 정도가 되겠지만, 그럴 경우 그것은 점이 아니라 그냥 사실의 진술이 아닐까?

아무려면 어떤가. 아무튼 그녀 자신이 그 점에 감동받아 잘 간직해두었는데 ……. 포춘쿠키 점은 그녀와 남편이 수 년 전에 서로 만나야 할 운명이었다는 또 하나의 증거처럼 느껴졌다. 내가 말하는 소급적 운명은 바로 이런 것이다. 두 사람이 마법처럼 만나지 않았다면 나중에라도 그런 마법을 만들어낼 방법을 찾을 수도 있다.

그런데 이 사례에서는 두 사람이 부부로 맺어진 운명의 역할에 대해, 내가 산 증인이라고 할 수 있다. 포춘쿠키 점을 간직해둔 그 여자는 내 어머니고, 턱수염이 난 대머리 남자는 내 아버지니까. 두 분이 만나지 않았다면 나는 이 세상에 존재하지 못했을 것이다. 또 내가 세상에 존재하지 않았다면 지금쯤 독자 여러분은 아무 내용도 없는 책을 읽고 있을 것이다. 그런데 아무 내용도 없는 책을 읽는다는 게 말이 되는가?

말도 안 되는 억지다. 아무 내용도 없는 책을 누가 읽겠는가.

이제 알겠는가? 말이 되는 이야기는, 내 어머니와 아버지가 만나 서로 사랑에 빠졌고 내 형과 나를 낳았다는 부분뿐이다.

그것이 마치 운명이라도 되는 것처럼 …….

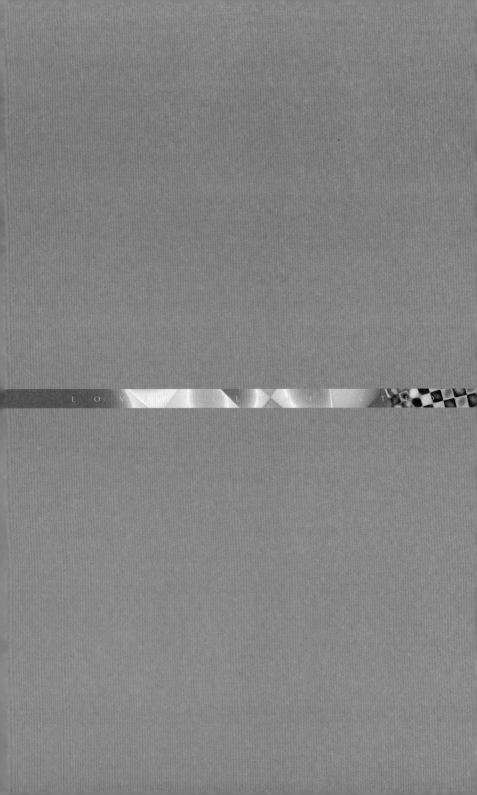

취약성

저기,
고백할 게
있는데

당신은 마침내 사랑할 수 있는 누군가를 찾았다. 잘될 것 같지만, 지금은 시작 단계이므로 섣부른 기대는 하고 싶지 않다. 아직 육체 관계로 나아가지도 않았다. 서로를 아주 잘 알지는 못해서 살얼음 밟듯 조심스러운 데다, 어떤 '징조'도 찾지 못했고 괜히 어긋나버릴까 봐 초조한 마음이 든다.

두 사람 사이가 아직 불안정한 단계인 점을 고려할 때, 당신에게 있는 약점을 털어놓으려면 언제쯤이 적당할까? 예컨대 당신이 피부병이 있다거나, 알코올 중독자라거나, 아니면 나에게 사연을 보내온 한 남자처럼 태어날 때부터 고환이 한쪽뿐이라는 유쾌하지 않은 사실을 털어놓을 시간 말이다. 이 고민남도 그 사실을 털어놓을 타이밍 때문에 쩔쩔매는 눈치였다. 서로가 잘 모르는 시점에 불쑥 그런 얘기를 털어놓자니 소름끼치도록 민망할 것 같았다. 그렇다고 마냥 미룰 수도 없었다. 새로운 연인과 알몸으로 이불 속에 눕게 되었다가 준비도 없이 고백해야 할 순간이 눈앞에 닥치기라도 할까 봐 끔찍했다.

어떤 여성은 자신이 양성애자라는 사실을 세 번째 데이트 때 털어놓기로 철칙을 세워두었다. 그리고 그 철칙을 어김없이 지켰지만 매번 그 말을 꺼내야 할 때가 되면 겁이 났다. 그녀로선 연인이 될지 모를 사람에게 차라리 일찌감치 털어놓는 편이 자신의 정체성을 위해 중요한 요소라고 여겼다. 하지만 이것은 너무 앞서 나간 생각은 아닐까? 정말로 그 사실이 그렇게 중요할까? 게다가 상대방은 여기에 어떻게 반응해야 하는가? 대개의 경우 이런 식의 고백 딜레마에 처하면 적당한 시점을 찾으려 한다. 그러면서 두 사람이 서로 호감을 느끼면서도 고백을 미루는 것이 상대방을 속이는 기분이 들 만큼 무르익지는 않았을 때를 그 적당한 시점으로 여긴다.

사실, 고환이 한쪽뿐이라는 고백을 하는 문제로 괴로워하는 사람은 많지 않지만 우리는 누구나 약점과 부족한 부분이 있게 마련이다. 몸에 난 상처나 감정에 새겨진 상처, 이혼 경력, 성병, 암 등등 사귀기 시작한 시점에 감추고 싶거나 덜 드러내고 싶은 그런 점들이 있다. 실제로 나에게 사연을 보내온 이들 중에는 '내 머리는 가발'이라는 사실을 실토하는 문제로 괴로워하며 화학 치료를 받는 사람이 있는가 하면, 한 여성은 다리에 보기 흉한 질환을 갖고 있어서 바지만 입는 이유를 털어놓는 문제로 고민하기도 했다.

털어놓으면 불리해질 이런 자백을 하기에 가장 적당한 시점은 언제일까? 나도 콕 집어 말해줄 수는 없다. 그것은 나만이 아니라 어느 누구라도 마찬가지다. 다만 내가 해줄 수 있는 말은, 모두가 이미 알고 있거나 알아야 할 다음 사실뿐이다. 취약성은 사랑의 본질이라는 것. 취약성을 갖게 되면 주도권을 내주고 약점을 드러내고 불완전함을 인정하며 손해를 볼 가능성을 감수해야 한다. 또 손해의 가능성을 감수해야만 사랑의 가능성도 고려할 수 있다(여기에서 말하는 취약성이란, 단순히 '약점'이라는 의미에서부터 '약점을 드러냄', '사랑이나 관계에서의 약자', '상처받거나 해를 입을 위험에 대한 무방비 상태'라는 의미를 아우르는 개념이다—옮긴이).

하지만 21세기를 사는 우리의 사랑 찾기에 대한 접근법은 대개 주도권을 쥐려는 쪽에 가깝다. 실수를 피하고 결점을 포장하면서 로맨틱 라이프의 운전석을 차지하려 기를 쓴다. 오늘날의 사랑을 지켜볼 때 거북한 점은, 취약성을 철저히 피하려고 기술을 활용하는 규모이다. 다시 말해 이제는 취약성 없이도 사랑을 쟁취할 수 있는 단계로 발전하기라도 한 듯이 기술의 활용 정도가 심해졌다.

우리는 헌신할 의지나 능력이 없는 이들을 비난하곤 한다. 이런 이들은 헌신에 공포증이 있다고 밝히며 자신이 상대방뿐만 아니라 어느 누구에게든 헌신할 수 없는 사람이라는 암시를 내비침으로써 자신의 우유부단함이나 거절당하는 고통을 피하려는 부류이다. 과

거에는 이 부류에 해당하는 이들이 대체로 독신 남자였고, 이런 독
신남들은 기를 쓰고 한 사람에게 정착하기를 거부하며 심지어 개,
고양이, 햄스터와도 지속적 관계를 맺지 못하는 매정한 냉혈한이었
다. 그래서 이들은 낮에는 스포츠를 즐기고 밤에는 마음껏 파티를
즐기고 싶은데, 심장이 뛰는 생명체라면 어떤 동물이건 자신을 꽁꽁
구속할까 봐 겁을 냈다.

물론 현재는 모든 면에서 여자들이 남자들 못지않거나 남자들을
능가해서 냉혈한 카테고리에서도 뒤지지 않는다. 내 칼럼에 사연을
보내온 5만 명 가운데도, 헌신하지 못하는 쪽이 여자들이고 질질 매
달리면서 한 조각 희망을 놓지 않다가 끝내 내팽개쳐지는 쪽이 남
자들인 경우가 그 반대의 경우와 맞먹을 만큼 많다.

만나는 사람에게 늘 거리를 두거나 관계공포증 때문에 상대를
먼저 차는 사람이 있다. 당신이 이런 사람을 만난 적 있다면 그 남자
또는 그 여자가 미숙하고 이기적이며 차갑고 자기중심적일 뿐만 아
니라 구제불능이라고 치부해버리는 편이 속이 후련할 것이다. 하지
만 그런 경우가 아니라 단순히 두려워서 헌신하지 못하는 이도 많
다. 결혼과 양육이라는 지뢰밭을 바라보면 그곳을 건너갈 안전한 길
이 보이지 않아서 두려운 것이다. 결국엔 누군가가 지뢰를 밟을 테
고 그럴 경우 심각한 손실이 일어날 것 같아서, 친구나 동료, 형제들
모두 수많은 위험이 도사린 그 벌판으로 과감히 들어서는데도 지금

당장은 언저리에서 기다리는 것에 만족하는 것이다.

언저리에 머무르든, 벌판으로 걸어 들어가든, 그것은 당신의 선택이다. 사랑을 찾을 때는, 쿨하게 거리를 유지함으로써 스스로를 사랑과 손실로부터 안전하게 격리시킬 수도 있고, 약점을 밝힘으로써 사랑과 손해에 스스로를 노출시킬 수도 있다. 그런데 그 중간쯤 되는 방법도 있다. 갑옷으로 무장하고 벌판으로 걸어 들어가는 것이다. 말하자면 위험과 취약성을 향해 조금씩 걸음을 떼는 동시에 자신의 가장 약한 곳을 보호하려 애쓰는 방법이다.

쿨하게 행동하기

통신 기술이 발달하고 섹스와 헌신에 대한 태도가 점점 느슨해짐에 따라, 관계 맺기에서 쿨하게 행동할 기회가 넘쳐나고 있다. 사실, 요즘엔 쿨하게 행동하는 것이 일상사가 되었다. 다들 찢어진 바지와 샌들 차림인데 혼자 정장을 입은 사람이 있다면 아니꼬운 시선을 받을 것이다. 오늘날 자신의 감정을 진지하고 솔직하게 드러내는 사람은 혼자서만 정장을 차려입은 사람 취급을 받곤 한다.

애정 표현을 공개적이거나 진지하게 하는 남자들이 거북살스럽다는 젊은 여성들의 이야기를 숱하게 들었다. 레스토랑에서 여자의

코트를 벗겨준다든가 하는 이른바 기사도 정신이 요즘은 과장스러운 인상을 주기 쉽다. 게다가 '스토커'의 기준도 희석되어서, 누군가를 정말로 좋아한다는 고백도 함부로 못 할 지경이 되었다.

그래서 이쯤에서 몇 가지 당부의 말을 해주고 싶다. 사실 개인적으로는 관계에서의 쿨한 행동을 권하고 싶지 않다. 그런 행동이 너무 오래 이어지는 것은 바람직하지 않다고 본다. 나도 고등학교와 대학교를 거쳐 대학 졸업 후 몇 년까지 거의 십 년간을 쿨하게 행동한 적이 있다. 유혹의 전략이라기보다는 거절당할까 봐 두려운 마음에서였다. 그런데 관계의 발전을 위축시켰던 그 잃어버린 몇 년이 지금은 후회스럽다. 하지만 사람마다 제각각이니, 적어도 잠시나마 그 무엇에도, 그 누구에게도 별 관심이 없는 것처럼 행동하고 싶다면 그 기술을 연마하는 비법 몇 가지를 소개하겠다.

섹스 제안 문자

불안하고 외로운 기분으로 빈둥거리면서 무슨 상품을 고르듯 스마트폰으로 가벼운 섹스 관계를 찾는 사람들이 있다. 이들은 대체로 강박적이지만 냉정하게 이런 상품을 쇼핑하러 다닌다. 주문이 충족될 때까지 이 가능성 저 가능성을 찔러보면서 사전에 협의된 성적 만남의 가상 쇼핑카트를 체크하곤 한다. 이것이 바로 부티 텍스트 *booty text*이다.

인터넷 사전 〈어반 딕셔너리*Urban Dictionary*〉에서는 '부티 텍스트' 를 이렇게 정의하고 있다. "늦은 밤에 전화 대신 문자 메시지를 보 내 성관계를 갖자고 제안하는 것. 성욕이 끓어 넘치는데 휴대폰으로 전화를 걸 수 없는 상황에서 가장 흔히 이용함."

긴 문자 메시지는 작성하는 데도 시간이 걸리고 읽는 입장에서 도 사용 기기와 시력에 따라 지루할 여지가 있는 만큼 이런 문자는 실용적 이유에서 짧게 보내는 것이 보통이다. 하지만 단문 문자의 유용성은 편리함에만 있지 않고 특히 쿨하게 행동하려는 이들에게 더 쏠쏠한 도움이 되기도 한다. 메시지가 짧으면 자신이 얼마나 쿨 한 사람인지를 드러낼 수 있기 때문이다.

그런 만남을 제의하긴 했으나 섹스가 성사되든 말든 별 상관없 다는 인상을 풍기고 싶을 때 쓸만하다. 거절당해도 신경 쓰지 않는 다. 사실, 결과가 실망스러워도 그 실망이 지속되는 시간은 다음 문 자를 보내는 데 걸리는 시간으로 그칠 뿐이다. 또한 이런 문자 교환 은 대부분 가벼운 성적 만남 이상을 바라지 않는 젊은 남녀 사이에 오가는 것이라 양쪽 모두에게 모욕이 되지도 않는다. 문자를 받는 상대 역시 그런 관계에서 쿨하게 행동하려 애쓰거나, 그럴 것으로 추정되는 사람이기 때문이다.

별로 신경 쓰지 않는 쿨한 태도를 부각시키는 또 하나의 방법은, 최대한 불특정한 내용으로 문자를 보내는 것이다. 이름이나 특정 관계를 보여주는 문구를 넣지 않음으로써 별 수정 없이도 다른 사람들에게 재전송할 수 있는 식인데, 이런 식의 부티 텍스트를 일명 '부티 그레이즈*booty graze*'라고 한다. '그레이즈(가축이 풀을 뜯다)'라는 단어 때문에 소들이 하루 종일 묵묵히 풀을 어적어적 뜯어먹는 이미지가 연상될 것이다. 부티 그레이즈에서는 소가 풀을 뜯을 때처럼 이것저것 가리지 않고 잠재적 섹스 파트너를 고른다.

아이러니하게도 짧은 문장 쓰기가 더 어렵다. 짧은 문장을 멋지게 쓰려면 사실상 더 많은 시간과 창의력이 필요하기 때문이다. 따라서 부티 텍스트의 수신자가 그 문장을 보고도 당신이 긴 시간 고심해서 작성한 것이라는 눈치를 채지 못하게 하는 편이 좋다. 안 그러면 수신자는 그런 시간과 노력의 할애를 관심이라고 착각할지 모르니까. 다음 예문은 내가 1시간 가까이 매달려서 만들어낸 문장이다. "ur gr8 lets m8." 이게 무슨 소린지 아리송한 독자를 위해 풀어 말하자면 이런 뜻이다. "You're great. Let's mate(너 좀 짱인 듯. 나랑 그거 하자)."

상대에게서 "lol its f8!(ㅋㅋㅋ 좋지!)" 같은 긍정적 답문이 오면 성공이다. 섹스할 상대를 불러들인 동시에 최소한의 노력과 관심을 증명해 보인 것이다. 이것이 바로 부티 텍스트의 장점과 효율성이다. 약고 천박한 측면이 없진 않으나 그 짜증나는 감정적 혼란 없이 별 의미 없는 섹스를 나눌 수 있다니 그야말로 환상적이지 않은가?

분명히 그럴 수도 있다. 하지만 부티 텍스트에는 주의 사항도 있다. 휴대전화가 어떤 약정에 가입했든 간에 무료 문자 서비스는 대체로 무제한이 아니라는 점. 월 청구서를 잘 살펴보지 않았다가는 요금이 뭉텅 빠져나간 것도 모르고 지나칠지 모른다.

은밀한 사진 전송

흔히 하는 농담이지만, '섹스광들은 자기 페니스밖에 모른다'거나 '남자는 누구나 주기적으로 자신의 성기를 의식한다'는 얘기가 있다. 이런 농담을 불쾌해하는 남자도 있겠지만, 이 농담의 신빙성을 뒷받침해주는 이들도 있다. 자기 신체의 은밀한 부위를 사진으로 찍어 문자나 이메일로 보내며 사랑을 찾는 남자들, 즉 로맨틱한 선택에서 자신의 '거시기'에 머리만큼의 중책을 맡기는 남자들을 두고 하는 얘기다.

인터넷을 통해 모르는 사람에게 자신의 은밀한 부위를 찍은 사진을 전송하는 것은 확실히 자신을 노출하는 행동이지만 취약성을 느끼게 만드는 노출은 아니다. 그와는 반대로 대체로 안전한 느낌을 주는 편이다. 말도 안 된다고? 그렇다면 진짜 사례를 들어 살펴보자.

당신이 앤터니 위너*Anthony Weiner*라는 이름의 야심만만한 유명 정치가인데, 당신의 'weiner'(영어로 페니스를 뜻하는 은어—옮긴이) 사진을 아내가 아닌 다른 여자에게 보내기로 작정했다고 치자. 자신의 유명세와 이름의 코믹한 연관성을 감안하면 그런 행동이 언론에서 어떻게 보도될지 불 보듯 뻔한 상황에서 말이다. 그런데 결국 그 일로 폭로와 굴욕을 당해 어쩔 수 없이 사임하고, 그 후에도 모르는 사람들과 섹스팅(sexting, 알몸이나 누드 사진을 휴대폰으로 주고받는 행위—옮긴이)에 빠져 또다시 폭로와 굴욕의 위기를 자초한다. 그 위험성을 생각하면 옷을 다 벗으려는 결정이 더 굴욕적이고 무모한 결정이 아닐까?

감정은 노, 섹스는 오케이

관계 맺기에서 점점 쿨한 태도가 늘어나는 현상을 두고 쉽게 현대 기술의 탓으로 돌리고 말지만, 기술 발달은 전체 문제의 일부분에 불과하다. 가벼운 섹스 파트너 관계를 헌신적이고 감정에 따른 관계보다 더 선호하는 대학 캠퍼스의 흔한 훅업(hook-up) 문화도 한 원인이며, 따라서 취약성의 회피 측면에서 살펴볼 만한 주제이다(훅업은 데이트도 하지 않고 필요할 때마다 만나서 성적 욕구만 채우고 헤어지는 것을 말한다—옮긴이).

나는 두 차례에 걸쳐 '모던 러브' 전국 대학생 논문 경시 대회를 연 적이 있다. 이때 대학생들이 사랑과 관계를 주제로 작성한 글 수천 편을 받았는데, 학생들의 머릿속은 훅업으로 가득 차 있었다. 개중엔 상당히 성숙하고 세련된 수준의 논문도 있었지만, 대부분 완성도가 높지 않거나, 더러는 읽기조차 힘든 수준이었다. 하지만 기교와 의식 수준에서의 부족함 중에서도 유독 두드러지는 대목이 따로 있었다. 바로 자신의 이야기와 감정을 털어놓는 대목이었다. 즉, 데이트 상대에게 성폭행당한 트라우마나, 포르노에 빠져 생긴 정신착란, 댄스파티에서 관심이 생긴 누군가에게 관심 없는 척 구는 어색한 행동에 관한 이야기였다.

의도적이든 아니든 이런 대목에서 드러나는 점은, 육체와 감정을 말끔히 분리해 성적 쾌락을 즐기는 한편 감정적 연결은 무시하거나 억누르려는 식의 훅업 문화였다. 이런 훅업 문화에서의 가이드라인은 이런 식이었다. 즐기되 느끼지는 말기. 아무것도 기대하지 말고 참견하지 않기. 아주 단순하다. 물론 그렇게 단순해지지 않는 경우도 있다. 감정적 요소가 끼어들 때 많은 사람들이 훅업에는 그런 감정이 끼어들어서는 안 된다는 이유로 억눌렀다.

일부 학생들은 훅업을 여자들의 높아진 능력과 자립심을 보여주는 하나의 신호라며 높이 평가하기도 했다. 말하자면 이제는 젊은 여성들이 연애 따위에 얽매이지 않고 학업과 커리어에 집중하려는 수단으로서 남성과 똑같이 가벼운 섹스를 선호한다는 주장이다. 이들은 여성들이 괜히 감정의 짐으로 기운만 빼고 시간과 에너지를 앗아갈 관계를 원치 않는다고 주장한다. 오랫동안 상상해왔던 궤도에서 밀려나는 걸 두려워하는 여성들이 정신이 분산될 걱정 없이

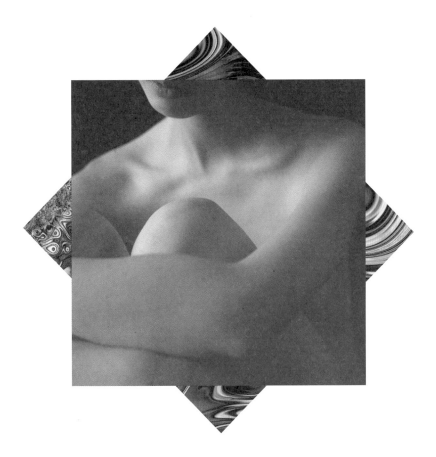

훅업을 즐기는 것이라고.

이론적으로는 꽤 그럴듯하게 들린다. 실제로 젊은 여성들이 그런 식의 주장을 하는 것을 수없이 들었다. 다만 문제라면, 로맨틱 라이프라는 것이 이론으로 되는 게 아니라는 점이다. 로맨틱 라이프는 실제 상황 속에서 실제 사람들과 엮어나가는 것이기 때문이다. 게다가 자립과 출세라는 개념에 마음이 끌린다고 해서, 감정이란 게 우리가 원하는 대로 되지는 않는다. 알다시피 더러는 자신의 예상이나 의지와 상관없이 사랑에 빠지곤 한다. 더없이 공교로운 시기, 이를테면 훅업 관계 중에 사랑의 마음이 피어날 수도 있다. 이런 불편한 감정을 억누르기로 굳게 결심한다고 해서 그것이 젊은 남성에게든 여성에게든 자긍심과 해방감을 안겨주는 것도 아니다. 오히려 위축감과 속박감을 느끼기가 더 쉽다.

훅업과 관련된 이야기를 들어본 경험으로 보면 이렇다. 가벼운 성적 만남을 갖는 여자들의 심리는 당당함보다는 자기 위안이다. "내가 이런 여자라고!" 하며 당당하게 외치기보다는, "그래, 잘하는 거야. 멋지잖아. 다들 이렇게 한다고, 안 그래?" 하며 자기를 안심시킨다는 것이다.

내가 보기에 대학의 훅업 문화에서 놀라운 점 한 가지는 이것이다. 학생들이 훅업을 반드시 따라야 할 행동양식이나 규칙에 가깝게 인식하면서도 그 규칙에 수반되는 사항은 잘 모른다는 것이다. 학생들은 대체로 헌신 없이 육체 관계를 맺는 것에 무심한 태도가 필요하다고 생각하지만, 그것 말고는 아는 규칙이 없다. 섹스가 훅업이 되어야만 할까? 아니면 어떤 식으로든 조금은 친밀해져도 될까? 도대체 아리송하기만 하다. 자신의 무지를 드러내기 두려워 여기저기 물어보기도 힘들다. 신입생 오리엔테이션 중 기숙사 복도에 훅업 가이드라인 같은 것을 게시하는 것도 아니다.

하지만 학생들의 논문에서 한 가지 공통된 주제는 감정적 취약성을 배제한다는 상호 합의였다. 무엇을 하건, 무엇을 느끼건 쿨한 태도를 잃지 말자는 것이다. 자신의 취약성을 드러내거나 상대방의 취약성과 마주치면 갈등과 혼란에 빠질 수 있기 때문이다. 아무리 그래도 서로 정이 들고 상대가 멋지다고 느끼면 마음이 흔들릴 수 있다. 이들은 그런 상황을 곤란하고 위험한 일이라고 여긴다.

2008년에 대학생 논문 경시대회를 처음 열었을 때만 해도 훅업은 뜨거운 화젯거리여서, 수백 명의 학생들이 탐구 주제로 선택했다. 삼 년 후에 또 다시 논문 경시대회를 개최했을 때도 훅업은 여전히 널리 퍼진 성 풍속이었으나 그 문제를 파헤쳐보려는 측면에서는 더 이상 관심거리가 아니었다. 그렇다면 학생들이 이제는 자신들이 그 문제를 이해했다고 여기는 것일까? 아니면 그냥 넘어가기로 작정한 것일까?

어떠한 경우이건, 학생들의 호기심의 추는 이제 다른 방향으로

180도 돌아가 있다. 감정 요소가 배제된 철저한 육체 관계에서 육체 요소가 배제된 철저한 감정 관계로 말이다. 이제 학생들 사이에서 표준이 된 로맨틱 관계는, 심장이 콩닥콩닥 뛰는 관계이자 날마다 몇 시간씩 열중하는 그런 관계이다. 즉, 오로지 온라인에서만 이루어지는 관계이다. 골치 아픈 성행위는 아예 회피하며 후끈 달아오른 화면 안에서 감정적 유대를 이어가고 있다.

혹업과 전적인 온라인 관계, 두 행동은 모두 자기 보호 및 취약성 회피와 관련된 행동으로 보인다. 채팅창을 열어놓고 노트북 카메라로 뛰는 심장을 보여준다 해도 그렇다. 거침없이 그런 온라인 관계를 맺는 가장 큰 이유는, 육체적으로 엮이지 않는 만큼 마우스 클릭 한 번으로 관계를 끝낼 수 있기 때문이다.

나 이런 사람이야 :
사랑 고백부터 통 큰 제스처까지

쿨하고 냉담하게 행동하는 것이 유행처럼 퍼져 있다고는 해도, 다른 한편으로 보면 현재는 취약성 노출의 절정기라고 해도 무방하다. 그만큼 많은 사람들이 거리낌 없이, 또 그 결과를 두려워하지 않은 채 사적인 불안감과 열망을 자세히 털어놓고 있다. 그러한 공간 중 하나인 〈뉴욕 타임스〉의 '모던 러브' 칼럼은, 일요일판이 전국에 발행되는 덕분에 잠재적 독자층이 폭넓게 형성되어 있다. 게다가 〈뉴욕 타임스〉 웹사이트는 세상 구석구석까지 독자를 늘려놓았다. 모르는 사람에게 당신의 취약성을 노출하기가 겁난다면 독자층이 어마어마한 이런 공간에 당신의 애정사를 자세히 털어놓는다는 것은 두려운 일로 여겨질 만하다.

칼럼 연재를 시작한 처음 몇 년 동안 이것은 사실이었다. 특히 특정한 부류의 사람이나 주제에 관해 이야기하는 것은 힘든 일이었다. 가령 트랜스젠더와 관련된 얘기는 성전환 수술, 성전환에 따른 복잡한 상황과 혼란 등을 감안하면 많은 사람들을 거북하게 만들 만한 주제라서 그런 개인사를 만천하에 공개하기는 어려웠을 것이다. 어찌됐든 내가 받은 수천 통의 사연들 가운데 그런 주제를 끄집어낸 글은 전무하다시피 했다. 그러던 중 마침내 이 주제를 언급한 에세이 한 편을 발견했다. 선구적인 트랜스젠더 작가 제니퍼 피니 보일런*Jennifer Finney Boylan*이 곧 출간할 문집에 실은 에세이였는데, 나는 제니퍼의 허락을 받고 그 글을 각색하여 칼럼에 실었다. 이 흥미롭고도 가슴 아픈 체험담은 일종의 창이 되었다. 그 창을 열기까지 오 년이 걸린 것이다.

그러다 어느 순간 봇물이 터지듯, 이 주제와 관련해서 더없이 개인적인 사연들이 수십 통씩 도착했다. 그것도 변화를 겪는 이들의 아내, 여자 친구, 누이 등 주변 입장에서 털어놓은 사연들이었는데,

나중에는 칼럼에 너무 자주 실어 그만 다뤄야 할 지경까지 되었다. 이제 터부나 자체 검열은 무의미해져 버렸다. 사실 '터부'라는 개념도 21세기에는 꾸준히 퇴색하는 추세다. 어쨌든 내가 보기에는 그렇다. 개인적 비밀과 취향을 드러내는 문제에 관한 한 요즘엔 벽장 밖으로 나와 커밍아웃하는 사람들이 굉장히 많다. 맨 처음 누가 어느 벽장에서 나왔는지 다 기억하기도 힘들 만큼.

이쯤에서 한 가지 덧붙이고 싶은 당부의 말이 있다. 취약성 노출이 언제나 효과적인 것은 아니다. 심지어 거짓된 경우마저 있다. 자신의 불안감과 혼자만의 수치를 대뜸 기분 내키는 대로 털어놓는 사람이 있는데, 취약성은 겸허하고 조심스럽게 토로해야 더 신뢰가 가고 효과적이지, 닥치는 대로 살포해서는 안 된다. 다시 말해, 취약한 행동은 대체로 유익하지만 무모하게 굴지는 않도록 주의해야 한다.

먼저 사랑을 고백하기

누구나 알겠지만 어떤 사람을 사랑하게 된 사실을 깨달았다고 해서 불쑥 고백하여 상대의 마음을 확인하려는 것은 바람직하지 못하다. 연애 관계는 시소와 같다. 두 사람이 양 끝에 앉아 균형을 잘 맞추어야지, 한쪽이 슝 올라가서 다른 쪽이 엉덩방아를 찧게 만드는 일은 피해야 한다.

예를 들어 당신이 "사랑해"라고 고백했는데 상대방이 "나도 사랑해"라고 대답한다면 그 시소는 균형이 잘 맞추어진 셈이다. 그런데 "사랑해"라고 말했더니 상대가 머뭇거리다가 "어, 나도 당신을 좋아하지만 ……" 하는 식으로 대꾸한다면 이때는 당신의 시소 파트너가 펄쩍 튀어 오르면서 당신을 쿵 떨어뜨린 셈이다.

하지만 누가 먼저 사랑을 고백할지 결정하는 것은 중요한 문제다. 아무튼 이 문제에 관한 한 어느 정도 일관성이 나타나고 있긴 하다. 펜실베이니아 주립대학의 조사팀이 밝힌 바에 따르면, 먼저 사랑한다고 고백하는 비율에서 남자가 여자보다 3배 높다고 하니 말이다. 놀랍지 않은가? 나는 놀라웠다. 게다가 또 한 가지 놀라운 점은, 조사에 참여한 이들 가운데 87퍼센트가 여자가 먼저 고백해주기를 기대하는 것으로 나타났다. 하지만 고백하는 시점이나, 남자들이 먼저 문턱을 넘는 경우가 많은 이유를 이해하고 나면, 이는 당연한 결과이다.

이 조사에 따르면, 남자들은 대체로 여자와 섹스를 하기 전에 사랑한다고 말하는데, 이런 결심을 하는 이유는 의식적이건 아니건 성관계를 맺고 싶은 마음에서라고 한다. 그러니까 여자들이 사랑한다는 말을 들으면 섹스 제안에 더 선뜻 응할 것 같아서이다.

일리가 있는 생각이지만, 이것은 너무 냉정한 계산 행위가 아닐까 싶다. 왜냐하면 내가 보고 겪은 바를 토대로 말하자면, 남자의 두뇌는 간혹 격렬한 육체적 욕망과 실제적 사랑을 혼동하는가 하면,

격정에 휩싸인 순간에는 감정과 생각을 적절히 처리하지 못한다. 즉, 현재 상황을 분간하기도 전에 두뇌 작동이 정지되고 입에서 그냥 "사랑해"라는 말을 내뱉고 만다. 어느 정도는 진심이지만 또 어느 정도는 자신도 모르게 내뱉는 말이다.

아무튼 이 말이 효과가 있어서 섹스로 이어지면 남자들은 만족스러워한다. 상대 여자가 그 고백을 어떻게 받아들일지, 남자에게 앞으로 무엇을 기대할지, 그 기대를 얼마나 자주 환기시킬지 등등 장기적 영향은 제쳐 놓는다.

얼떨결에 고백하기

사랑 고백의 시나리오에는 또 하나의 오해 상황이 빚어지곤 하는데, 바로 무심결에 고백하는 일이다. 즉, 교제 중인 상대가 자기를 사랑한다고 말한 것으로 착각해서 "나도 당신 사랑해"라고 대답하는 상황이다.

당신이 어쩌다 이런 상황에 이르면 곧바로 사태를 파악할 것이다. "나도 당신 사랑해"라는 말을 듣고 난 상대방이 겸연쩍은 표정으로 주뼛주뼛 웃으며 이렇게 물을 수도 있을 테니까.

"방금 내가 뭐랬는데?"

그 순간 당신은 얼굴에서 핏기가 가시면서 겨우 대꾸한다.

"사랑한다며? 날 사랑한다는 말 아니야?"

그러면 그 파트너는 깔깔 웃으며 이렇게 말할 것이다.

"자기가 아니고 이 고르곤졸라 피자 말이야. 이 집 피자 진짜 맛있지 않아?"

어쨌든 당신은 '밀당'에서 불리해졌다. 수에 말려들어 카드를 읽히고 만 셈이니까. 상대에게 사랑을 느끼기는 해도 먼저 고백할 마음은 없었는데, 얼떨결에 말해버렸다. 하지만 희소식도 있다. 무심결에 한 고백은 보통 행복한 결론을 가져다주기 때문이다. 당신이 먼저 속마음을 내비치고 말았다면, 얼마 전부터 상대에게 사랑을 느끼면서도 벙어리 냉가슴 앓듯 말을 못 하고 있었을지 모른다. 그런데 이제는 상대의 반응에 따라, 그 마음을 계속 키워나가도 될지, 아니면 다른 사람을 찾아야 할지 알게 됐다. 둘 중 어느 쪽이든 상황은 이전보다 나아진 게 아닐까?

무심결에 고백하는 사례라면 다른 것도 많다. 어느 레즈비언 커플의 한 파트너는 동성 결혼이 합법화되는 최근의 추세에 용기를 얻어 결혼을 고민하게 되었다. 그녀는 속마음으로 결혼을 꿈꿨지만 그 말을 꺼내지는 못했다. 상대 파트너가 전에 결혼 문제에 관해 부정적인 말을 한 적이 있어서였다.

그런데 파트너의 본심은 뭘까? 이성애가 기준이 된 엉터리 결혼 제도에 매이고 싶지 않은 것일까? 아니면 자신과 결혼할 생각이 없어서 그런 신호를 보내려고 얼버무려 말했던 것일까?

결혼을 원했던 여자는 파트너의 진심을 알 수 없었다. 그래서 파트너에게 그 문제를 꺼낼 때는 자신들의 얘기가 아닌 것처럼 빙빙 돌려 말했다. 그러던 어느 날이었다. 두 사람이 플로리다 주로 휴가를 떠나 해변 카페에서 점심을 먹고 있을 때 저공 비행기 한 대가 광고 배너를 매단 채 지나갔다. 그 바닷가에 있는 어떤 여자에게 청혼을 하는 광고였다.

결혼하고 싶어 하던 파트너는 마침 바다 쪽을 보고 있다가 비행기가 지나갈 때 광고 문구의 앞부분은 놓치고 뒷부분을 따라 읽었다.

"나와 결혼해줄래 ……?" 그녀는 머뭇머뭇 말하다 말을 끊었다.

비행기도 광고 배너도 보지 못하고 토스트를 한입 베어 물던 그녀의 파트너가 갑자기 눈물 어린 눈으로 올려다보며 대답했다.

"응."

어떻게 된 일인지 오해는 금방 풀렸다. 하지만 서로 엉뚱한 말을 주고받은 걸 알고 한바탕 웃고 난 두 사람은 깨달았다. 청혼을 받아들인다는 말을 입 밖으로 내뱉었음을. 이제 그 열망과 속마음이 드러났으니, 어떻게든 입장을 취해야 했다.

진짜? 두 사람은 속으로 생각했다.

답은 예스였다.

얼마 후, 그들이 사는 주에서 동성 결혼을 허용하자마자 두 사람은 바라던 대로 결혼을 했다.

통 큰 제스처

통 큰 제스처의 사연은 다들 재미있어 하면서도 그런 제스처를 선뜻 행동에 옮기는 이들은 많지 않다. 그런데 통 큰 제스처라는 게 정확히 어떤 의미냐고? 먼저 통 큰 제스처가 아닌 경우부터 살펴보자.

통 큰 제스처는 동영상을 찍어 유튜브에 올리는 그런 것이 아니다. HD 카메라를 여기저기 설치하고, 음향 효과를 넣어줄 사람을 데려오고, 안무를 맞춘 친구들까지 동원해서 깜짝 사랑 고백이나 청혼을 하는 것이라면, 진정한 의미의 취약한 행동이기보다는 조회 수를 늘리는 데 더 관심 있는 것일지 모른다.

선물 공세도 통 큰 제스처가 아니다. 화려한 선물 공세는 대개 능력을 과시하거나 돈으로 마음을 사려는 행위에 더 가깝다.

상대가 부끄러움을 느낄 만한 행동도 통 큰 제스처에 해당하지 않는다. 당신이 창피해진다면 모를까 사랑하는 상대에게 부끄러움을 느끼게 하면 안 된다. 이를테면 비행기나 비행풍선을 대여해 "수지야, 사랑해" 같은 플래카드를 매달아 야구 경기장 위쪽으로 떠우는 것도, 경기장 안의 대형 전광판에 신청 메시지를 예약해서 장내 아나운서가 3만 관중 앞에서 두 사람의 이름을 떠들어대게 하는 것도 통 큰 제스처의 법칙에서 제외된다.

내가 말하는 통 큰 제스처란 극도의 취약성과 용기를 조용한 행동으로 보여주는 것이다. 관객은 당신이 마음을 얻으려는 그 사람 오직 하나이다. 여기서 내세울 만한 화려함이란, 보통 사람들이 사랑을 위해 감수하는 행동에 견줘 당신의 행동이 대단하다는 점이다.

이론상 그 제스처의 수혜자는 그런 행동에 당황하는 게 아니라 우쭐해지게 마련이다. 진정한 의미의 통 큰 제스처에서는 그 결과를 알지 못한다. 당신의 감정이 응답받을지 어떨지 모른 채 크나큰 위험을 감수해야 한다.

그런데 희한한 것은 그런 통 큰 제스처를 보였다가 거절당하더라도 불쌍해 보이지는 않는다는 점이다. 사랑을 위해 그 정도까지 감수할 수 있었다는 사실은, 그 사람이 세상에서 훌륭한 인물이 될 가능성이 있음을 암시한다. 불쌍한 마음이 들기는커녕 오히려 그 용기에 경외심과 감탄, 부러움마저 느껴진다.

그렇다면 우리 대부분이 그 정도까지 감행하지 못하는 이유는

무엇일까? 바로 두려움 때문이다. 그렇게 했다가 실패하면 속도 상하고 비웃음을 살 것 같아서, 상처 입을 각오를 단단히 해야 한다. 게다가 냉소와 자기 방어가 범람하는 이 시대에 구식처럼 여겨지는 순수한 로맨티시즘까지 발휘해야 한다.

우리 대부분이 그런 제스처를 취하지 못하는 이유는 그뿐만이 아니다. 시간과 돈도 문제다. 통 큰 제스처는 종종 비용이 많이 드는 장거리 여행이 필요하다. 사실, 베이징까지 날아가야 할 수도 있다. 내가 구 년 동안 칼럼에 실은 진실한 의미에서의 통 큰 제스처 사례는 세 번이었는데, 하나같이 베이징으로 여행을 떠난 경우였다. 왜 자꾸 베이징이 엮이는 걸까? 그건 나도 모르겠다. 나라면 파리나 로마, 리우데자네이루도 괜찮은데. 아무래도 이제는 중국에 아웃소싱할 것이 하나 더 추가된 것 같다. 로맨스 말이다.

첫 번째 사례는 리자의 이야기다. 대학 신입생이던 리자는 여성 시인이자 변덕스럽고 똑똑한 상급생 선배에게 홀딱 빠졌다. 그 선배는 남자 친구도 있고 캠퍼스 밖의 성처럼 으리으리한 집에 살았다. 리자는 선배와 친해졌지만 연인 사이는 되지 못한 채 몇 달을 지내다 느닷없는 소식을 듣게 되었다. 그 사랑하는 선배가 갑자기 일본으로 떠난다는 게 아닌가.

그 소식에 괴로웠으나 그렇다고 단념할 수는 없다고 생각한 리자는, 이듬해에 일본 유학을 신청하기로 계획을 세웠다. 선배와 재회해서 사랑을 고백하겠다는 일념 하나로 내린 결정이었다. 그런데 알아보니 일본은 그녀의 경제 형편상 무리였다. 유학 상담실에 문의 했더니 베이징 여름방학 프로그램 정도면 그녀의 형편으로도 가능할 것 같았다.

'그래, 베이징이면 그렇게 먼 거리가 아닐 거야.'

6월 무렵 그녀는 싼 티켓을 끊어 베이징 대학에 도착해서 중국어를 공부했다. 그러다 육 주가 지나 프로그램이 끝났을 때 일본에서 찾아온 선배와 톈안먼 광장에서 만나 함께 연을 날렸다. 리자에게 그것은 마법과도 같은 순간이었다. 그런데 선배는 시베리아 횡단 열차를 타고 러시아로 가서 그곳에서 일본행 비행기를 타고 싶어 했다. 이때 리자의 마음은 어땠을까? 선배와 함께 시베리아 횡단 열차를 타고 싶지 않았을까?

물론이었다!

선배와 함께 여행길에 오른 어느 날 밤, 리자가 끓어오르는 욕망을 주체하지 못하면서 두 사람은 키스를 하게 되었다. 하지만 선배를 향한 리자의 사랑은 거절당한 것도 완전히 받아들여진 것도 아니었다. 선배는 여전히 감정을 회피했다. 결국 리자는 그쯤에서 마음을 접어야 했다. 이제는 고국으로, 현실 세계로 돌아가야 했다. 하지만 자신의 도전을 후회하지는 않았다. 그 시간 동안 여행을 했고 사랑을 했고 공부도 했으니까. 그 통 큰 제스처는 그녀 평생 최고의 모험이었다.

엘렌도 세계적인 도전을 감행한 경우지만, 전혀 미지의 세계를 향했다는 점이 차이라면 차이였다. 당시에 마흔여섯 살의 이혼녀이던 엘렌은 뉴욕 주 북부 지역에서 혼자 살고 있었는데, 어느 날 중국인 친구 유찌가 걱정스러워하는 마음을 내비쳤다. 사실, 그녀는 엘렌이 혼자인 것이 마음에 걸렸다. 마침 중국에 있는 오빠 쫑후아도 혼자였는데, 혹시 두 사람이 잘 맞지 않을까 싶었다.

결국 그녀는 엘렌에게 제안했다. 중국에 다녀오도록 도와줄 테니 한번 만나보라고.

"하지만 오빠가 마음에 안 들어도 미안해할 필요는 없어."

엘렌은 스스로도 놀라면서 그 제안을 받아들였다.

그로부터 넉 달 후 엘렌이 베이징 공항에 내렸을 때 수화물 찾는 곳에서 붉은 장미꽃 다발을 든 남자가 다가왔다. 쫑후아는 영어를 거의 못했다. 엘렌도 중국어는 거의 몰랐다. 하지만 그녀는 쫑후아가 좋았다. 아니, 적어도 그에게 호감이 갔다. 게다가 쫑후아는 그녀를 만나기 전부터 이미 그녀에게 호감이 생겼다니, 그 사실이 그녀에게는 큰 의미로 다가왔다. 더 전통적이면서 위험성이 덜한 이런저런 사랑에서 실패를 맛본 그녀였다. 이혼으로 마음을 데기도 했다. 그래서 이 남자와 사귀어보는 것도 괜찮을 것 같았다.

두 사람은 3주 동안 함께 지냈고 그동안 제대로 된 대화를 나누지 못했는데도 함께 있는 것이 좋았다. 체류 기간이 끝나갈 무렵 쫑후아는 엘렌에게 프러포즈를 했다.

"나와 결혼해줄래요?"

또 한 번 스스로도 놀랄 일이지만, 그녀는 그 프러포즈를 승낙했다. 쫑후아의 프러포즈는 그동안 어렵사리 배워서 완벽하게 구사한 유일한 영어 문장이었고, 그녀는 그가 그 문장을 완전히 익혔다는 사실에 감동했다.

그녀는 얼마 후 미국으로 돌아왔고 그 뒤에 그가 비자를 발급받아 미국으로 건너오기까지 십팔 개월을 떨어져서 기다렸다. 이 시간 동안 두 사람은 최선을 다해 연락을 주고받았다. 쫑후아는 며칠씩 매달려 짧은 영문 편지를 써 보내며 다음과 같은 마음을 전하기도 했다.

"당신의 가녀린 몸이 차가운 겨울바람에 시달릴 것을 생각하면 당장 가서 당신 옆에 있고 싶어요. 당신이 추위에 떨지 않도록 따뜻하게 지켜주고 싶어요."

마침내 그는 미국으로 건너와 뉴욕 북부에서 엘렌과 함께하게 되었다. 그리고 그곳에서 긴 겨울 내내 그가 바랐던 대로 그녀가 추위에 떨지 않도록 따뜻하게 지켜줄 수 있었다. 그로부터 몇 년이 흐른 지금까지도.

쿨하면서 통 큰 제스처

어쩌면 이것이야말로 가장 흥미로운 유형이 아닐까 싶다. 쿨한 태도의 통 큰 제스처란 자신을 사랑한다고 여기는 누군가에게 큰돈을 써가며 사귀려 다가가면서도 정작 그 사랑하는 상대에게는 그런 비용과 수고에 대해 부인하는 것이다. 그래서 항상 쿨하게 굴며, 특별한 의미가 없는 척해야 한다. 몇 년 전에 그 교과서적인 사례라 할 만한 사연을 받았는데, 이번에도 베이징 여행이 수반된 사연이었다.

킴은 뉴욕의 TV 프로그램 PD로 일했는데, 어느 날 베이징 주재 미국 특파원으로 일하는 기자가 게스트로 출연했다. 킴은 인터뷰가 진행되는 동안 모니터로 그를 지켜보면서 호기심이 끌렸지만 사실 상 그와 대면하진 못했다. 그런데 섭외 담당자인 동료가 프로그램이 끝난 후 그 남자에게 슬쩍 말을 건넸다.

"기자님하고 우리 프로그램 PD 킴하고 잘 어울릴 것 같은데요."

킴은 동료가 그런 말을 한 사실을 알고 당황해서, 그에게 이메일을 보내 가볍게 사과를 전했다.

"제 동료의 무례를 사과합니다. 저희 둘을 엮으려 한 동료의 말은 신경 쓰지 마세요. 소개팅 주선은 프로그램 게스트에게 작별 선물 삼아 곧잘 건네는 농담이거든요."

그 일을 계기로 두 사람은 이메일을 주고받으며, 이런저런 개인 사를 털어놓고 궁금한 점을 묻는가 하면 서로의 근황을 전하기 시작했다. 하지만 그렇게 몇 달이 흐르는 사이에 킴은 자기가 상대방보다 속내를 더 많이 보여주는 것 같다는 생각이 들었다. 그런데 바로 그 점이 그녀를 자극했다. 밋밋했던 다른 연애들과 대비되어 그에게 자꾸만 신비감이 느껴졌다. 그가 자신의 얘기를 감추면 감출수록 그 빈칸을 그에 대한 환상이나 두 사람이 연애할 때의 환상으로 채워나가게 되었다.

그러던 어느 날 그녀는 아시아 여행 잡지를 읽다가 뭔가를 해보기로 마음먹었다. 베이징에 가서 그를 보고 오자고. 그녀는 자신도 쑥스러움을 면하고 그에게도 부담감을 주지 않기 위해 자유 기고문을 써야 할 일이 생겼다고 둘러대면서 자신이 베이징에 가면 얼굴이나 한번 보는 게 어떠냐고 가볍게 물었다.

3000달러를 들여 이틀에 걸친 비행을 한 후, 그녀는 그와 얼굴을 마주하게 되었다. 그리고 밝고 깨끗한 식당에서 함께 저녁을 먹으면서, 그녀의 환상은 확실한 건 아니라 해도 이제 진짜가 되었다. 두 사람은 서로 좋아했고, 다정히 얘기를 나누었고, 식사를 마친 후에는 자리를 옮겨 남자의 친구 몇 사람과 함께 어울리기도 했다. 그리고 저녁에 헤어질 때, 그가 그녀의 볼에 입을 맞추며 또 만나자고 했다.

그 후로 며칠 동안 두 사람은 저녁마다 전화 통화를 했고 그녀는 온종일 관광을 했으면서도 기고문을 쓰고 있었다고 거짓말을 했다. 떠나기 전 마지막 밤에 두 사람은 다시 만났다. 함께 저녁을 먹은 다음에는 그의 아파트로 가서 밤늦도록 몇 시간이나 이야기했다.

새벽 한 시 삼십 분쯤, 그녀가 생각하기에 데이트가 육체적 단계로 넘어갈 것 같았다. 그래서 이제 자신의 통 큰 제스처, 즉 미친 짓이지만 지금껏 자신이 내린 결정 중 가장 잘된 결정을 밝힐 시점이 다가왔다고 여기는 순간, 그가 먼저 고백을 했다. 최근에 어떤 여자와 사귀기 시작했는데 잘될 것 같다고.

그에게 고백의 기회를 빼앗기고 만 그녀는 자신의 얘기를 비밀로 묻어두기로 했다. 그 시점에 주책없이 털어놨다간 서로 분위기만 어색해질 테니까. 그녀는 다음 날, 베이징에 올 때처럼 혼자 귀국했지만 좋은 기회였다고 인정한다. 그 경험을 통해 배운 것도 있고 이제는 마음을 정리할 수 있으니까.

그리고 또 있었다. 가만 생각해보니, 같이 두 번이나 저녁을 먹으면서도 그때 그는 새로 사귄 여자 얘기를 꺼낸 적이 없었다. 사귄지 한 달이 된 사이라면서 말이다. 그는 킴에게 호감을 느껴서 함께 있는 동안 애정과 다정함을 보여준 것 같았다. 그러니까 킴이 생각하기에 그 남자 역시 작은 감정의 도약을 하며 그녀에게 얼마간 마음이 끌렸던 듯했다. 물론 그녀만큼 큰 도약은 아니었지만 그래도 도약은 도약이었고, 그 점이 중요했다.

킴의 이야기는 여기서 끝이 아니다. 그녀는 그 뒤로 몇 달 동안 그 일을 글로 써보면 어떨까 생각하다가 나에게 사연을 써 보냈다.

그리고 나는 그녀의 사연을 신문에 실었다. 우리는 편집 절차상 킴에게 연락해 그녀의 베이징 설렘남에게 그 사연에 대해 알려줘도 괜찮겠느냐고 물었다. 그리고 그에게 그녀의 제스처에 담겼던 진실과 이전에 둘 사이에 있었던 숨겨진 내막을 이야기해주었다. 그는 그녀의 사연 당첨을 축하했다. 그것도 뜨겁게!

너무 뜨거워서, 그와 킴이 결국엔 서로 사랑을 고백하며 결혼에 골인하여 그 뒤로 행복하게 살았을까?

아니, 그 정도까지 뜨겁진 않았다. 이미 두 사람 모두에게 삶은 달라져 있었다. 그런데 킴으로선 절대 모를 일이겠지만, 베이징에서 함께한 마지막 밤에 킴이 고백을 했다면 이야기는 달라졌을 것이다. 쿨한 태도의 통 큰 제스처에는 바로 이런 맞교환이 뒤따른다. 자존심을 지키기로 선택한다면 그 대신 다른 것은 포기해야 하는 것이다.

보호막 두르기 :
'싱글녀의 새 출발 세트'에서부터 수정 결혼 서약 까지

이제부턴 감정의 갑옷을 입고 있는 상태의 관계로 초점을 바꿔볼 텐데, 지금까지 나온 세 가지 선택 중 사람들에게 가장 인기 있는 선택일 것이다. 어쨌든 언제까지나 언저리만 서성이는 이들은 소수에 불과하고, 자신이 완전히 노출되는 들판으로 성큼 나설 수 있는 이들은 그보다 더 적다. 우리는 거의 예외 없이 어느 정도 양다리를 걸친다. 관계에서는 다음과 같은 두 가지 방식의 양다리 걸치기가, 그리고 양다리를 극복하는 방법이 벌어지곤 한다.

'싱글녀의 새 출발 세트'

줄리아는 남자 친구를 사랑하고 믿었다. 남자 친구는 오트밀을 만들어 침대로 가져다주고 커피도 챙겨주는 자상한 사람이었다. 그녀를 아껴주었고 정말로 완벽한 남자였다. 그런데도 줄리아는 그 사랑을 끝낼 준비를 해야 할 것 같은 초조함을 버리지 못했다. 그녀의 우상이던 1960년대 최고의 부부 듀엣 소니와 셰어가 결별한 뒤로 사랑의 믿음이 깨지면서 깨달은 것이 있었다. 사랑은 다가왔다가 떠나버리는 것이라고. 그래서 사랑이 떠날 때를 대비하는 쪽이 낫다고. 매주 수백만 명의 사람들 앞에서 '내 사랑, 당신은 내 거*I Got You Babe*'를 부르며 서로를 애정 어린 눈빛으로 바라보던 부부도 헤어졌는데 누군들 못 헤어지겠는가?

그녀의 주변을 살펴봐도 다들 그랬다. 할아버지는 할머니를 떠나 서커스단에 들어갔고, 아버지는 중년의 위기로 갈등을 겪다가 어머니를 떠나 다른 여자에게 갔다. 남자들은 그렇게 떠났다. 사랑은 영원하지 않았다. 어른이 되면서 줄리아 자신도 여러 차례 어긋난 관계를 겪으며 이런저런 상처를 입었다.

그래서 남자 친구와 같이 살고 남자 친구를 사랑하면서도, 헤어질 때를 대비해 마음 깊은 곳에 도망칠 생각을 품고 있었다. 그녀는 월 189달러의 보관료를 내고, '싱글녀의 새 출발 세트'를 마련해놓고 있었다. 남자 친구와 헤어졌을 때 필요해질 일체의 물건을 따로 보관해두고 있었다는 얘기다. 이 새 출발 세트는 대체로 심리적인 대비였다. 필요한 것을 죄다 챙겨놓을 수는 없었지만, 침대, 이불, 담요, 베개, 주방용품, 연장, 사다리, 과거 애인들의 러브레터 상자 등 꼭 필요한 것은 다 있었다.

친구들은 줄리아에게 처음부터 결별에 대비하는 것은 파국을 못 박아두는 셈이라며 걱정했다. 싱글녀의 새 출발 세트가 결국엔 화를 부를 수 있다고.

맞는 말일지 몰랐다. 하지만 그녀는 새 출발 세트를 정리하지 않았다. 그것은 그녀의 보호막이었다. 그것은 사랑의 방공호였고, 그녀를 다치지 않게 보호해주는 것이었다. 그리고 그것의 존재는 남자 친구에게 비밀로 했다. 남자 친구는 줄리아가 보관 시설을 이용한다는 것을 눈치 챘지만, 그녀는 납세 기록과 언젠가 다시 입을 것 같아 못 버린 옷들을 담아두었다고 둘러댔다. 그곳에 보관된 물건들과 그 의미를 사실대로 알릴 이유가 없을 것 같아서였다. 자신의 그런 경계심과 대비책에 대해 알아 봐야 상처만 받을 테니까. 어쨌든 그는 아내를 잃어본 사람이다. 아내가 세상을 떠난 후 삶이 무너지는 경

험을 해서, 상실감을 너무나 잘 알았다. 아내에게 모든 것을 걸었다가 어떻게 되었는가 ……. 줄리아는 그렇게 한 사람에게 모든 것을 거는 것은 상상도 할 수 없었다.

그런데 집주인이 집세를 두 배로 올리겠다는 바람에 보관료 부담이 커졌다. 마침내 그녀는 안 되겠다 싶어 남자 친구에게 털어놓았다. 그곳에 어떤 물건들을 어떤 목적으로 보관해왔는지를.

고맙게도 그는 불쾌해하지 않고 이해했다. "죽은 전처도 그랬어." 같이 지낸 첫 이 년 동안 비어 있는 스튜디오를 임대해 그런 물건들을 챙겨두었다는 것이다.

덕분에 줄리아는 그런 물건을 챙겨두는 일에 대해 마음이 더 편해졌다. 그런데 희한하게도 그가 이해심을 보이며 관대하게 반응하는 걸 보니 그 물건들을 정리할 수 있을 것 같다는 생각도 더 편하게 다가왔다. 모든 것을 건다는 생각도 ……. 이제는 그렇게 할 수 있을 것 같았다. 어쨌든 줄리아의 남자 친구는 다른 여자와 눈이 맞거나 서커스단에 들어가려고 떠날 사람은 아니었다. 그리고 그것은 그녀도 마찬가지였다.

수정 결혼 서약

나는 아내와의 말다툼에서 거의 지는 편이지만 아내를 이긴 적이 딱 한 번 있다. 결혼을 계획하던 중이었는데, 아내 캐시는 현대

결혼의 현실을 더 잘 반영하여 결혼 서약을 수정하고 싶어 했다. 나는 그녀의 수정 의견, 즉 그 결혼 서약이 결혼의 현실을 더 잘 반영할 것이라는 점에는 의견이 같았다. 하지만 우리와 부모님들의 가장 가깝고 소중한 지인들 120명 앞에 서서 그녀 멋대로 작성한 결혼 서약을 하며 서로의 손가락에 반지를 끼워주면 하객들이 우리를 비웃을까 봐 걱정스러웠다.

결혼식은 관대한 의식이라 갖가지 기발한 개성을 발휘해도 분위기가 흥겨워지는 편이다. 그러나 결혼 서약을 읽으며 자신이 사랑하고 존경하는 사람들에게 즐거운 웃음이 아닌 비웃음거리를 주는 것은 기발한 개성으로 보일 리 없었다. 적어도 나는 그렇게 생각했다.

가물거리는 기억을 더듬어 우리가 낭독하기로 했던 결혼 서약을 여기에 옮겨봤다. 캐시가 밑줄을 긋자고 했던 부분까지도 그대로 표시했다.

"나는 오늘 이후로 이 결혼의 신의를 지키기 위해 모든 것을 다하겠다고, 아플 때나 건강할 때나 돌봐주기 위해 모든 것을 다하겠다고, 검은 머리 파뿌리 되도록 모든 것을 다하겠다고 …… 맹세합니다."

읽어봤으니 알겠지만, 캐시는 끝까지 지킬 수 있을지 모를 일을 서약하는 것은 불성실한 일이라고 여겼다. 수없이 많은 다른 사람들이 그렇게 해왔다는 이유만으로 그런 서약을 낭독하는 것은 진부하고 어리석은 일이라고, 우르르 몰려와 소리를 꽥꽥 지르는 미혼녀들에게 가터벨트를 던져주는 쇼 또한 성차별적이고 모욕적이고 바보 같은 짓이라며 하기 싫어했다. 신랑신부가 서로의 얼굴에 케이크를 던져대면 모두들 박수치고 환호하고 요란을 피우는 상황도 피하고 싶어 했다. 불쾌하고 낭비적이라면서. 사실, 캐시는 케이크를 무척 좋아해서 얌전히 앉아서 맛보기를 바랐다.

캐시의 의견으로는, 우리의 결혼은 우리가 원하는 방식으로 해야 맞는 것이었다. 그날은 우리 두 사람의 '특별한 날'이라는 것이 그 이유였다. 우리의 웨딩 촬영 사진가의 말대로라면 우리의 특별한 날이 맞긴 했다. "이 날은 두 분의 날이니까요!" 그 사진가는 입에 침이 마르도록 이 말을 하고 또 하면서, 패키지에 딸려 나오는 값싼 비닐 커버 앨범 대신 고가의 가죽 장정 앨범을 팔려고 기를 썼다. 물론 우리도 그 상술에 홀딱 넘어갔지만.

보통 하는 결혼식 진행에 몇 가지 분별 있는 변화만 준다면 우리의 특별한 날이 더 특별해질 것이라고 캐시는 생각했다. 이것은 정도가 심하진 않지만 일종의 갑옷이자 보호막이다. 누구나 그렇듯 캐시도 결혼에 대해 전형적인 두려움을 갖고 있었고, 캐시의 그런 생각은 그 두려움을 다루는 한 방법이었다. 그녀 안에 있는 빨간 펜을 손에 든 편집자는 수십 년 동안 방치된 진부해진 결혼 서약을 그럴 싸하게 수정하고 싶어 했다.

"그런 서약을 낭독하고는 사기를 치는 사람이 얼마나 많아? 살다가 힘들어지면 남편이나 아내를 내팽개치는 사람이 수두룩하잖아?"

그러면서 그녀는 덧붙였다. 나를 사랑하지만, 그러니까 현재는 사랑하지만 지키기에 부담스러운 과도한 약속은 하고 싶지 않다고.

하지만 좀처럼 물러서지 않는 캐시가 양보를 하면서, 우리는 전통적인 결혼 서약을 그대로 낭독하고 과도한 약속을 하게 되었다. 캐시는 그 모든 것을 무조건 나에게 서약했고, 나도 그 모든 것을 무조건 그녀에게 서약했다. 그 후로 결혼 생활 내내 우리는 그 서약을 지키기 위해 '최선을 다해' 왔다.

그리고 지금까지는, 아주 잘하고 있는 편이다.

chapter
four

유대감

지금
그대로의
너를
사랑해

　중학생 때 일이다. 형이 크리스마스 선물로 애완용 돌*Pet Rock*을 받았다. 이 애완용 돌로 말할 것 같으면 그해에 선풍적 인기를 끈 상품이었다. 애완용 돌은 작은 판지 상자 안에 포장되어 있었고 그 안에는 돌을 어떻게 돌봐야 하는지 알려주는 사용설명서도 들어 있었다. 돌 자체는 뉴잉글랜드 해변에 가면 어렵지 않게 찾을 수 있는 평범한 것이어서, 타원형에 반들반들한 모양이었다. 얼굴이나 몸을 그려 넣거나 어떤 생물처럼 보이도록 꾸미려는 시도 같은 것은 아예 없었다. 그러니까 3달러 95센트를 지불하면서 사게 된 것은 돌, 사용설명서, 포장재가 다였다. 이 아이디어를 착안한 개리 달*Gary Dahl*이라는 이름의 광고 책임자는 애완용 돌을 순식간에 백만 개 이상 팔면서 엄청난 부자가 되었다.

　고등학생이던 형은 당시 여자 친구를 사귀는 데 정신이 팔려 있던 터라 애완용 돌 따위에는 관심도 없었다. 그런데 웬일인지 나는 그 돌이 무척이나 좋았다. 상자를 열어 짚 무더기 위에 놓인 돌을 볼 때마다 애틋함 같은 것을 느꼈다. 하루 종일 작은 상자 안에서 가만히 기다리고 있는 그 돌이 나약한 순둥이같이 느껴졌다. 내가 원할 때마다 함께 놀 수는 있지만 그렇지 않을 땐 아무것도 요구하는 게 없이, 먹을 것이나 마실 것은 물론이요, 심지어 공기구멍이 있으면서도 산소마저 바라지 않았으니까. 아무튼 당시의 나는 현실에서 관계를 맺기에는 아직 준비가 되지 않았던 만큼, 이런 돌이야말로 더없이 좋은 상대였다. 그래 봤자 우리 둘 사이가 뜨거웠던 기간은 이 주가 고작이었다.

뭔가 아쉽고 울적한 기분이 들 때는, 그 돌이 학교에 있는 나를 보고 싶어 할 거라고, 그래서 내가 집에 가면 나를 보고 좋아할 거라고 여기기까지 했다. 그러다 돌과 어울리는 것에 싫증이 나자 도로 상자에 넣어 형의 책장 선반으로 치워놓고는 더 이상 관심을 주지 않았다.

나는 최근까지 몇십 년 동안 형의 애완용 돌은 까맣게 잊고 지냈다. 온라인에서만 이루어지는 관계를 맺는 어떤 사람의 이야기를 읽다가 어린 시절의 특별했던 관계가 떠올랐다. 그렇다고 온라인 커플들을 그 돌과 같은 부류로 취급하며 모욕할 마음은 없다. 사실 인간을 상대로 온라인 교제를 하는 것과 돌을 상대로 직접 대면 관계를 맺는 것에는 어마어마한 차이가 있으니까 말이다. 먼저, 돌은 우리가 아는 한 감정 생활이 없어서 돌보지 않고 방치해도 원망을 쏟아놓지도 죄책감을 들게 하지도 않는다. 하지만 이보다 더 확연한 차이점들도 열거하자면 한둘이 아니다. 돌은 생각을 하거나, 농담을 하거나, 웃거나, 아이러니를 이해하거나, 과거사를 털어놓거나, 야한 얘기를 하거나, 인터넷전화 스카이프에 가입하거나, 노트북을 열거나, 마우스를 움직이거나, 노트북 카메라 앞에서 옷을 벗거나, 자위 행위를 하지도 못한다. 그러나 인간끼리 이루어지는 온라인 교제에서는 이 모든 것이 흔하게 벌어지는 활동이지 않은가.

그런데 '애완용 돌'의 특징이 온라인에서만 이루어지는 관계에서도 종종 눈에 띈다. 가령 다수의 온라인 활동이 그렇듯 온라인에서만 이루어지는 관계 역시, 내가 형의 돌과 잠깐 가졌던 그 연애를 부추겼던 환상, 편의성, 통제력을 바탕으로 활기를 띠는 경향이 있다. 게다가 현실에서 관계를 맺을 준비가 아직 안 되었거나, 그런 관계의 상대를 찾지 못했거나, 그런 관계를 원치 않아서 화면을 통해 대화하고 깊은 관계를 갖는 것이 딱 맞는 사람들에게 특히 호소력을 발휘하는 듯하다. 그 열의가 지속되는 한, 그 기간이 더러 몇 년에 이르기도 한다.

먼저, 분명히 짚고 넘어갈 문제가 있다. 여기에서 말하는 '온라인에서만 이루어지는 관계'란 학교, 직장, 출장, 군 복무 등의 사정 때문에 잠시 떨어지게 되어 다시 만날 때까지 인터넷을 통해 연락을 이어가는 커플을 말하는 것이 아니다. 고등학교나 대학교 때 사귀었다가 몇 년 뒤에 페이스북에서 서로를 찾아내 문자 메시지나 스카이프로 작업을 걸기 시작하는 커플의 얘기도 아니다. 온라인에서 만나거나 아주 잠깐 동안 대면했다가 이메일, 문자 메시지, 채팅, 블로그, 트위터, 스카이프를 통해서만 서로를 알아가는 그런 사람들을 얘기하는 것이다.

요즘 이런 관계가 폭발적 인기를 얻고 있다. 이런 관계는 사랑의 새로운 개척지이며, 휴대하기 편한 데다 손 안에 쏙 들어오는 형태의 로맨스다. 같이 잘 위험도 없고, 문을 쾅 닫거나 바닥에 속옷이 뒹굴거나 싱크대에 지저분한 그릇이 쌓일 일도 없다. 성가시게 등 마사지를 해줄 일도, 뭐가 어떻게 마음에 안 드느냐는 닦달에 시달릴 일도, 그러다 정말로 '코가 꿰일' 일도 없다. 단지 21세기형 펜팔로서 깊은 정서적 유대를 나눌 뿐이다. 어느 정도 지속적인 교제를 이어갈 수 있고 그때그때의 생각과 감정을 쏟아놓을 수 있는 그런 관계이다. 이런 관계에 들어가는 실질적 비용은 대체로 제로에 가깝다. 다만 감정적 투자가 다소 높은 편이다.

상자 속 소울메이트

온라인에서만 이루어지는 관계는 시작

하기가 무지무지 쉽다. 쉬워도 너무 쉽다. 어쩌면 당신은 이런 관계에 필요한 것을 모두 갖추었을 수도 있다. 와이파이가 가능한 기기, 데이터 용량, 이루지 못한 욕망을 향한 불타는 열정만 있으면 된다. 시간도 오래 걸리지 않아 모든 면에서 마음에 쏙 드는 화면 속 인물, 즉 가상의 '상자 속 소울메이트*Soul Mate in a Box*'와 무제한에 가까운 접속을 즐길 수도 있다. '상자 속 소울메이트'는 정확히 어디에 있는지 콕 집어 말하긴 힘들지만, 찾기가 그다지 어려운 편은 아니다. 후보감은 사실상 접속 가능한 모든 소셜미디어 플랫폼에 잠재하고 있으니 말이다.

어쩌면 당신의 상자 속 소울메이트는 친구의 페이스북 게시물에 섹시한 프로필 사진과 함께 재치 있는 비공개 댓글을 달면서 당신 앞에 짠 하고 나타날 수도 있다. 당신은 이 매력적인 사람이 누구일까 알아보고 싶어 링크를 클릭한 다음, 사진 앨범들을 훑어보고 개인 자료를 뒤져보며 점점 흥미가 당긴다. 그러다 몇 분도 안 돼 완전히 판타지 모드에 돌입하여 꿈결처럼 멋들어진 미인이나 훈남과 어떤 식으로든 연결할 방법을 이리저리 궁리하게 된다. 스토커처럼 보이면 안 될 텐데, 그 댓글에 '좋아요'를 눌러줄까? 그 댓글에 댓글을 달아줄까? 아니면 대담하게 친구 요청을 해볼까? 이런 생각들만 해도 가슴이 설렌다.

물론 상자 속 소울메이트를 어디서 찾게 될지는, 궁극적으로 당신이 온라인에서 즐겨 찾는 사이트가 어디냐에 달려 있다. 당신이 트위터에 자주 들어가 친구나 가족 외 사람들의 팔로잉을 모을 만큼 즐겁게 트위팅이나 리트위팅을 해왔다면 알 것이다. 어떤 트위터 사용자가 당신의 트위터에 팔로어 등록을 해놓은 것을 보는 순간 왠지 우쭐해지는 느낌이 들지 않던가? 그 순간 자신이 똑똑하고 매력적인 사람인 듯한 기분이 들지 않는가? 사소하긴 해도 마냥 무시하기도 힘든 이런 우쭐함은 당신이 블로그나 페이스북 게시물에 달아놓은 댓글에 어떤 모르는 사람이 '좋아요'를 누르거나, 듣기 좋은 댓글을 달아주는 순간에도 일어날 수 있다.

이런 식으로 불특정하게 벌어지는 찬사는, 바에 갔는데 어떤 모르는 사람이 불쑥 다가와 당신의 어깨를 툭 치며 이렇게 말하는 경우의 기분과 같을지 모른다.

"죄송합니다만, 제가 어쩌다 보니 방금 당신의 말을 엿듣게 돼서 말인데요, 정말 똑똑하고 재미있는 분 같네요. 하루 종일 당신 얘길 들어도 질리지 않을 것 같아요. 그래서 말인데, 제가 이 옆자리에 앉아서 그 명석하고 재치 있는 말씀을 좀 들어봐도 될까요?"

그런데 바에서 이런 일이 자주 일어날까? 천만에! 바에서는 이런 일이 생기지 않는다. 하지만 온라인에서는 매일, 매초마다 누군가에게 이런 일이 벌어진다. 막연한 인사치레가 아주 후하게 넘쳐난다. 당신이 일상생활에서 자신의 진가를 인정받지 못하는 듯한 기

분이 든다면, 이런 관심만으로도 온라인 관계에 불꽃이 점화되기도 한다. 이후에 채팅 방에서 첫 만남을 갖든, 아니면 부랴부랴 환심을 끌 만한 트위터 메시지나 블로그 댓글이나 페이스북 메시지를 올리든, 어떤 식으로든 관계가 펼쳐지면 그 점화된 불길이 순식간에 확 피어오른다. 그런 관계의 특성상 설령 위험이 따른다 해도 미미한 수준에 불과해 마음 편히 즐길 수 있다고 여겨 그 불길은 점점 더 활활 타오르기도 한다. 상대와는 수십 킬로미터의 거리나 산맥, 심지어 대륙이나 바다에 가로막혀 멀찍이 떨어져 있을지 모른다. 현재 교제 중인 관계나, 배우자와 자식들을 장벽으로 삼아 상대를 더욱더 멀찌감치 떨어뜨려 놓을 수도 있다.

이런 관계에서는 실제로 직접 만나지도 않거니와, 심지어 전화 통화조차 하지 않는다. 혹은 아무 의미도 없는 사이라고 다짐하기도 한다. 이런 상호 이해에 따라 당신은 실제로 취약함을 느낄 필요 없이 취약하게 행동할 수 있다(이런 측면에서 보자면 온라인에서만 이루어지는 관계는 훅업과 완전히 반대된다. 훅업의 경우엔 취약함을 곧잘 느끼지만 취약하게 행동할 수 없다는 점이 사람들의 불만이니 말이다).

재미있고 자유롭다는 이유로 서로 칭찬을 주거니 받거니 하며 가벼운 대화를 이어가다 보면 얼마 후 그 관계는 더 깊고 만족스러운 사이로 발전하다가, 급기야 뭔가 의미를 갖는 것만이 아니라, 그 자체가 전부가 되기도 한다. 언제든 항상 머리에서 떠나지 않는 관계가 되는 것이다.

온라인에서만 이루어지는 관계가 지닌 매력이라면 편리함이다. 온라인 관계는 원하기만 하면 일상생활 어디에서든, 또 언제든 참여할 수 있다. 근무할 때 작성 중이던 문서 옆에 채팅 창을 열 수도 있고, 집, 자동차, 자전거, 해변에서 문자 메시지를 계속 주고받을 수도 있다. 하지만 최고의 매력은 따로 있다. 사람들을 계속 빠져들게 만드는 그 장점은 바로 강력한 유대감이다. 실제의 삶에서 만나거나 대화를 나눈 적도 없는 누군가에게, 그동안 부대끼며 살아오던 관계에서 겪어보지 못한 차원의 깊은 유대감을 경험할 수 있기 때문이다.

우리, 만나도 될까?

어떤 이들은 그런 강한 유대감이 한 번도 만난 적 없는데도 생기는 것이 아니라, 한 번도 만난 적 없기 때문에 생긴다고 주장한다. 물리적 어색함과 기대가 제거됨으로써 온라인 연인들이 헤로인 주사를 맞아 마음과 정신이 뒤엉켜버리듯 서로의 매력에 빠져든다. 이들은 쓸데없는 잡담, 사소한 의견 차이, 실망스러운 섹스 경험 등 직접 교제할 때의 온갖 우울한 요소들로 기분을 망칠 일이 없기 때문에 두 사람의 교제가 더 높고 더 순수한 수준에 있는 것처럼 믿게 된다.

가정을 꾸릴 생각이 아직 없는 이들은 훅업과 상자 속 소울메이트의 한계를 자신의 애정 문제에 유리하게 이용할 수도 있다. 즉, 정기적인 훅업과 상자 속 소울메이트를 결합시키는 식이다. 육체적 욕구는 가까운 곳에서 충족하고 정서적 욕구는 먼 거리에서 충족하면서도, 이 두 관계가 자신이 꺼리거나 아직 원치 않는 그런 실제적 관계로 발전할까 봐 전전긍긍하지 않아도 된다. 말하자면 정식 메뉴보다는 사이드 메뉴 같은 관계를 주문함으로써, 더 깊은 관계를 가질 만한 준비가 될 때까지 사실상의 싱글 라이프를 유지할 수 있다.

온라인에서만 이루어지는 관계에 참여하는 사람들 상당수는 현재 상태에서 뭔가 더 나아가는 시도를 하는 것을 드러내놓고 꺼려한다. 결국 이들은 지금 그대로의 상대를 좋아하고 그 상대가 실제로 어떤 사람인지 알고 싶어 하지 않는다. 이런 두려움은 나이에 상관없이 똑같다. 헌신적인 중년들은 온라인 연애놀이가 자신들의 안정된 삶을 망가뜨릴 관계로 발전하는 것을 원치 않으며, 결혼하지 않은 젊은 층은 자신들의 불안정한 삶을 망가뜨릴 관계로 발전하길

원치 않는다.

하지만 요정 지니를 램프 속에(이 경우엔 화면 속에) 그대로 가둬 두기란 쉬운 일이 아니다. 그 완벽한 장소에 그대로 갇혀 있어 주길 참가자들이 아무리 원해도 그런 일은 일어나지 않는 것 같다. 그런 점에서 보면, 상자 속 소울메이트 관계나 상자 속 돌과 맺는 관계 사이에는 또 하나의 중대한 차이점이 있다. 돌은 스스로 상자 밖으로 나가지 못하지만, 상자 속 소울메이트는 거의 확실히 나가려고 한다 는 점이다.

우디 앨런의 영화 〈애니 홀*Annie Hall*〉에 유명한 대사가 나온다.

"관계라는 건 말이야, 상어 같거든. 계속해서 앞으로 나아가야 해. 안 그러면 죽어버리니까."

온라인 관계의 경우 어떤 시점이나 어느 정도의 시간이 지난 이 후에 관계를 전진시킬 방법은 딱 하나, 만나기로 약속하는 것뿐이 다. 그리고 이런 급진전을 결심했다면 압박도 기대도 제로인 상태에 서 시작한 그 관계가 갑자기 어마어마한 부담으로 다가올 수 있다. 온라인으로 소통한 기간이 몇 주, 몇 달, 몇 년이든 간에 얼굴을 마 주 대할 순간을 앞두면 어김없이 이런 의구심이 들게 마련이다. 직 접 만나도 서로 좋아하게 될까? 그 사람이 나를 보고 마음이 끌릴 까? 온라인에서 그랬던 것처럼 둘이 잘 통할까?

그랬으면 좋겠다고 바라는 마음이야 간절하지만, 아닐까 봐 불안해진다. 다른 사람들 사례도 많이 들어봤다. 하지만 만나야 한다. 앞으로 나아가지 않으면 죽어버리니까. 아니면 상자 속 소울메이트끼리 직접 만나기로 하는 경우에 흔히 그렇듯 전진을 했는데도 관계가 끝난다. 온라인 관계에서 현실의 관계로 전환이 잘 되는 사례는 실제로도 별로 없는 것 같다. 몇 달 내지 몇 년 동안 온라인 열애에 빠져 있다가 만난 커플들은 대개 21세기형 이카로스가 되어 밀랍으로 만든 날개를 달고 태양을 향해 너무 가까이 날아가고 만다. 현실에 노출되는 순간 그 커플을 높이 띄워주던 광섬유 케이블은 순식간에 녹아버리고 바다 속으로 곤두박질친 커플은 한동안 이전의 마법을 되찾으려 허우적거린다.

이런 추락으로 입은 상처는 회복하기 힘들다. 이처럼 순식간에 파탄으로 치닫는 경우는 셀 수 없이 많다. 그 이유가 참으로 수수께끼다. 그런 사이가 가능할까 싶을 만큼 그렇게 정서적으로 가까웠는데, 그랬던 친밀감이 어떻게 갑자기 증발해버릴 수 있을까?

이 사람이
그 사람 맞아?

관계는 물론 사람들이 친밀해지는 전 과정이 전자 기기에 꽁꽁 둘러싸여 있다고 우려하는 시각도 있다. 사실

노트북과 스마트폰 때문에 우리의 행동과 생각이 어떻게 바뀌고 있는지 이제 막 이해하는 단계에 들어섰지만, 한 가지는 명백해 보인다. 스마트폰이 주는 편리함, 통제력 등의 황홀한 특징들로 인해, 실제로 우리를 둘러싼 물리적 세계에서 살아가는 삶보다 스마트폰을 통해 사는 인생을 선호할 수도 있다는 점이다.

캐이틀린의 사례를 보자. 당시 대학생이던 캐이틀린은 한 웹 저널에서 주관하는 회의에 참석했다. 시끌벅적한 호텔 바에서 같은 회의에 참석한 남자와 잠깐 동안 그저 그런 대화를 나눈 일을 계기로 그녀는 열렬한 온라인 관계를 시작하게 되었다. 구체적으로 말하자면, 그때 호텔 바에서 블로그와 코딩언어에 대해 잠깐 얘기를 나누다가 헤어지면서 그 남자의 트위터를 방문할지도 모르겠다는 농담을 건넨 일이 계기였다.

캐이틀린은 두 사람이 다시 만나게 될 줄은 생각도 못 했다. 그가 사는 곳은 세 개의 주를 사이에 두고 수백 킬로미터나 떨어진 거리였으니까. 하지만 얼마 되지 않아 그의 트위터를 방문한 다음부터 그가 게시한 글을 가끔씩 확인하기 시작했다. 그러던 어느 날 저녁 그가 술도 한잔 걸친 김에 구글 채팅을 통해 그녀에게 유혹적인 메시지를 보냈고, 이내 두 사람 사이에 스카이프를 매개로 교제가 시작되면서 상자 속 소울메이트형 유대가 급속하게 이들의 삶을 지배했다. 두 사람은 한 번에 몇 시간씩 영상 채팅을 했다. 심지어 스카이

프 연결을 끊지 않고 노트북을 열어둔 채 잠이 들었다가 깨어나, 상
대방이 헝클어진 머리와 졸린 눈을 하고 있거나 아직 잠이 덜 깨어
전선에 다리가 걸리는 모습을 보는 날도 있었다.

두 사람은 온갖 이야기를 시시콜콜 주고받으며 서로에 대해 완
전히 알아가는 중이라고 믿었다. 서로에게 정성을 다하는 커플처럼
같이 잠이 들었다가 같이 눈을 떴고, 하루 종일 정서적으로나 지적
인 생활에서 그 관계에 의존했다. 카메라를 통해 신체적 친밀감마저
느꼈다. 그가 노트북 카메라에 얼굴을 바짝 들이대면 모공까지 다
보인다고 캐이틀린이 말했다.

그녀에게는 두 사람 사이가 친밀감과 든든함을 주면서도 완벽하
게 통제되는 그런 관계 같았다. 그를 직접 만날 필요도 없었고, 만났
을 때의 어색함에 대해 걱정할 필요가 없으니까 불안감이나 망설임
도 없이 접속했고, 뭐가 됐든 속내를 털어놓았다. 그리고 원할 때면
언제든 마우스를 눌러 그와의 접속을 중단하고, 바쁠 때는 연락을
하지 않을 수도 있었다. 하지만 두 사람이 이렇게까지 마음이 잘 맞
고 친밀감을 느낀다면, 실제로 만나 궁합이 맞는지 테스트해서 온라
인을 넘어 미래를 그려볼 만한 사이인지 확인해봐야 하지 않을까?

결국 두 사람은 만나기로 했다. 그래서 어느 금요일 이른 시각,
캐이틀린은 렌트한 차를 몰고 학교 기숙사를 출발해 장장 아홉 시
간이나 차를 몰아 세 개의 주를 지난 끝에 그와 만났다. 직접 만나보

니 다행히도 그는 친밀한 모습 그대로였고 첫 만남도 그다지 어색하지 않아 그녀는 기대에 들떴다. 그러나 얼마 지나지 않아 확실해졌다. 그의 행동은 그녀가 기대했던 것과 달랐다. 그동안 스카이프를 통해 본 것과 달랐다는 뜻이었다.

문제점의 첫 번째 신호는 그가 무슨 말을 해야 할지 몰라 쩔쩔매는 모습이었다. 그는 더없이 다정했고, 그것은 그녀도 마찬가지였다. 하지만 확실히 이 커플은 온라인에서만큼 서로에게 끌리지 않았다. 서로의 사소한 일상이나 자질구레한 생각에 대해 물어볼 말이나 궁금한 것이 딱히 떠오르지 않았고, 물리적으로 같은 공간에 있으니 갑자기 거의 모든 호기심이 사라지고 말았다. 현실 세계에서는 온라인에서만큼 서로에게 끌릴 만한 점이 없었다. 오늘날 이 놀라운 전자 시대에는 이런 일이 다반사다. 바로 옆에 서 있거나 앉아 있거나 누워 있는 존재들은 화면 속 존재만큼 흥미를 돋우지 못하는 것이다. 이런 의구심이 스멀스멀 일면서 자신들의 실제 모습에도 자신감을 잃는다. 캐이틀린도 슬슬 걱정이 되었다. '실제' 모습이 매력적이지 않을까 봐, 그러니까 화면 속 모습만큼 날씬해 보이지 않을까 봐.

상자 속 소울메이트와 시간을 보내면서 그녀의 불안은 커져가기만 했다. 함께 저녁을 먹으러 외출했을 때나 그의 아파트에서 시간을 보낼 때도 그 남자는 그녀를 봤다가 자기 휴대폰이나 노트북을 봤다가 하면서 자꾸만 딴 데로 관심을 돌렸다. 그는 트위터 게시물

사랑에는 두 종류가 있을지 모른다.
거부할 수 없는 사랑과,
마침내 받아들이게 되는 사랑.
하지만 어느 쪽이 더 장밋빛이라고
장담할 수 없다

과 블로그 글을 확인하고 다른 온라인 '친구들'의 생활을 살펴보며, 늘 그랬듯이 디지털 세상을 훑어보고 있었다. 어쨌든 그곳은 그가 줄기차게 애정을 주고받는 정서적 안식처였다.

마침내 상황을 깨우친 캐이틀린은 그만 떠나기로 마음먹었다. 마음은 아팠지만 두 사람 관계가 더 나아질 게 없다는 사실을 받아들였다. 그렇다고 그에게 모든 잘못을 떠넘길 수도 없는 노릇이, 사실 그녀도 딱히 할 말이 생각나지 않았다. 떠나며 메모를 남길 때도, 무슨 말을 써야 할지 떠오르지 않아 형식적인 겉치레 글만 끄적이고 말았다.

"주말에 이렇게 시간을 내줘서 정말 고마워. 직접 만나게 되어 정말 보람찬 시간이었어."

결국 이것이 현실의 차이였다. 흉금을 털어놓으며 쌓았던 관계가 종국엔 이렇게 몇 글자로 끝나고 만 것이다. 그와 직접 만나 보낸 시간은 썩 유쾌하지 않았으며, 돈만 들고, 마음만 아팠다. 괜히 만나서 모든 것을 망쳐버렸다. 하지만 또 한편으로 생각하면, 이들에게 달리 어떤 선택이 있었을까? 절대로 만나지 말아야 했을까? 화면으로만 만나며, 직접 보면 어떨지 궁금해하기만 해야 했을까?

재치 있고 똑똑하고
섹시한 페르소나

최근에 들었던 어떤 여자의 사연이다. 그녀는 몇 달 동안 문자 메시지와 구글 채팅을 통해 어떤 남자와 짜릿한 온라인 연애를 즐겼다. 서로의 페티시와 욕망에 대해, 서로에게 원하는 별스럽고 음란한 일들에 대해 모조리 이야기를 나누었다. 그러던 어느 날 두 사람은 교제 수위를 스카이프로 업그레이드하기로 했다. 노트북 카메라 앞에 실오라기 하나 없이 알몸을 드러낸 이후부터 서로의 몸을 보는 것이 좋았다. 그런데 스카이프를 통해 실제 목소리로 이야기하는 것은 기분이 이상했다.

구글 채팅으로 수백 시간을 보내고 나자 확실해졌다. 글을 통해 만나는 페르소나가 편해져서 서로 마주 보며 이야기하는 것처럼 소통할 수 있었던 것이다. 그런데 옷을 벗고 알몸이 되는 것은 거리낌 없었는지만 키보드를 두드리지 않고 말로 이야기를 나누는 것은 어색했다. 왜 그럴까? 글로 얘기할 때와 말로 얘기할 때의 상대는 다른 사람이었고, 막상 그 둘을 비교하게 되자 글을 통한 버전이 더 좋았기 때문이다. 그래서 두 사람은 다시 채팅 창을 이용하기로, 전에 하던 대로 화면에서 말없이 서로를 바라보며 타이핑 메시지로 대화하기로 했다.

이상하게 들릴지 모르지만 많은 사람이 이들과 비슷하다. 즉 글로 말할 때와 직접 말할 때 말투가 서로 다르다. 예를 들어 내 경우엔 글로 말할 때는 "이상하게 들릴지 모르지만" 같은 문구로 문장을 시작하는 반면에, 파티 같은 곳에서 누군가와 이야기할 때는 절대 그런 식으로 말하지 않는다. 그리고 말로 이야기할 때는 '반면에' 같은 단어도 쓰지 않는다. 연달아 두 문장을 '그 무엇도' 같은 말로 시작하는 일도 없다.

왠지 모르겠지만 그것이 내가 책에서 말하는 방식이다. 그런 말투가 어떻게 형성됐는지 알 수 없지만, 지금껏 읽어온 책들을 통해 이런저런 영향을 받지 않았을까 싶다. 아무튼 그것은 작가로서의 내 페르소나다. 우리는 누구나 작가로서의 페르소나를 가지고 있는데 글을 더 많이 쓰는 사람들이 글을 덜 쓰는 사람들보다 더 뛰어난 페르소나를 지니는 경향이 있다. 또한 글을 더 많이 쓰는 사람들은 온라인상에서만 이루어지는 관계를 갈구하며 그 속에서 자유로움을 느끼기 쉽다. 이런 사람들은 글을 쓸 때 최고의 페르소나가 된다고 느끼기 마련인데, 그런 관계 속에서 그 최상의 페르소나를 빛낼 수 있기 때문이다.

문제는 이 페르소나가 우리의 전체가 아닌 일부분에 불과하다는 점이다. 게다가 어떤 면에서는 실제의 우리와 반대될 수도 있다. 사람들을 직접 대할 때는 수줍음 많고 소심하고 소극적인데, 온라인에서는 너무나 대담하고 자신감 있고 섹시해져서 스스로도 놀라는 사

람이 많다. 하지만 온라인 관계에서는 다른 사람과 사이가 더 깊어
질수록 온라인 페르소나가 실제 자신인 것처럼 믿는 착각에 빠져든
다. 사실 우리는 그렇게 대담하고 재미있고 똑똑하지 않다! 그렇다
해도 최소한 상자 속 소울메이트가 곁에 있다. 그 남자 또는 그 여자
로 인해 우리는 최고의 페르소나가 될 수 있다. 어쨌든 그것이 바로
사랑의 본질이 아닐까?

그러다 그 상대를 직접 만나거나 스카이프로 통화를 하게 되면,
그동안 당신이 키우며 몇 달에 걸쳐 믿어왔던 그 카리스마 넘치는 페
르소나는 사라지고 그 자리엔 재미없고 말주변도 없는 시시한 페르
소나가 들어선다. 떨쳐냈다고 생각했던 그 시시껄렁한 페르소나는
잠시 작가로서의 페르소나에 밀려나 있었을 뿐이다. 그런데 그 내성
적이고 말 더듬는 페르소나가 왜 하필이면 최악의 순간에 깜짝 게스
트로 등장하는 것일까?

아바타가 대신
살아드릴게요

하지만 낙담하긴 아직 이르다. 부끄럽기
짝이 없는 최악의 페르소나를 벗어버리고 싶다면 다른 방법을 시도
할 수 있다. 그게 뭐냐고? 당신 대신 만화 캐릭터를 관계 맺기에 참여

시키는 방법이다. 누구든 가입할 수 있는 온라인 커뮤니티 세컨드라이프*secondlife.com*에서 게임을 통해 만화 캐릭터, 즉 아바타가 되어 관계를 체험해볼 수 있다. 이 경우에도 상호작용은 화면 속에서 건전하게 익명으로 진행되므로 별로 거리낄 것이 없다. 하지만 당신의 아바타가 다른 아바타들과 육체 관계를 가질 수도 있는 만큼, 대화를 나누는 차원에서 한 단계 뛰어넘는 기분을 맛볼 수 있다.

세컨드라이프에서 당신의 아바타가 만나는 다른 캐릭터들은, 당신과 비슷한 다른 사람들의 욕망과 결정에 따라 만들어지고 움직인다. 따라서 당신의 아바타도 일하고, 쇼핑하고, 여행하고, 친구들을 사귀고, 관계를 지속하고, 가벼운 섹스를 즐기고, 페티시를 즐기는 등 뭐든 원하는 대로 할 수 있다. 하지만 다른 게임들과 마찬가지로 방법과 요령을 숙지해야 한다.

당신이 이제 막 가입한 초보자인데 다른 사람의 아바타와 로맨틱한 관계를 맺고 싶은 때는 처음에 옷을 벗는 게 정말로 어려운 일이 될 수 있다. 또 마침내 옷을 벗고 상대방 아바타의 옷도 벗기긴 했는데 당신 아바타가 인간의 몸이라기보다 마네킹 몸에 더 가까운 것을 보고 충격을 받을지도 모른다. 그러니 젖꼭지 없는 가슴이나 마론인형 켄처럼 매끈한 가랑이를 보고 충격 받지 않게끔 마음의 준비를 해두도록.

너무 걱정할 필요는 없다. 온갖 종류의 성기를 계좌이체나
신용카드로 구매해서 그 품목을 가져다붙이고 조종하는
요령만 익히면 되니까. 아바타 연인과 성관계를 제
대로 하려다 보면, 다시 말해, 페니스를 제대
로 삽입하려고 하다 보면 다시 경박하고 서
투른 십 대가 된 기분이 들지도 모른다. 끈기
를 가져야 한다. 뭐든 숙달이 되려면 시간과 경험
이 필요하니까. 그리고 채팅 창을 통해 대화를 나누면
된다. 누군가에게 자신의 신체적 불안과 걱정을 털어놓아야
하는 문제로 골치 아플 일도 없다.

세컨드라이프는 유희와 현실 도피의 공간이다. 예컨대 당신은
하늘을 나는 기분이 어떤지 알아볼 수 있고, 벌레나 악어에게 물릴
걱정 없이 무성한 정글을 탐험할 수도 있다. 하지만 관계라는 문제
에 관한 한, 환상과 현실이 크게 다르지 않다는 생각이 들 수도 있
다. 아바타를 만들어 조종하는 것도 그렇다. 어쨌든 우리는 지금 그
대로의 우리이고 늘 하던 대로 행동하고 있어서, 그 창조물은 결국
그것을 조종하는 사람의 성격과 사교술에 결부될 수밖에 없다. 여
느 모임이 그렇듯 세컨드라이프 속에서도 여전히 사람들과 잘 어울
리고, 위트 있게 말하고(타이핑하고), 바보처럼 굴지 말아야 한다. 세

컨드라이프에서는 당신 자신에게 풍만한 가슴이나 우람한 근육을 붙여줄 수도 있고, 사람들 앞에서는 해본 적 없는 대범한 행동을 하면서 잠깐이나마 그 색다른 경험을 통해 짜릿함을 느낄 수도 있겠지만, 그렇다고 해서 정말로 걸출한 사람이 되는 것은 아니다. 왜냐하면 누구라도 그렇게 할 수 있기 때문이다. 말하자면 세컨드라이프는 현실처럼 공평한, 또는 공평하지 않은 경기장이다.

게다가 누군가 당신의 아바타에 등을 돌리고 다른 사람의 아바타와 성관계를 갖는다면 그렇게 퇴짜 맞고 배신당한 아픔이 진짜처럼 느껴질 수 있다. 안타깝게도 그 상처는 진짜니까. 한 여성은 현실에서 겪은 실연의 아픔에서 벗어나고 싶은 마음에 세컨드라이프에 가입했다가 이런 슬픈 결론을 내렸다.

"가만 보니까 제가 현실 생활에서 하던 것과 똑같이 행동하고 있더라고요. 세컨드라이프에서 사귀는 관계도 실생활의 관계와 똑같은 식으로 자꾸만 실패하는 거예요."

다시 말해, 거죽만 바꿔서 자신의 실질적 알맹이를 벗어나기란 힘들다. 인터넷 세상을 헤매든 국경을 넘든 간에 멀리 떠날 수는 있지만, 속담이 말하듯이 "당신이 어디에 가든 그곳에는 당신이 있다."

이 속담을 세컨드라이프의 세계에 적용해서 말하면 이렇게 되지 않을까?

"아바타의 페니스를 아무리 키워놓은들 거기엔 당신이 있다."

온라인 관계가
구제 수단이 될 때

관계를 진전시키면서 그 상대를 더 잘 알고 싶다면 온라인에서만 이루어지는 관계는 한계를 지닐 수밖에 없다. 하지만 상대를 이미 잘 알면서, 그 관계를 더 안전한 지대로 후퇴시키고 싶다면 어떨까? 이런 경우라면 온라인 관계가 구제 수단이 될 수도 있다.

헤더의 사례가 그런 경우였다. 그녀가 기억하는 한 그녀는 아버지와 사이가 좋지 않았다. 어린 시절 헤더의 아버지는 술, 담배를 좋아하고 여자를 밝히는 데다 걸핏하면 폭력을 일삼았다. 가정과 자식들을 나 몰라라 팽개친 채 헤더의 생일은 물론 결혼식마저 챙겨주지 않았고, 돈만 있으면 여기저기 떠돌며 매춘부들과 어울렸다. 그렇게 지내다 삼십 대에 접어들자 헤더는 '이런 식으로는 너무 힘들 것 같다'는 생각이 들었다. 그녀는 아버지를 보고 올 때마다 괜히 만났다고 후회했다. 결국 그녀는 아버지와 연락을 끊고 필요한 일이 있어도 멀리서 해결하면서, 기본적인 일 외에는 관계를 끊었다.

하지만 가족 간의 불화가 으레 그렇듯 그렇게 관계를 끊은 뒤로도 마음은 무거웠다. 그러던 어느 날 갑자기 여든 살 노인인 아버지가 요양원에서 뇌졸중을 일으켰다. 그때는 벌써 몇 년째 얼굴을 보거나 말 한마디 주고받은 적이 없었다. 아버지를 돌봐주는 간호사가 연락을 해서 스카이프로 통화 좀 해보라고 권하지 않았다면 쭉 그랬을것이다.

헤더는 어떻게 해야 할지 망설였다. 아버지에 대한 감정이 복잡했지만, 어느 정도는 조심스러운 마음이 들어 다시 과거로 돌아가면 어떻게 될지 불안했다. 하지만 아버지가 사실상 이빨 빠진 호랑이 신세가 되어, 다른 사람이든 자신에게든 해코지할 수 없는 상태로 요양원 침대에 누워 있다고 생각하니 측은한 마음도 들었다. 당장 아버지 곁으로 달려가고 싶지는 않았지만 스카이프로 통화를 해볼 수는 있을 것 같았다.

그래서 그렇게 했다. 아버지와 딸은 금요일마다 한참 동안 얼굴을 마주보며 연락을 나누었다. 이런 만남은 몇 달 후 아버지가 세상을 떠날 때까지 지속됐다. 그 몇 달 동안 스카이프라는 안전한 방법 덕분에 헤더는 아버지와 그때껏 형성한 적 없는 관계를 맺어갈 수 있었다. 헤더의 말마따나 "그 상자 속에는 사랑할 수 있는 남자가 있었다."

함께한 그 시간들은 옛날의 기억을 지우거나 바꿔놓진 못했지만, 아버지에 대해 미묘한 느낌을 더해주며 그녀 자신의 뒤틀린 감정을 더 잘 인정하도록 해주었다. 아버지가 돌아가시기 직전에는 아버지에 대해 어느 정도 평온한 마음까지 들었다.

이런 사연은 널리고 널렸다. 까다롭고 학대하는 부모와 관계를 가질 방법을 찾게 되어 예전에는 불가능했던 용서와 자비의 기회를 얻은 것에 감사하는 사람이 꽤 있었다. 직접 만나자니 불안하고 그렇다고 전화 통화는 갑갑하고 불편할 것 같아 꺼리다가, 실시간 전자통신 덕분에 정서적으로 안정을 느끼면서 관계를 다시 쌓아나갈 기회를 갖게 된 경우였다.

온라인에서만 이루어지는 관계가 대범하고 자유분방하다고 느낄 수도 있겠지만, 그런 관계를 가능케 해준 케이블처럼 좁고 가느다란 측면도 있다. 마치 꽉 끼는 소매처럼 뭔가 더 팽창하지 못하도록 막을 수도 있다는 얘기다. 관계에 따라서는, 차라리 그렇게 쫀쫀한 편이 더 나을 수도 있다.

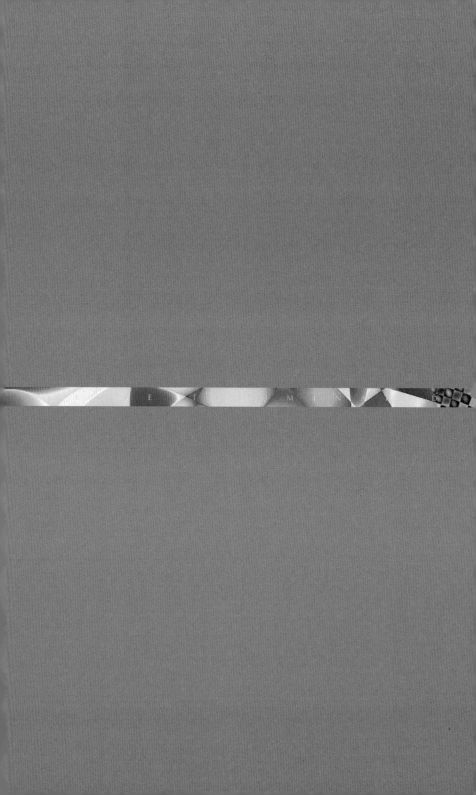

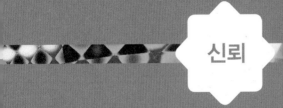

chapter
five

신뢰

사랑의 조건,
필수 조건,
절 속기

신 뢰 훈 련 을 해 본 적 이 있 는 가?

너덧 사람이 둥그렇게 서서 손을 맞잡고 있으면, 가운데 선 한 사람
이 눈을 감고 몸을 뒤로 넘어뜨리고, 둥그렇게 선 타인들은 그 몸을
받아준다. 이런 훈련의 교훈은 짐작이 간다. 사람들에게 몸을 맡김으
로써 사람을 믿는 법을 배우는 것이다. 사실 뒤로 넘어지는 그 순간
에는 동료들이 잘 잡아줄지 알 수 없고, 그저 잘 잡아줄 거라고 철석
같이 믿어야 한다.

하긴, 이 상황에서 믿지 않으면 다른 선택이 없다. 훈련의 핵심
이 신뢰를 세우고 동지애를 쌓는 것뿐인데, 나는 못한다고 거부하면
서 피해망상 환자나 반사회적 별종으로 보일 이유는 없다.

뒤로 넘어지려 할 때도 맹목적으로 사랑에 빠지려 할 때도 우리
는 인간에 대한 기본적인 믿음을 가져야 한다. 일상생활에서 마주치
는 사람들 대부분은 우리를 해칠 마음이 없으며 필요할 경우엔 우

리를 구해주려 할지도 모른다고 믿어야 한다. 물론 어떤 상황에서는 드러내놓고 의심하는 편이 유리할 수도 있다. 길거리에서 롤렉스 시계를 25센트에 팔고 있는 사람을 만났을 때가 그런 때이다. 하지만 사랑을 찾을 때는 경계심을 가지면 문제 있는 사람으로 보일 위험이 있다.

어쨌든 사랑은 우리 안에 있는 잘 속는 봉을 위한 것이지 의심쟁이를 위한 것이 아니다. 사랑은 우리의 잘 속는 측면, 즉 믿고 싶어하는 우리의 일면에 호소한다. 하지만 '내면의 봉'을 선택해서 믿기로 마음먹는 것은, 속고 손해 보고 상처 입을 가능성을 스스로 열어놓는 것이기도 하다. 열심히 일해서 모은 돈을 가로채려는 사기꾼에게만 당하는 것이 아니다. 우리를 사랑하는 것처럼 행동하지만 나중에 알고 보니 그런 게 아닌 사람한테도 우리는 당한다.

로맨스와 유혹이라는 분야에는 예전부터 사기꾼이 꼭 있었다. 사랑의 필수 요소인 잘 속아 넘어가는 속성을 이용해 재미를 보려는 사람들이다. 그래도 과거에는 이런 거짓말에 당할 위험이 적었는데, 데이트 상대가 잘 아는 사이거나 지인을 통해 소개받은 경우가 많았기 때문이다. 그 지역 사람들이 다 모이는 사교클럽 이벤트를 빼면, 낯선 사람과 로맨틱하게 엮이는 것은 어쩌다 드물게 일어나는 우연한 일이었다. 한 번도 만난 적 없는 누군가와 사랑에 빠졌다는 이야기도 전에는 들어보지 못했다.

하지만 오늘날에는 만났거나 이야기를 나눈 적도 없는 상대와 사랑에 빠지는 일이 다반사가 되었다. 이제는 이미지와 메시지를 열렬히 주고받는 것만으로도 디지털 사랑놀음을 즐길 수 있는 시대이다. 수백만 명의 사람들이 모르는 사람을 인터넷에서 만나 데이트하는 일이 하나의 생활양식이 되었다.

앞이 보이지 않는 항로를 계기에 의존해 날아가면서 사랑을 찾아 헤매는 사람들 사이에는 경계심이 굉장하다. 이런 두려움을 완화하기 위해, 또 친구들에게 자신이 숙맥이 아님을 보여주기 위해 사람들이 흔히 쓰는 방법이 있는데, 첫 데이트를 하기 전에 최악의 시나리오에 대한 농담을 내뱉는 것이다. 대체로 이런 식이다. "어쩌면 말이야, 그 남자(그 여자) _____일지도 몰라."

당신이라면 이 빈칸에 뭘 채우겠는가?

사연을 보내온 5만 명은 다음과 같은 말들로 채웠다. 가장 인기 있는 순서로 나열하면 다음과 같다. '도끼 살인마', '연쇄 살인범', '완전 사이코'. 대체로 여자들은 도끼 살인마나 연쇄 살인범을 경계하고 남자들은 완전 사이코를 걱정한다.

그런데 그 가능성이 희박하긴 해도, 정말로 도끼 살인마, 연쇄 살인범, 완전 사이코와 데이트하게 될 수도 있다. 불운은 얼마든지 예상할 수 있다. 레스토랑에서 나오는데 당신 머리 위로 에어컨이 넘어질지 누가 알겠는가? 레스토랑으로 가는 차 지붕으로 운석이 떨어질 수도 있다. 당신이 유명 이탈리아 식당에 앉아 서비스로 나온 빵을 뜯는 순간에, 그 식당이 뻥! 하고 폭발할 수도 있다.

아무튼 이런저런 온갖 걱정이 다 들 테지만 도끼 살인마와 엮이게 될까 봐 불안해하는 것은 걱정 리스트의 위 칸에 들 만한 사항은 못 된다. 하지만 그 점이 영 걱정된다면 온라인 데이트 사이트 'OK큐피드'에서 제공하는 도끼 살인마 확인 퀴즈를 이용해 보자. 서로 연관성이 있다고 주장하는 일련의 질문을 제시하고, 그 응답에 따라 도끼 살인마 성향을 평가해주는 퀴즈다. 힌트를 하나 주겠다. 괜히 의심을 사고 싶지 않다면 프렌치프라이에 케첩을 듬뿍 뿌리는 것을 좋아한다고 답하지는 마시라.

그런데 이 퀴즈에는 당황스러운 측면도 있다. 데이트 상대가 아니라 바로 당신이 도끼 살인마일 가능성을 발견하는 경우이다. 어쨌든 잠재적 도끼 살인마들이 그 테스트 결과를 이해하고 자기 안에 숨어 있는 폭력성의 가능성을 인정하고 나면, 스스로 책임감 있게 데이트 상대에서 퇴장할 것이라고 기대해볼 수 있지 않을까?

그렇게만 되면 이제 우리는 그 밖의 사람들만 걱정하면 된다. 이들은 어떤 이유로 자신의 속내를 드러내지 않는 평범한 사람들이다. 그 이유는 두려움, 우유부단함, 배려심일 수 있겠다. 어쨌든 이들은 이런저런 이유로 사실을 숨기고, 본심은 상대를 떼어내고 싶으면서 끌어당기거나 아니면 그 반대로 행동한다.

사랑을 정말로 믿어도 될 때를 분간하기란 어려운 일이다. 때로는 아예 분간할 수 없다는 생각도 든다. 누구를 믿을지, 왜 믿어야 하는지는 자신의 직감에 따라 스스로 헤아려야 하며, 이때는 너무 순진하게 굴어서도 안 되고 망상에 골몰해서도 안 된다. 중고차 딜러라면 당신이 매물가를 곤혹스러울 만큼 의심스러워해도 존중해줄 것이다. 하지만 교제 초기의 알쏭달쏭한 시기에 상대를 의심하는 듯 행동한다면 파국을 부를 수 있다.

믿어도 될지를 분간하기란 정말로 어려운 일이다. 낯선 사람이 작업을 걸어올 때 우리는 누구나 유혹에 흔들리기 쉽다. 이런 점을 감안한다면 순진하게 믿어버리는 사람들을 그렇게 쉽게 조롱할 수 있을까? 나라면 그러지 않았을 거라고 어떻게 장담하겠는가?

지금부터 세 가지 사례를 소개하겠다. 이 사례들은 최근 몇 년 사이에 세간의 관심을 끌며 여론의 법정을 떠들썩하게 했다. 어떤 사례들인지 살펴보자.

첫 번째 사례: 어떤 운동선수

첫 번째 사례의 주인공은 노틀데임 대학의 미식축구 선수 맨타이 테오이다. 맨타이는 2011년에 온라인에서 만난 여자에게 홀딱 빠졌다고 주장했으나, 알고 보니 존재하지도 않는 사람을 향한 사랑을 공개적으로 떠벌린 격이어서 대대적으로 얼간이라는 놀림을 받았다. 그는 친구들과 가족은 물론 대중매체에까지 자신의 여자 친구이자 일생의 사랑이고 미래의 아내라며 르네이 케쿠아에 대해 이야기했다. 그런데 그녀가 노틀데임 대학의 2012년 미식축구 시즌 개막을 앞두고 백혈병으로 갑자기 사망했고, 맨타이 테오의 비극적 러브 스토리는 미국 전역으로 퍼졌다. 미식축구 시즌 첫 경기에서 씩씩하게 경기를 펼치는 그의 모습을 보고 사람들은 엄청난 개인적 비극 속에서 주체할 수 없는 감정을 경기에 분출한 것이라며 칭송했다.

그러고 몇 달 뒤에 르네이 케쿠아가 실존 인물이 아니며 테오나 그의 가족들이 그녀를 만난 적이 없다는 사실이 만천하에 드러나면서 대중은 충격에 빠졌다. 그녀의 사진은 인터넷에서 다른 사람의 사진을 몰래 가져다 쓴 것이었고, (몇 차례 전화로 대화를 나눈) 그녀의

목소리는 어이없게도 남자 미식축구 선수의 목소리였다. 또한 그 남자는 알고 보니 몇 년 전에 테오와 잠깐 아는 사이였고, 그 후 대중매체 인터뷰에서 자신을 "돌아온 동성애자"라고 말했던 인물이었다.

매스컴의 반응은 기본적으로 '어떻게 그렇게 바보 같을까?'였다. 테오가 짓궂은 장난을 공모한 것이라는 주장도 나왔다. 자신의 동성애 관련 소문 때문에 골머리를 앓다가 다른 해명을 내놓아봐야 믿어줄 것 같지 않자 그런 식으로 모면하려 했다는 것이다. 하지만 테오가 잇따라 방송에 출현해 그다지 명석하지 않은 인상을 드러내면서, 괘씸한 장난을 했다기보다는 사기에 속아 넘어갔다는 쪽으로 무게가 실렸다.

어쨌든 여론의 법정에서는 이미 결론을 내렸다.

평결이 궁금한가? '어리석음'이었다.

두 번째 사례: 어떤 아이비리그 졸업생

샌드라 보스역시 대중과 언론으로부터 비슷하게 바보 취급을 받은 인물이었다. 다만 차이라면 그녀의 경우엔 온라인이 아닌 현실 세계에서 꼬임에 넘어가 사기를 당했다는 점이다. 실제로 그녀는 세상에 있지도 않은 남자와 결혼해서 십이 년 동안 함께 살면서 딸까지 낳았다. 그녀의 마음을 빼앗은 그 남자는 스스로를 클라크 록펠러라고 소개했다. 하지만 클라크 록펠러라는 사람은 세상에 존재하지 않았고, 남자의 주장처럼 유명한 록펠러 가문과 아무런 관계도 없었다. 또한 미술 수집품을 비롯한 재산은 상상 속에 축적된 허상이었고, 뉴잉글랜드에서 여름 캠프와 요트 여행을 즐겼다는 어린 시절도 없었다. 한마디로 말해 클라크 록펠러는 기구한 과거와 정신 건강 문제를 가진 독일인 이민자 크리스천 칼 게르하르츠라이터가 만들어낸 허구 인물이었다.

보스는 매사추세츠 주 케임브리지의 대학원에 다닐 때 이 남자의 거짓 정체를 그대로 믿고 사랑에 빠졌다. 수재였던 그녀는 스탠퍼드 대학을 졸업하고 하버드 경영 대학원에 다니고 있었다. 그리고 결혼 초반에는 젊은 전문직 여성으로 일하며 연봉이 백만 달러를 넘어서 있었다. 그녀는 똑똑하고 침착하고 논리정연하며 매력적인 데다 어느 것 하나 빠지지 않는 팔방미인이었다. 하지만 모든게 거짓투성이에, 운전면허증, 진료 기록은 물론 수입도 없으며 그 어마어마하다는 재산에 대한 증거도 없는 그런 남자와 삶을 꾸렸다. 관계 당국이 밝혀낸 결과, 그는 위스콘신 주에 이미 결혼한 부인이 있고 샌디에이고에서 한 남자를 (그리고 어쩌면 그 남자의 부인까지도) 죽인 살인범이었다. 다시 말해 그가 속인 사람은 샌드라 보스만이 아니었다. 어떻게 사람들을 홀렸는지, 보스턴 시내의 유서 깊은 회원제 알곤퀸 클럽*Algonquin Club*의 이사회에 들어가기도 했다.

그의 사기 전모가 드러난 것은 오래전부터 의심을 품어온 산드라가 마침내 뭔가 해봐야겠다고 결심하고 돈을 끌어 모아 사설탐정을 고용하면서부터였다. 사설탐정은 일에 착수한 즉시 크리스천 게르하르츠라이터의 엄청난 사기극을 밝혀냈고, 진실이 드러나자 보스는 이혼과 딸 양육권 청구에 나섰다. 하지만 양육권을 인정받은 후에 전 남편이 딸을 납치해서 달아났다. 그는 보스의 돈으로 볼티모어에 사두었던 콘도에 숨어 있다가 붙잡혔다.

전 남편의 유괴 혐의에 대한 재판이 진행되는 동안 보스는 증인석에 나와 설명을 해야 했다. '배울 만큼 배운' 사람이 어떻게 이런 남자의 거짓말에 속아 넘어갔는지를.

"두뇌 지능과 감정 지능에는 큰 차이가 있습니다. 남편감을 고르는 안목이 탁월하지 못했던 것 같아요. 제가 너무 서툴렀어요."

대중매체에서는 그녀를 "크로커펠러(Crockafeller, '악어'와 '록펠러'를 섞은 조어―옮긴이)"에게 속아 넘어간 "발닭개처럼 멍청하다"고 맹비난했다.

여론의 법정도 여기에 동의했고, 평결은 어리석음이었다.

세 번째 사례 : 어떤 소립자물리학 교수

지난해에 〈뉴욕 타임스〉에는 노스캐롤라이나 출신의 폴 프램튼의 이야기가 실렸다. 이번에는 이 사람이 주인공이다. 예순여덟 살의 소립자물리학자이자 노벨상 후보로도 올랐던 폴 프램튼은 당시에 이혼을 하고 외로운 생활을 보내고 있었다. 그는 사랑, 자식, 새로운 출발을 원했다. 그래서 온라인에 눈을 돌렸고 얼마 후 데이트 사이트에서 한 여자를 만났다. 그녀는 자신이 체코의 유명한 비키니 모델 데니스 밀라니라며, 폴보다 서른일곱 살 어리고 D컵 사이즈의 가슴을 가지고 있다고 했다. 실제로 구글에서 이 모델 이름을 검색하면 가슴이 D컵의 세 배는 돼 보이는 사진이 엄청 많이 뜰 것이다.

그런데 이게 웬일이란 말인가. 그녀가 그에게 정말로 관심을 보였다. 완전 행운이었다!

프램튼이 자식을 원했던 점을 감안하면, 임신이 가능하고 외모가 출중한 자손을 낳아줄 젊고 아름다운 누군가를 파트너로 삼고 싶었던 마음은 이해가 된다. 풍만한 가슴은 번식력의 상징이지 않은가! 안 그런가? 게다가 데니스 밀라니가 그의 환심을 끌려고 다가왔으니, 그야말로 굴러온 복이었다. 그녀는 자신도 아이를 갖고 싶다며 세계적 모델로 사는 것도 지긋지긋하다고 말했다. 자신이 정말로 바라는 것은 프램튼과 같은 나이 지긋한 교수를 만나 행복한 가정을 꾸리는 것이라고. 그는 두뇌를 가졌고 자신은 외모를 가졌으니 서로 환상적인 궁합이라고.

결국 프램튼은 그녀를 만나려고 그녀가 사진 촬영 중이던 볼리비아로 갔다. 그런데 볼리비아에 도착해보니 그녀는 브뤼셀에서 진행 중인 모델 일 때문에 그곳을 떠난 뒤였다. 젠장. 그녀가 비행기를 타고 자신이 있는 곳으로 와줄 수 있느냐고 물었을 때, 그의 대답은 당연히 예스였다.

참, 이때 그녀는 한 가지 부탁을 했다. 라파스(볼리비아의 수도)에 여행 가방을 놓고 왔는데 브뤼셀로 가져다주면 고맙겠다고.

그러던 중 캐나다에 사는 프램튼의 친구가 이런 거짓말 같은 세계 유람 수준의 연애사에 대해 우연히 알게 되었다. 그는 깜짝 놀라서 친구에게 당장 그 여자와 연락을 끊으라고 말렸다. 그에게 메시지를 보내는 사람은 체코의 유명한 모델이 아닐 수도 있으니 정신 좀 차리라고. 그리고 무슨 일이 있어도 그 가방을 들고 비행기에 타서는 절대로 안 되며, 그 안에 마약이 잔뜩 들어 있으면 어쩌냐고 기탄없이 말했다.

프램튼은 기분이 들떠 있어 친구의 충고를 흘려들었다. 자신은 데니스 밀라니에게 푹 빠져 있고 그녀도 자신에게 빠져 있는데 달리 중요한 게 뭐가 있겠는가?

그런데 부에노스아이레스에서 비행기를 환승하다가 그 가방에 정말로 코카인이 가득 든 사실이 밝혀졌고, 프램튼은 그 자리에서 체포되어 감옥에 갇히는 신세가 되었다. 나중에 한 기자가 왜 친구의 충고를 새겨듣지 않았느냐고 물었다. 그런 유명한 체코의 비키니 모델이 그와 같은 사람에게 끌릴 리가 없으며, 온라인에서 그에게 접근한 것도 그녀가 아니라 범죄자일 거라고 친구가 그렇게 충고했

는데도 무엇 때문에 그 말을 무시하고 그녀가 진짜라고 믿었느냐고.

"너무 자만했던 탓이지요." 교수의 대답이었다.

아르헨티나 법정에서 프램튼이 자만의 대가로 얻은 것은, 마약 거래죄에 대한 팔 년여의 형량이었다. 이와 별개로 여론의 법정에서도 자체 의견을 내놓았다. 그 평결은 어리석음이었다.

여러분은 이런 생각이 들 것이다. 바보만이 거짓말쟁이한테 속아 넘어간다. 그러면 우리가 완전히 바보가 아닌 다음에야 속을까 봐 걱정할 필요는 없지 않겠는가?

나도 다른 사람들처럼 맨타이 테오, 샌드라 보스, 폴 프램튼을 비난할 수 있으면 좋겠다. 그렇지만 거짓말에 속아 넘어가는 사람들을 숱하게 봐온 만큼 대부분의 사람들은 그렇게 어리석지 않을 거라고 자신 있게 말할 수 없다. 사기꾼의 거짓말이나 바람피우는 배우자의 알리바이를 믿든, 상대방이 우리를 진정으로 사랑하지 않는다는 사실을 인정할 용기가 없어서 상대의 거짓 애정을 믿든, 속는다는 점에서는 두 경우 모두 근본적으로 같다. 우리는 사랑을 믿고 싶어 한다. 매력남이나 매력녀가 나한테 반했다고 생각하는 쪽이 내가 그런 관심을 받을 만한 사람이 못 된다고 생각하는 쪽보다 훨씬 더 기분 좋은 일이니까. 거짓말의 본질과 동기는 저마다 다를 테지만, 사랑을 믿고 싶은 우리의 욕망은 어떠한 경우든 사랑을 의심하려는 본능보다 더 강하다.

우리는 속임수나 거짓 아부는 그 신호가 뚜렷이 드러날 거라고, 또 우리는 그런 신호를 분간할 만큼 똑똑하다고 생각한다. 하지만 지독한 사기꾼들에게 속아 넘어간 사연을 나에게 털어놓은 사람들만 봐도 금융업계의 임원도 있고 일류 대학의 교수도 있었다. 이들은 모두 교육 수준이 높고 명석하며 고액 연봉을 받는 전문직이었다. 이런 사람들은 누가 보더라도 업무에서나 일상에서나 바보가 아니다. 어린 시절이나 학창 시절에 바보였던 적도 없다. 단지 사랑에서 바보였을 뿐이다.

그렇다면 어떻게 해야 상처받거나 속거나 이용당할 일 없이 사랑을 믿을 수 있을까? 그 답은 아무도 모른다. 바보 같다며 꾸짖고 조롱하는 사람들도, 심지어 자칭 전문가라는 사람들도 모를 것이다. 여기저기 그럴듯한 조언들이 넘쳐나지만, 이런 말들은 선의의 조언이기는 해도 대체로 그것을 이용하는 비용만큼의 가치밖에 없다. 달리 말하면 아무 가치도 없다. 그런 조언들을 듣고 싶다면 지금부터 간략하게나마 몇 가지 공통적인 팁을 들려주겠다. 그러나 그대로 따르지는 마시길.

의 심 부 터   하 고   봐 라 ?

온라인 데이트 사이트에는 사기꾼을 알아보는 경고 신호라며 알려주는 조언들이 있다. 이 조언들을 보면, 위험을 피하도록 이끌어 준다는 것이 얼마나 불가능한 일인가 싶다. 데이트 사이트 대다수가 제공하는 주의사항이라는 것이 거의 다 별 도움이 되지 않기 때문 이다.

"사기꾼들은 특히 더 보통 사람처럼 보인다."

e하모니*eHarmony*의 첫 번째 조언인데, 벌써부터 하품이 나온다.

"사기꾼들은 유난히 더 교묘하다." 그다음 조언이다.

세 번째는 뭘까?

"사기꾼들은 서두르지 않는다."

그러니까 이 조언대로라면, 어떤 평범해 보이는 사람이 부담을 전 혀 주지 않으면서 교묘하게 당신한테 접근한다면 당장 FBI에 신고해 야 한다.

잠깐, 여기서 끝이 아니다. 사기꾼은 대체로 상대가 어떤 사람이 고 고향이 어디며 무엇을 좋아하는지 등등을 궁금해하는데, 이것은 상대에게 인간으로서 관심이 있어서가 아니라 상대가 인터넷 뱅킹 에서 쓰는 보안 질문의 답을 캐내려는 것이라고 조언한다. 이런 논 리라면 당신이 사랑에 빠진 사람이 당신에게 고향이 어디냐고 물었 을 때 대답을 얼버무리거나 까먹었다고 말해야 할지 모르겠다. 또 어릴 때 애완 동물을 키웠느냐고 물으면, 키우긴 했어도 이름을 지 어주지 않았다고 둘러대야 할 것이다. 생애 첫 번째 선생님도 이름이 없어야 한다. 아니면 아무도 생각나지 않거나. 특별히 좋아하는 영화배우도 없어야 한다.

당신의 흥미를 끄는 사람이 남달리 너그럽고 인심이 좋아서, 보살펴주고 먹여주고 사랑해줘야 할 일가친척이 많이 딸린 것처럼 보인다면 그것도 엄청난 위험 신호다. 그런 부양 식솔들을 이용해서 죄책감을 자극해 돈을 송금하도록 유도할 수 있으니 말이다. 그 사람 자신이 병원 치료를 받아야 한다면 그것 또한 요란한 비상벨이다. 당신이 그 사람을 사랑한다면, 그런 사람이 치료비를 구할 형편이 못 된다고 하소연할 때 선뜻 치료비를 도와주고 싶어져서 은행 잔고를 나이지리아로 보낼 수도 있기 때문이다.

한마디로 피해를 입지 않으려면 형편이 궁하고 돈을 부탁할 구실이 있는 듯한 사람은 무조건 피하는 것이 상책이다. 돈이 많은 것처럼 구는 사람도 피하는 게 좋다. 자신을 인상적으로 꾸며서 당신을 꾀어내려는 수작일지 모르니까. 하지만 또 명심할 것이 있는데, 요즘 사기꾼들은 모든 면에서 평범해 보이려고 애쓰니까 중산층인 것처럼 처신하는 사람도 피하는 것이 현명하다.

아주 노련한 사기꾼들은 트위터, 페이스북, 링크드인 등에서 사람들이 자신에 대해 살펴보고 더 궁금해할 만한 신뢰 가는 존재를 만들어내기 마련이다. 가족사진을 올리고 꾸준히 트위터 활동을 하면서 꽤 많은 팔로어와 친구들을 두고 있을 것이다. 이러니 다른 사람들과 똑같이 꿈과 희망을 가지고 보통의 삶을 살아가는 보통 사람처럼 보이기 십상이다. 그러니까 이런 사람을 만나면 특히 더 경계해야 한다.

마지막으로 덧붙이자면, e하모니에서는 잘 모르는 사람이 노골적으로 돈을 달라거나, 당신의 전자 금융 계좌에 대한 정보나 접근을 요구할 때 조심하라고 권고하고 있다.

흠, 그건 너무나 당연한 얘기 아닐까?

아는 게 병이 될 수도

모르는 사람과 데이트를 하려면 당연히 그 사람에 대해 되도록 많은 것을 알아봐야 한다. 발달한 기술은 그 뒤로 몸을 숨길 가림막도 주지만, 아마추어 탐정이 되어 독자적으로 신원을 조사해볼 만한 벌여볼 도구도 준다. 구글, 페이스북, 트위터를 비롯해 수많은 소셜 미디어와 검색 사이트 덕분에 우리는 잠재적 연인이 우리와 알기 전에 인생사가 어땠는지, 인간관계와 경력은 어떤지 찾아볼 수 있다.

어떤 사람과 데이트를 앞두었을 때는 미리 많이 알고 가는 것이 좋다고 생각하기 쉽다. 하지만 넘쳐나는 정보를 통해 너무 많은 것을 빨리 알고 나면 오히려 불리해질 수 있다. 조애나의 사례를 살펴보자. 대학을 졸업하자마자 워싱턴에 있는 에이즈 관련 비영리단체의 프로그램 담당자로 취직한 조애나는 어느 날 밤 친구들과 외출

했다가 고급 주택가 조지타운에서 한 남자를 만났다. 그 남자는 그녀처럼 키가 훤칠했고, 그녀처럼 달리기를 좋아한다고 했다. 첫 만남부터 그녀는 그에게 끌렸다. 그가 달리기를 좋아한다는 말을 꺼냈을 때 그녀는 같이 뛴다면 자기가 '안 보일 만큼 앞지를' 것이라며 농담도 했다.

며칠 후, 그가 전화로 데이트를 신청했다. 그때 조애나는 다들 그러는 것처럼 구글에서 그 남자에 대해 찾아보기로 했다. 그리고 그렇게 찾아보자마자 바로 알아낸 사실은, 그가 정말로 달리기를 좋아한다는 것이었다. 그는 달리기를 잘했다. 정말로 잘했다! 그것도 '1마일 4분대 벽'도 깨며 올림픽에 출전할 정도의 기량을 갖고 있었다. 하지만 이것은 그녀가 그에 대해 알아낸 정보의 빙산의 일각일 뿐이었다. 그 뒤로 몇 시간 사이에 그녀는 그의 학력(아이비리그 대학 평점, 석사 프로그램), 글(출간한 평론과 논문), (형제들의 정보를 비롯한) 가족 사항, 사업관, 그동안 다닌 여행, 좋아하는 햄버거, 자란 동네 등등을 다 알게 되었다.

데이트를 하는 날 아침, 조애나는 처음으로 얼굴 마사지를 받았는데, 유감스럽게도 볼이 얼얼하고 턱이 까져서 초조함만 늘었다. 하지만 진짜 문제는 그와 함께 바에 가서 와인을 마시면서 시작되었다. 그녀는 머릿속에 그에 대한 정보가 너무 많다 보니, 데이트 초반에 으레 나누는 전형적인 잡담이 별 재미가 없었다. 그렇다고 다

아는 얘기라고 말할 수도 없는 노릇이었다. 구글 검색으로 몇 가지 알게 되었다고 솔직하게 말할 수 있는 정도라면 괜찮겠지만, 그녀가 아는 것은 몇 가지가 아니었으니까.

처음에는 그에 대해 이것저것 물어보려 애쓰며 자신이 알아낸 많은 정보가 대화의 적당한 화제가 되었다. 하지만 그녀가 이미 아는 내용에 대해 그가 자세히 얘기해줄 때는 자신의 반응이 어색하거나 더디게 나올까 봐 걱정되었다. 가령 그가 1마일을 4분대에 뛰었다는 이야기를 했을 때는 아무런 반응 없이 속으로 '그래요, 1초 차이로 4분대를 깼죠'라고 생각하고 있었다. 그러다 아차 싶어서 뒤늦게야 그의 놀라운 기록에 감탄하는 척했다.

시간이 흐르고 술이 더 들어갈수록 그녀는 점점 취기가 올랐다. 그러던 어느 순간 그가 형 이야기를 꺼냈고 그 말에 조애나의 입에서 이런 말이 튀어나왔다.

"그럼 당신과 형, 누나, 이렇게 삼남매예요?"

"제가 누나가 있다고 말했던가요?" 그가 되물었다.

"아니, 안 했어요. 누나가 있어요?" 그녀는 정신을 가다듬으며 다급하게 말했다.

사태는 절망적이었다. 그녀는 너무 많은 것을 알고 있는데 이젠 취하기까지 해서 분별력마저 잃었다. 그렇다고 그에 대해 이것저것 미리 알아본 사실을 느닷없이 실토하기도 곤란했다.

그날 저녁의 데이트는 낭만적인 분위기도 무르익지 않은 채 시들하게 끝났고 두 사람은 다시는 데이트를 하지 않았다. 이 일로 조애나는 어떤 교훈을 배웠을까? 그녀는 말했다.

"전혀 모르는 표정, 그것도 자연스럽고 진심 어린 표정이 중요하다는 거죠."

너무 좋아서 믿기지 않는다면

토크쇼 〈오프라 윈프리 쇼〉와 〈닥터 필 쇼〉에서 시청자 인생 상담을 진행하면서 유명해진 심리학자 닥터 필*Dr. Phil*도 애정 사기에

대한 조언을 남겼다. 어련하겠는가? 애정 사기라면 주간 토크쇼에
딱 어울리는 소재인데. 가슴 아픈 이야기, 조롱, 기막혀 하는 방청객
의 반응이 버무려져 시청자의 호기심을 끌어당긴다. 실제로 이런 토
크쇼에서는 무대 위에 몇 명의 피해자를 앉혀놓고 저축한 돈을 어
쩌다 잃어버렸는지 털어놓게 하면서, 방청객이 한숨 소리를 흘리며
동물원의 원숭이 보듯 출연자를 쳐다보게 연출하면 그만이다. 그러
다 출연자의 하소연이 끝나면 조롱 섞인 한숨과 함께 마무리 멘트
로 이런 조언을 해주는 것이다.

"너무 좋아서 믿기지 않는다고요? 그렇다면 정말 사기일 수 있

습니다."

이봐요 닥터 필, 그보다 더 도움이 될 만한 얘기는 없나요? 어쨌든 당신은 박사잖아요. 이 문제에 대해 당신의 심리학적 지식을 제대로 활용해줄 수 없냐고요. '너무 좋아서 믿기지 않는다는' 둥의 식상한 이야기는 길거리에서 25센트짜리 롤렉스 시계를 사려는 사람에게는 유익한 조언일지 모르죠. 그렇지만 사랑 문제에 관해서라면 우리 대다수가 기대하는 바에 못 미치는군요. '너무 좋아서 믿기지 않는' 조언은 아니라고요.

어떤 사람을 만난 것이 믿기지 않을 만큼 기막힌 행운 같아서 마음이 들뜨지 않는다면, 우리는 그 관계가 과연 진전시킬 만한 것일까 하는 의문을 갖게 될 것이다. 대다수 사람에게 '너무 좋아서 믿기지 않는' 것은 사랑의 위험 신호가 아니라 사랑의 기본적인 기대이다.

닥터 필을 두둔하는 뜻으로 덧붙이자면, 이와 똑같은 주옥같은 조언들이 인터넷 곳곳에서 연애 사기에 대한 경고 리스트로 돌아다닌다. 생활 수준이 달라 보이거나 '너무 완벽한' 사람이 우리에게 관심 있는 척한다면 생일, 좋아하는 보석, 지금 살고 있는 삼류 동네에 대해 입을 꾹 다무는 편이 좋을 것이라고. 또 경계심을 갖고 관계를 조심스럽게 진전시키는 것이 좋다면서, 그 사람에게 거주 지역의 최근 발행 신문을 들고 찍은 사진을 보내달라고 요구하란다. 그것도 발행 날짜가 나오고 사진 위쪽에 온라인 대화명이 나타나게 하라나,

뭐라나. 이것은 그 사람이 진짜임을 증명시키거나 그 사람에게 우리
가 멍청이가 아님을 증명하는 뭐 그런 것이란다.

아무튼 감정에 관한 한 '너무 좋아서 믿기지 않는' 기준에 대해
전반적으로 인정할 만한 표준은 없다. 자존감이 낮은 사람이라면 어
떤 관심이든 너무 좋아서 진짜 같지 않게 느껴질 것이고, 반면에 폴
프램튼같이 자존심이 탄탄한 사람이라면 세계적으로 유명한 슈퍼
모델이 관심을 보여도 하나도 이상할 게 없이 느껴질 것이다.

사실, 진짜 문제는 따로 있다. '너무 좋아서 믿기지 않는' 것을
기준으로 삼아 그 이유로 어떤 사람을 피해버린다면, 그것이 잘못된
상대에게 사기 당할 위험으로부터 스스로를 지키는 것인지 스스로
를 속여 자신에게 꼭 맞는 상대에게 사랑받을 기회를 박탈하는 것
인지 어떻게 분간하겠는가?

바보들이
사랑에 빠지는 이유

나는 아내 캐시보다 잘 믿고 낙관적인
편이다. 잘 믿는 것과 낙관적인 것은 공존하는 성향이긴 하다. 예를
들어 캐시는 좋은 소식을 들으면 의심부터 하며 그 좋은 소식이 어떻
게 좋은 소식인지 따져 보려고 하는데, 내 경우엔 좋은 소식을 선뜻

연애 관계는 시소와 같다.
두 사람이 양 끝에 앉아 균형을 잘 맞추어야지,
다른 쪽이 엉덩방아를 찧게 만드는 일은
피해야 한다

받아들였다가 처음의 기대만큼 대단한 소식이 아니라는 것을 알고 실망할 때가 많다.

우리는 교제 초기에 몇 달 동안 편지를 주고받으며 신뢰를 쌓아 갔다. 하지만 직접 만난 것은 투손에서 함께 점심을 먹은 그 한 시간 뿐이었던 데다 전화 통화도 전혀 하지 않았던 만큼 관계를 키워나 가기가 그다지 유리한 조건은 아니었다. 나는 캐시가 편지에서 털어 놓는 얘기로만 그녀에 대해 알았고, 캐시도 내가 얘기해주는 것만 알았다. 또 둘 다 자신을 좋게 보이고 싶었기 때문에 딱히 거짓말은 안 하더라도 진실을 그대로 이야기할 필요가 없었다.

그러던 중 우리에게 주말 동안 긴 시간을 함께 보낼 기회가 왔 다. 캐시가 샌안토니오에 사는 전 남자 친구에게서 아파트를 바꿔 휴일을 보내는 게 어떠냐는 제안을 받은 것이다. 전 남자 친구는 자 신이 사흘 동안 뉴욕에 다녀올 계획인데 혹시 샌안토니오에 와볼 마음이 없냐고 물었다.

그래서 캐시는 나에게 그 제안을 전했고 나는 망설임 없이 같이 가겠다고 했다. 말했다시피 나는 좋은 소식은 선뜻 받아들이는 성격 이니까. 그런데 아니나 다를까 김빠지는 일이 생겼다. 캐시가 여행 직전에 답장을 보내왔는데, 주말 동안 플라토닉 관계를 지키는 편이 좋겠다는 것이었다. 서로 알아가는 친구 사이에 그러듯이 나는 소파 에서 자고 자기는 침대에서 자는 것으로 하자고 했다. 이 말 속에 숨은 뜻은 분명했다. 아직 나를 믿지 못하거나 우리 사이에 대한 확신이 없어서 자신을 보호하고 싶다는 뜻이었다.

나는 그 조건에 동의했다. 하긴 별 수 없잖은가? 하지만 그런 기본 조건을 감안하면 그 여행에 대해 처음 가졌던 기대는 글렀다고 받아들이면서도, 그것이 혹시 캐시의 출구 전략은 아닐까 싶기도 했다. 어쨌든 나는 기대에 들떠 떠났고 처음에는 모든 일이 계획대로 흘러갔다. 우리 관계는 처음 몇 시간 동안은 플라토닉 관계를 잘 지켰다. 캐시가 공항으로 나를 태우러 온 순간부터 밖에서 저녁을 먹고 아파트로 돌아와서 소파에 같이 앉아 일체의 스킨십 없이 이야기를 나누던 내내 그랬다. 규칙 준수에 철저한 편인 나는 끝까지 잘 지키기로 단단히 마음먹었지만, 캐시는 아니었던 모양이다. 얼마 후 캐시가 우리 사이에 세워놓았던 벽을 허물었기 때문이다.

이튿날 아침, 나는 캐시에게 물었다. 그 주말 동안 육체적 거리를 두고 싶었던 이유가 뭐냐고. 캐시가 대답했다.

"그냥 조심하고 싶어서. 어쨌든 너를 잘 모르니까."

그 말에 나는 속으로 생각했다.

'나를 잘 모른다고? 그게 무슨 말이야? 나는 나라고!'

글쎄, 나에게는 내가 나였지만 캐시에겐 아직 나는 내가 아니었다. 무슨 뜻이냐면, 나는 나 자신을 알고 내가 정직하고 다정하고 믿을 만한 사람이라고 믿었는데, 나를 알아가는 사람이 그런 나를 경계할 수 있다니 무척 뜻밖이었다. 물론 상대보다 두 곱절은 힘이 세고 체격이 크며 몸무게도 많이 나가는 나 같은 입장에서는 앞뒤 안가리고 상대를 믿기가 더 쉽긴 할 것이다. 그렇다 하더라도 나는 캐시를 절대적으로 믿었고 캐시는 그렇지 않았다. 적어도 처음에는. 게다가 캐시는 사랑에 대해 나보다 더 회의적이기도 했다. 나는 캐시가 나와 관계를 갖고 싶어 할 거라고 믿을 만큼 자존감이 탄탄했다. 상대에게 속을까 봐, 손해나 상처를 입을까 봐 걱정하지 않았다.

만약에 어떤 여자가 자기 이름이 르네이 케쿠아라며 온라인에서 접근하더니 메시지와 전화를 통해 몇 달 동안 꼬리를 치면 나는 어떨까? 그 여자가 진짜라고 믿으며 미끼를 덥석 물까? 아니면 그 여자의 정체가 전에 나한테 동성애 감정을 느꼈던 전직 남자 미식축구 선수가 아닐까 의심하며 접근 의도를 수상쩍어할까?

여러 이유로 미루어 보건대 나는 그녀가 진짜이고 딴 마음 없이 진심으로 나를 홀리는 것이라고 믿을 것 같다.

그렇다면 샌드라 보스 같은 시나리오는 어떨까? 나라면 하버드 경영 대학원에 다니다 만난 여자와 사랑에 빠져 결혼까지 할 수 있을까? 그 여자가 자신이 록펠러 가문 사람이라고 말한다면 의료 기록, 납세 내역 등을 요구하지 않고 곧이곧대로 믿을까? 그리고 그런 그녀와 사랑에 빠질 수 있을까?

그녀가 아주 그럴듯하게 둘러댄다면 나도 그렇게 될지 모르겠다. 어쨌든 록펠러 집안 사람과 사귄다고 말한다는 건 얼마나 근사한 일인가! 더군다나 그런 사람이 나를 정말로 사랑한다는데.

세 번째 시나리오는 어떨까? 세계적으로 유명한 체코의 비키니 모델이 온라인에서 나 같은 사람을 찾고 있었다고 접근하더니 노스 캐롤라이나 주에서 나와 가정을 꾸리기 위해 최고의 전성기에 모델 일을 은퇴하고 싶다고 한다면 그 말을 믿을까?

아니, 나라면 안 믿었을 것이다. 내 자존감이 탄탄하긴 해도 그 정도까진 아니다. 그렇다고 폴 프램튼이 사랑의 가능성을 믿으며 그 가능성에 마음이 열린 사람이라고 인정한다는 것은 아니다. 어쨌든 사랑이란 것은 큰 꿈을 꾸고 모든 위험을 감수할 준비가 된 사람들을 위한 것이다. 안타깝게도 감옥이 그런 것처럼 말이다.

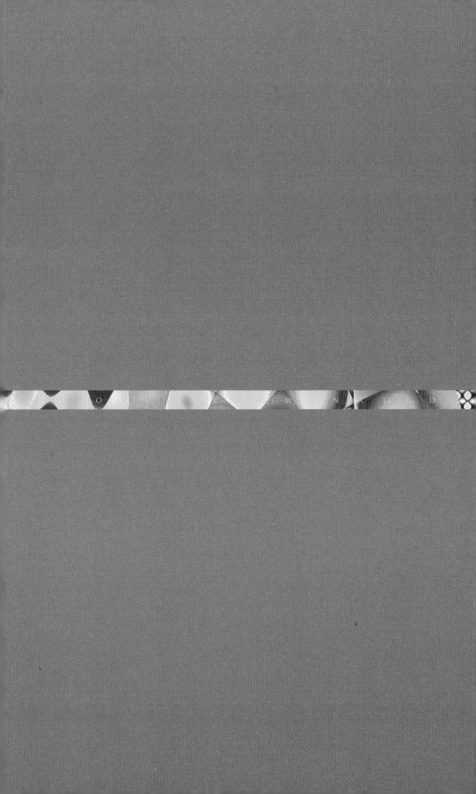

chapter
six

현실

왕광은 불빛이
착각케 비치는
고질

캐시와 나는 샌프란시스코 만의 페리호에서 결혼을 약속했다. 로맨틱했겠다고? 아니, 우리의 결혼 약속은 그다지 로맨틱하지 않았다. 둘이 함께 피셔맨스 와프(Fisherman's Wharf, 샌프란시스코 북쪽 끝에 위치한 해안가 관광 명소―옮긴이)에서 배에 올라 소살리토(Sausalito, 금문교를 건너면 보이는 휴양 마을―옮긴이)를 향해 갈 때 캐시가 말했다.

"이제 우리 결혼할까, 응?"

"그래, 그러자." 내가 말했다.

이것이 다였다. 나는 프러포즈를 하지도 않았고 무릎을 꿇지도 않았다. 호주머니나 양말 속에 숨겨뒀던 반지 상자를 꺼내 헤벌쭉 웃으며 선물을 하는 짓도 안 했다. 미리 준비해두었거나 그 자리에서 떠올린 진심 어린 고백도 없었다. 지금 생각해보니 키스도 안 했던 것 같다.

그 무렵 우리는 사귄 지 이 년이 되어가고 있었다. 둘 다 스물 아홉 살이었고 대학원생 시절도 끝나가는 중이어서 우리의 앞날을 구상해야 했다. 이른바 결혼 적령기가 시시각각 다가오면서 부모님들의 기대도 높아졌다. 나는 캐시와 결혼하고 싶었고 우리의 결혼을 당연한 것으로 여겼지만, 결혼 진행을 위해 한 걸음도 떼지 못하고 있었다.

왜 못 했느냐고? 사람들은 흔히 자신이 없다느니, 남은 평생 한 여자한테만 헌신한다는 게 부담스럽다느니 하며 구실을 내세운다. 나도 그래서였다고 말하고 싶지만 그런 건 아니었다. 캐시와 부부가 되는 것이 불안했다거나 결혼 자체가 두려워서도 아니었다. 그런 문제라면 그럭저럭 헤쳐나갈 수 있다고 예상했다. 내가 캐시의 가족에 섞이고 캐시가 우리 가족에 섞이는 문제가 걱정스러워서도 아니었다. 내가 결혼을 미룬 이유는 프러포즈와 결혼 준비에 따른 스트레스에 직면할 엄두가 안 나서였다.

악명 높은 교도소가 있었던 앨커트래즈 섬을 지나갈 때, 캐시가 물었다.

"반지는 어떻게 할지 생각해봤어?"

"아니, 안 해봤는데? 어머니한테 여쭤볼게."

으윽! 이제 골치 아픈 일이 시작되는구나 싶었다.

사랑이란 것이 섹스와 즐거운 시간, 천국의 강을 둥둥 떠다니는 기분만 마냥 이어지면 얼마나 좋을까! 그러나 언젠가 달콤함에서 깨어나 소매를 걷어붙이고 사랑의 수고를 감당해야 할 순간이 닥친다. 그 좋은 예가 바로 결혼 준비다. 나는 결혼을 약속한 커플들의 이야기를 자주 듣는다. 그들은 하나같이 결혼 준비에 따르는 돈 문제와 요구 사항에 환멸을 느껴 분통을 터뜨린다.

"결혼하는 일이 왜 이렇게 끔찍한 악몽이 돼야 하죠? 사랑해서 하는 결혼이잖아요! 스트레스에 치여 다 건너뛰고 둘이 어디로 도망가고 싶어요."

이것은 야심차게 입대한 해병대원이 말하는 것과 같다.

"신병 훈련이 왜 이렇게 힘들어야 합니까? 뭣 때문에 그런 얼차려와 점호를 받고 고래고래 소리를 지르게 하는 겁니까? 이래서야 사람들이 해병대에 들어오고 싶겠습니까?"

신병 훈련을 견뎌낼 수 없다면 해병대 생활을 잘 버텨낼 가망도 희박하다. 마찬가지로 결혼 준비의 스트레스와 복잡한 문제들을 헤쳐나가지 못하면 결혼 생활을 잘 꾸려나가지 못할 수도 있다. 결혼 준비는 앞으로의 인생을 설계하기 위한 신병 훈련과 같다. 앞으로 결혼 생활 중에 두 사람을 시험할 여러 문제들을 맛보기로 느껴보는 셈이다. 다시 말해 결혼 후 앞으로 남은 생애에는, 미래의 배우자와 부부로서 함께 씨름해야 할 그와 비슷한 문제들이 산적해 있다는 얘기다. 오늘은 뭘 먹을까? 우리 무슨 얘기 할까? 사람들이 우리를 어떻게 생각할까? 지금 우리가 사야 할 가전제품이나 가재도구는 뭐지? 그 비용은 뭘로 댈까? 친구들이나 가족과 원만하게 지내려면 어떻게 해야 할까? 등등 ……. 일단 결혼 서약을 하고 이 길로 들어서고 나면 이제 두 사람 사이에는 신 나고 환상적인 시간은 점점 줄어든다. 칵테일을 마시고 달콤한 음악에 취해 섹시한 춤을 출 시간이 없다는 얘기다. 그 대신에 우리를 기다리는 것은 '형광등 불빛이 차갑게 비치는 교실' 쪽에 더 가깝다. 딱딱한 책상, 철제 의자, 시험 답안을 칠할 2B연필이 기다리는 세상이다.

이런 말을 하게 되어 미안하지만, 이번 장에서 다룰 얘기가 바로 이 교실이다. 솔직히 내용이 그다지 재미있진 않을 것이다. 하지만 형광등 불빛의 교실에 충분한 시간을 할애하며 결혼과 가정생활의 조건을 성실히 논의하지 않는다면, 나중에 형광등 불빛의 변호사 사무실에서 침울하게 이혼 조건이나 협상하게 될지 모른다.

자, 그럼 슬슬 강의를 시작해보자. '결혼학 입문' 요강은 이렇다. 먼저 '개인의 고유성'을 고유성 상실의 측면에서 살펴본 다음에 소득, 육아, 집안일에서의 '평등'을 짚어볼 것이다.

대체로 결혼식 날까지 결정해야 하는 가족의 성姓 결정 문제만 빼고, 나머지 문제들은 결혼 생활 내내 골칫거리가 될 수도 있다. 아니, 결혼 생활 동안만이 아니다. 도중에 죽을 수도 있으니까 그렇다면 여생의 골칫거리가 되는 셈이다. 따라서 현재 특정 상황을 다룰 만한 최선책을 내놓지 못한다면 평생 해결 못 할지 모른다. 아내와 내가 이런 문제를 남들보다 잘 해결해온 것은 아니지만, 나는 다른 사람들이 시도한 것의 밝은 면과 어두운 면을 알려줄 수 있다. 다른 사람들의 시도에 대해 들어보면 잘해나가는 데 도움이 될 것이다.

남들처럼 살지 않을래

이십 대와 삼십 대에게서 자주 듣는 고민 중 하나가 결혼을 하면 자신의 고유성을 잃지 않을까 하는 불안이다. 이것을 최대의 걱정거리로 여기는 이들도 많다. 이런 불안감의 뿌리를 거슬러 파헤쳐보면, 부모의 결혼 생활을 보며 고통스러워했던 기억이 나온다. 부모 세대는 사회적 압력과 뿌리 깊은 성 역할 고정관념 때문에 자신의 고유성을 지키지 못했다고 보는 것이다. 오늘날의 젊은 세대는 부모처럼 살지 않겠다고 다짐한다. 자기의 본질을 지키며 더 나은 결혼 생활을 하겠다는 것이다.

하지만 이들 중 가장 이상이 넘치는 사람들조차 대부분 인정한다. 사실 결혼은 혼자서 누리던 공간의 끝을 의미한다는 것을. 결혼이라는 게임의 규칙에서는, 거실을 꾸밀 때 당신이 좋아하는 프로야구단 티셔츠를 마음대로 벽에 붙일 수 없다.

결혼해서 얻는 이득은 사회적 인정을 받고, 세금 우대 혜택을 받고, 병들었거나 늙었을 때 돌봐줄 사람이 있다는 점이다. 반면에 독신의 장점은 자발성과 유연성을 발휘할 수 있고, 마음껏 고독을 즐기며, 성적인 자유를 누릴 수 있다는 점이다. 우리는 이 두 부류의 장점을 한데 버무린 더 좋은 방법을 찾고 싶어한다. 오늘날 결혼은 점점 더 평등을 강조하고 여러 면에서 개인의 욕구에 맞춰지고 있다. 그렇다 해도 우리는 끊임없이 다이얼을 돌리며 헌신과 자유가 어우러진 잡음 없고 깨끗한 채널을 찾고 있다.

결혼으로 인한 고유성 상실이 고민이라면 자기만의 불꽃이 꺼지지 않게 할 방법이 몇 가지 있다. 어떤 방법들은 좀 이상하게 보여서 가족과 친구들한테서 핀잔먹을 수도 있겠다. 그렇지만 선구자는 다외로운 법이다. 이런 방법을 시도하는 사람이 많아질수록 이상하게 보는 시선도 줄어들 것이다.

각자의 집 갖기

평생 똑같은 집에서 똑같은 사람에 매여 사는 것은 결혼한 사람들에게 문제가 될 수도 있다. 숨 막혀 하는 이들이 더러 있다. 부부와 가족이 함께 산다는 것은 어떤 면에서는 참 기분 좋은 일이지만, 아늑함과 폐쇄공포증은 종이 한 장 차이다. 내 아내를 포함해 나에게 사연을 털어놓은 적지 않은 여자들이 하나의 해결책으로 생각해 온 아이디어가 있었는데, 바로 남편과 아내가 각자 다른 집에서 사

는 방법이다.

그러면 이혼이 아니냐고? 그렇지 않다. 이런 생각을 하는 아내들은 이혼을 바라지 않는다. 결혼과 가정이 안겨주는 수많은 혜택과 남편을 사랑한다고 주장한다. 이들이 바라는 것은 결혼 생활에 더 많은 물리적 공간을 짜 넣고 싶은 마음뿐이다. 말하자면 남편 집에서는 파트타임 식으로 살면서 바로 옆에 작은 집을 갖는 형태가 될 수도 있다. 꼭 큰 집일 필요도 없어서, 작은 목조 주택이나 원룸이라도 상관없고, 심지어 뒷마당 창고에 난방 시설을 넣고 깔끔하게 개조해 살아도 괜찮다. 이런 집에 자기만의 소중한 물건을 꾸며놓고 싶어한다. 혼자서 독차지할 수 있는 소형 냉장고, 책을 읽고 차를 마실 때 앉을 안락의자, 운동과 명상을 위한 요가 매트, 홀가분하게 잠을 청할 수 있는 싱글 침대 등등. 밤에 잘 때는 이 싱글 침대에서 잘 수도 있고 남편과 같은 집에서 잘 수도 있다. 하지만 이것은 선택이지 의무는 아니어야 한다. 선택이냐 의무냐에 따라 큰 차이가 될 테니까.

캐시와 나는 결혼하고 첫 여섯 달 동안 실제로 이 방법을 시도해봤다. 우리 경우는 이상보다 현실을 따른 선택이었다. 우리는 6월 말에 결혼했고, 투손에서 뉴욕으로 이사하는 것은 이듬해 1월에나 가능했다. 그런데 그 여섯 달을 위해 아파트를 얻어 함께 산다는 것은 아무리 생각해도 비합리적이었다.

게다가 우리 둘 다 고독의 가치를 높이 사는 창의적인 사람들인
지라 그 방식이 마음에 들었다(솔직히 캐시가 나보다 더 좋아했지만).
잠은 캐시 집이나 내 집에서 같이 자고, 또 가끔은 각자의 집에서 따
로 지내기도 했다. 사람들과 얘기하다가 '아내의 집'이란 말을 꺼낼
때마다 우리 부부가 이혼했거나 별거 중인 건 아니라고 설명하느라
진땀 빼긴 했지만.

물론 아이와 애완동물이 생기고 바쁘게 지내다 보면 상황은 복
잡해진다. 더군다나 각자 살 집을 구입하고 유지하는 데는 차고 옆
창고를 개조한 경우라 해도 비용이 들어갈 수 있다. 하지만 확실히
이혼 비용보단 저렴하다는 사실! 그런데도 내 사랑하는 아내를 포
함해 많은 여자들이 이런 생활에 대한 미련을 버리지 못한다. 캐시
는 아직도 가끔씩 아쉬워하는 표정을 지으며 말한다. "투손에서 따
로 살 때 생각나? 정말 천국이 따로 없었는데."

우리에게 그 시절이 천국이었던 이유는, 결혼해서 서로에게 헌
신하지만 따로 사는 유연성이 있어서였다.

살짝 이혼한 사이처럼

어떤 사람들은 앞의 방식과 비슷한 맥락으로서, 살짝 이혼한 척
하는 식으로 결혼 생활에서 고유성을 지키고 싶어한다. 실제로 이혼
하는 것이 아니라 결혼 생활에 이혼의 장점을 버무려 넣으려는 시

도인 셈이다.

라헬과 그녀의 남편은 둘 다 이혼한 부모 밑에서 자랐고 자신들 만은 결혼 생활을 잘 지켜나가겠다고 마음먹었다. 하지만 라헬은 결혼 생활의 수많은 단점에 화가 났다. 그녀도 그녀의 남편도 (부모처럼 살지 않으려 애쓰며) 배려심 있고 헌신적인 부부가 되려고 안간힘을 썼지만 남편과 아내에게 부여되는 전통적 역할에 두 손 들었다. 라헬은 그런 실패의 원인이 각자의 독립성을 포기하면서 생기는 불만 탓이라고 여겼다.

그녀는 음식을 만들고 장을 보며 아이 양육도 더 많이 맡았다. 사실, 이런 일들은 남편도 결혼 전에 잘했던 일이지만 결혼하고 나더니 그런 실력을 썩히기만 했다. 라헬은 싱글일 때 자신이 하고 싶은 일이 있으면 대범하게 추진하는 편이었지만, 결혼한 뒤로는 온순하고 보호받으려는 성향이 늘고 자책감에 빠져드는 일도 많아졌다. 최근에는 파리에 다녀올 기회가 있었는데도, 아이들을 놔두고 가는 것이 걱정스럽기도 하고 가족을 팽개치고 혼자 즐기는 게 지나친 기분전환 같아서 스스로 포기하기도 했다. 결혼한 남자들이 으레 그렇듯이, 남편도 결혼 후 남자 친구들을 덜 찾게 되면서 사회생활 면에서 자신과 아이들에게 더 많이 의존했다. 이 점도 그녀에게 불만이었다.

나이 어린 자녀들이 딸린 동갑내기 친구들이 하나둘씩 이혼을 하기 시작할 때 그녀는 그 친구들에 대해서나 그들이 그동안 겪었을 감정적 혼란에 대해 연민이 일었다. 그런데 그런 연민이야 당연한 일이지만, 어찌된 일인지 부러움도 함께 느껴졌다. 마음고생이나 돈 낭비, 악다구니는 부럽지 않았다. 그런 것은 거저 준다고 해도 싫었다. 사랑했던 사람과 완전히 갈라서는 것도 부러운 일은 아니었다. 하지만 "이혼하고 나더니 백 배는 더 좋은 아빠가 됐어."라거나 "다시 혼자가 되니까 오랫동안 묻어뒀던 꿈을 좇고 나를 발견하게 됐어" 하는 소리를 들을 때면 부러웠다.

그녀가 보기에 이혼한 친구들은 그녀와 남편이 엄두도 못 내는 자립적인 사람이 되어 결혼하면서 잃었던 것들을 어느 정도 되찾았다. 아이들을 돌보는 일만 해도, 아빠들은 아이들과 지낼 때 이것저것 챙겨줘야 하는 만큼 장도 보고 음식도 만들게 되었다. 뿐만 아니라 숙제를 봐주고 학교 관리자나 선생님, 축구 코치와 의사를 만나 상담하는 일도 혼자서 처리해야 했다.

자기 일도 알아서 해야 하니까 게으른 습관은 물론, 아빠들을 고립적이고 반사회적으로 만드는 가족 중심적 사회 패턴도 깨뜨리고 나왔다. 여자들도 결혼하면서 묵혔던 능력을 되찾아 욕실을 고치거나 청구서를 처리하거나 자동차 타이어를 바꾸는 일 등을 척척 해냈다. 양육 부담이 없는 경우에는 사회생활을 활발히 펼치기도 했다.

그런데 라헬이 아는 남자들은 어떤가. 많은 남자들이 결혼하고

우리는 현재 상황을 분간하기도 전에
두뇌 작동이 정지된 채,
"사랑해"라는 말을 내뱉고 만다

나면 이런 일들에 능력을 발휘하지 않는다. 어떤 남자들은 이혼하자마자 곧바로 재혼해서 새 아내가 전처처럼 그 일들을 챙겨주고 사회생활의 공백도 채워주길 바란다. 라헬은 이혼을 미화하고 싶지도 이혼을 직접 하고 싶지도 않았지만 이런 생각은 들었다. 할 수만 있다면 이혼의 장점을 몇 가지만 뽑아 쓰면 안 될까? 실제로 이혼하지 않고도 조금은 이혼한 것처럼 살 수는 없을까?

가능할 것 같았지만, 그러려면 심리적 속임수와 습관을 바꾸려는 의지가 필요할 터였다. 여기서 심리적 속임수란 결혼 생활을 하고 있지만 결혼 생활을 벗어난 사람처럼 능력을 발휘하고 독립적이어야 한다고 스스로에게 끊임없이 상기시키는 일이다. 또 습관의 변화란 배우자에게 살림과 아이들을 떠맡기면서 그런 책임을 남편이나 아내에게 넘기는 것이 이혼 절차 중 양육권 조정의 일부인 것처럼 행동하는 것이다. 다시 말해 그 시간 중에는 양육권자가 아닌 부모로서 책임을 맡는 것이 법으로 금지된 사항인 것처럼 생각하며, 밖에 나가서 뭐든 하고 싶은 일을 하면 된다.

그리고 이 방법에 따르려면, 적어도 파리 여행을 거리낌 없이 갈 수 있어야 하며 그에 대한 죄책감을 느끼지도 말아야 한다.

개방 결혼

어떤 사람들은 남은 인생 동안 오직 한 사람과 잠자리를 가져야 한다는 점을 결혼의 최대 단점으로 꼽으며 이런 제약으로부터 '이탈'을 꿈꾼다. 실제로 부부가 서로 사회적·성적 독립을 승인하는 개방 결혼에 합의해 이탈을 실행하는 사례도 있다.

폴리아모리(polyamory, 다자간 연애), 혹은 '아모리'를 붙이기 귀찮을 때는 그냥 '폴리'라고도 하는 이런 식의 합의를 하고 나서, 부부의 어느 쪽이든 다른 사람과 성관계를 가질 수 있다. 하지만 이런 합의는 꽤 자유분방한 마인드를 가진 부부들에게조차 위험 소지가 다분하다. 그래서 이럴 때 가장 먼저 하는 일은 적절한 처신에 대한 규칙과 기대 사항들을 정해놓는 것이다. 심지어 규칙을 문서로 작성하는 경우도 있다. 그렇다고 이 문서를 냉장고에 떡하니 붙여놓지는 않겠지만.

규칙에는 다음과 같은 내용이 들어갈 수 있다. 거짓말하지 않기. 외박하지 않기. 피임을 소홀히 하지 않기. 사랑에 빠지지 않기. 애인을 집까지 데려오지 않기.

이런 식으로 일어날 수 있는 일을 낱낱이 생각하며 지켜야 할 항목을 만들면 된다.

나에게 사연을 털어놓은 어느 부부는 개방 결혼을 시작하기 전에 규칙이 필요하다는 사실은 인정했으나, 교제에 관한 규칙을 정하다 보니 어쩐지 자신들이 주제넘은 짓을 한다는 느낌이 들었다고 했다. 일어날 수 있지만 일어나지 않을 수도 있는 것들을 정하는 것 같아서였다. 관계란 것은 평범한 상황에서는 예측할 수 없다. 지금 규칙을 정하느라 쩔쩔매고 있는데, 사람들은 과연 우리가 기혼자라는 것을 알고도 우리와 자고 싶어할까? 우리 또한 '아무나'가 아니라 '누군가'와 자고 싶어질까? 이런 논의만으로도 두 사람은 머리가 복잡해지고 질려버렸다.

그들이 개방 결혼의 길로 들어선 것은, 여느 부부들과 똑같은 이유에서였다. 한 여자가 남편에게 반했다며 고백했는데 남편은 그녀에 대한 자신의 감정을 알아보고자 했다. 아내는 어쩌다 그 여자를 만나고는 그녀가 호감이 가고 괜찮은 사람 같아서 그들의 사랑에 대해 어느 정도 안도했다. 또한 남편을 만나기 전에 분방한 연애를 해왔고, 부부 사이를 위협하지 않는 한에서 유연하고 자유로운 결혼 생활을 원했다. 더욱이 그녀는 자신이 결혼 생활을 옥죄지 않을까 두려웠다. 남편이 여자든 다른 누구에게든 눈길을 주지 못하게 막으면 욕망이 커져서 공상에 빠지고 거짓말을 일삼다가 마침내 배신까지 하는 건 아닐까? 사랑한다면 자유롭게 해줘야 하지 않을까?

이 부부에게는 다른 문제도 있었다. 아내 역시 어떤 직장 동료에게 마음이 끌리는 참이었다. 남편이 개방 결혼 이야기를 꺼냈을 때 그녀도 이론상으로 동의했으니 남편의 허락 아래 그런 끌리는 마음을 직접 확인해볼까 생각 중이었다. 하지만 질투라는 일반적인 걱정과는 별개로, 이런저런 세세한 문제들이 마음에 걸렸다. 그 동료와

시간을 보내려면 남편이 여자 친구하고 같이 지내는 시간에 맞춰야
할까? 호감 가는 누군가와 혼외 관계를 갖고 싶을 때마다 서로에게
말을 해야 하나?

　부부는 가장 중요한 규칙이 '거짓말하지 않기'라는 점에서는 생
각이 같았다. 하지만 이런 부부에게 가장 중요한 암묵적 규칙은 대
체로 '질투하지 않기'다. 막상 해보면 이 부분이 가장 지키기 어렵기
때문이다. 세상만사가 그렇듯 감정을 다스리는 규칙들은 실천보다
이론상으로 더 타당해 보인다. 말로는, 두 사람이 서로 사랑하고 그
런 행동을 용인했으니 질투는 이 경우에 적용해선 안 되는 '단순한
감정'이라고, 그러니 질투심에 초연해야 한다고 스스로를 타이를 수
있다. 신에게 바꿀 수 없는 일을 받아들이도록 평온을 달라고, 바꿀
수 있는 일은 바꿀 용기를 달라고, 또 바꿀 수 있는 일과 바꿀 수 없
는 일을 분별할 지혜를 달라고 간구할 수도 있다.

　하지만 배우자가 당신의 양해 아래 다른 사람과 자러 나갔는데,
당신 혼자 집에서 리얼리티 짝짓기 프로그램을 보다 보면 화가 치
밀 수도 있다.

　개방 결혼에 관해 아주 세심하게 합의 사항을 마련했다 해도 곳
곳에 감정의 지뢰가 깔려 있다. 조금만 비틀거리거나 발을 잘못 디
디면 지뢰가 폭발한다. 이 부부도 두 사태의 진전으로 합의가 파탄
에 이르렀다.

이 부부는 아내의 애정놀음이 먼저 막을 내렸다. 그녀가 연애를 건 직장 동료는 그 제안에 흥미를 보이긴 했지만 결국엔 개방 결혼 중인 상대의 '샛서방'이 되는 현실을 받아들이지 않았다. 여기에는 윤리적으로 거북한 마음도 들었으나, 아주 단순한 다른 이유도 있었다. 바로 상처받고 싶지 않은 마음이었다. 그는 이루어질 수 없는 사람과 사랑에 빠지는 위험을 감수하고 싶지 않았다. 그런데 내가 그동안 지켜본 바에 따르면, 이런 망설임은 충분히 근거 있는 것이었다. 개방 결혼의 진짜 피해자는 다시 돌아갈 자리가 있는 부부가 아니라, 버림받는 제삼자인 경우가 많기 때문이다.

한편 남편과 그의 여자 친구는 몇 차례 순수해 보이는 연애놀이를 즐겼다. 그러니까 같이 사진을 찍고 현상을 하면서 말이다. 그들이 암실에서 진짜 순수하게 행동했는지는 알 수 없지만, 아무튼 두 사람은 아직 육체 관계는 갖지 않았다. 하지만 어느 날 밤 남편이 아내에게 전화를 걸어 차에 시동이 걸리지 않아 늦을 것 같다고 말하자, 아내는 남편이 거짓말을 하는 건 아닐까 하는 생각이 들었다. 차가 낡았다는 사실은 알지만 그래도 의심이 되었다. 그녀는 거짓말에 속는 것과 똑같이 모든 것을 무너뜨린다는 것을 깨달았다. 그 의심에 근거가 있든 없든 말이다. 의심이란 놈은 신뢰감을 갉아먹는다.

몇 번의 말다툼과 열 번의 부부 치료를 받은 끝에 이 부부는 낭만적 모험을 멀리까지 떠나지 않은 것에 감사했다. 오늘날의 결혼에는 모든 면에 공평함과 평등의 문제가 개입되어 있다. 따라서 개방 결혼 중인 파트너는 공평함과 평등의 문제를 놓고 자잘한 충돌에 휘말릴 가능성이 있다. 다시 말해 서로 교제하는 파트너 수도 평등하고, 성적 접촉의 횟수도 평등해야 한다고 생각하는 것이다. 아내가 여러 사람과 교제하고 남편은 한 사람만 만나고 있다면, 남편이 더 많은 사람과 교제하고 싶지 않아도 단지 공평하지 않다는 느낌 때문에 합의에 금이 간다. 실제로 나는 개방 결혼에 합의한 부부들에게서 이렇게 들었다. 얼마나 실컷 즐길 것인가 하는 기준은 배우자가 놀아난 실적을 토대로 삼는다고. 이렇게 숫자 세기와 사소한 문제에 골몰한다는 점은, 개방 결혼이 내세우는 개인의 자유와 창의성과는 상반되는 듯하다.

마지막으로 살펴볼 경우는, 흔히 그렇듯 잠깐이나마 개방 결혼의 합의를 잘 지켜나가다 자녀가 생기는 부부들의 얘기다. 아기가 생기면 많은 것들이 바뀐다. 즉 결혼 생활에서 성생활과 자기실현 측면이 줄어들고 정착과 안정에 대한 부분이 커진다. 이런 변화는 부부의 관심을 자신의 욕구에서 타인의 욕구로 돌려놓을지도 모른다. 게다가 아이들이 성장해 주변 상황을 더 잘 알게 되면서 곤란한 문제들이 불거질 수 있다. 이를테면 아이들한테까지 그 상황을 '개방'하고 싶지 않아 거짓말을 꾸며대는 문제 말이다.

적어도 자녀가 십 대가 되어 안전하고 책임감 있는 성관계에 대해 진솔한 대화를 나눌 수 있을 때까지는 기다려야 한다. 이 시기쯤 되어야 성 문제가 얼마나 어려운 일인지 부모 사례를 들어 설명해 줄 수 있다.

"엄마와 아빠가 다른 애들의 엄마와 아빠와 자고, 그러다 성병에 걸리거나 임신을 하면 어떻겠니? 그러니 너희도 조심해야겠지?"

오피스 스파우즈 두기

일하는 부부들에게 인기 있는 방법이다. 다시 말해 기본적인 관계에서 욕구를 충족하지 못하는 이들이 또 다른 관계를 통해 섹스의 위험 부담 없이 관심과 사랑을 받고 싶을 때 택하는 방법이다.

회사 내에서 불평등이 심했던 예전에는 남자들이 부하 여직원들을 성적 노리개로 삼는 일이 흔했다. 현재도 여전히 성적 노리개가 존재하지만 전반적 분위기는 예전보다 균형이 잡혀서 (두 파트너 어느 쪽도 협박자나 피협박자가 아닌) 플라토닉한 오피스 스파우즈 *office spouse* 관계가 성행하고 있다. 사실, 오피스 스파우즈들은 절실한 욕구를 채워주고 있다. 요즘의 결혼관계는 회사에서 힘든 일과를 마치고 돌아온 가여운 직장인을 챙겨줄 수 없기 때문이다.

맞벌이하는 부부 모두 녹초가 되어 집에 오는데 누가 누구를 챙겨줄 수 있겠는가? 저녁 7시나 8시가 되어 집 문턱을 밟는 요즘 부부들은 부드러운 미소나 따뜻한 저녁 식사가 자신을 맞아줄 것이라고 기대할 수 없다. 오히려 자질구레한 집안일과 아이들 뒤치다꺼리로 또 다른 일거리를 치를 각오를 해야 한다. 이런 마당에 배우자의 이야기를 들어주거나 위로해줄 여력이 없다. 그래서 애정결핍증을 겪는 배우자들은 그런 위안을 회사에서 찾는다. 어쨌든 깨어 있는 시간의 대부분을 보내는 곳이 회사니까.

오피스 스파우즈는 호감을 갖거나 더러 가벼운 연애를 해도 괜찮지만, 잠자리를 갖는 단계까지 가서는 안 된다. 다시 말해 선을 넘지 않도록 조심해야 한다. 안 그러면 정말 난잡한 관계가 될 위험이 있으며, 심지어 개방 결혼보다 더 난잡해질 수도 있다.

그러면 오피스 스파우즈와 어떤 이야기를 나누는 것이 바람직할까? 업무, 뉴스, 최근의 이벤트, 취미, 아이들, 가족 휴가 등이다. 또한 용인될 만한 행동으로는 집에서 일 문제로 이메일 보내기나 전화하기, 같이 점심 먹기, 생일 선물 교환, 사무실에서 재미있는 유튜브 동영상 함께 보기 정도이다.

한편 부부 문제, 이혼에 대한 환상, 성적 환상 같은 주제는 오피스 스파우즈와는 이야기하지 않는 것이 좋다. 또 야한 농담, 밸런타인데이 선물 교환, 사무실이나 사무실 바깥에서 포르노를 같이 보는 행동도 바람직하지 않다.

"우리가 결혼했으면 잘 살았을까?", "나랑 키스하면 기분이 어떨 것 같아?" 이런 위험한 질문을 던지는 것도 삼가야 한다.

경제 불황으로 실업자가 넘쳐나는 요즘에는 오피스 스파우즈 관계에서도 우울한 현상이 생겨나고 있다. 바로 해고와 함께 빚어지는 오피스 이혼이다. 결별의 과정과 이유가 있는 실제 결혼과 달리 오피스 이혼은 대체로 원인도 절차도 없다. 배우자만큼 친밀하고 어떤 경우에는 배우자보다 더 친밀한 누군가와 느닷없이, 또 더러는 별 예고도 없이 헤어져야 한다. 그 관계가 당신에게 아무리 소중하더라도 회사를 떠난 이후까지 관계를 지속하기는 힘들다. 결국 몇 년 동안 어느 누구보다 더 많은 감정적 에너지를 쏟았던 그 사람이 유일하게 남겨놓은 것이라곤 다 마무리 짓지 못하고 떠나 당신 책상 위에 던져진 서류철밖에 없을지도 모른다.

평등한 부부를 위한
세 가지 모델

집안일, 아이들 뒤치다꺼리, 돈벌이 문제를 놓고 부부 싸움을 벌일 일이 없다면 얼마나 좋을까? 옛날 부부들은 가사 분담 문제로 크게 다툴 필요가 없었을 것이다. 당시에는 성별에 따라 역할을 분담하는 것이 더 보편적이었으니 말이다. 남편과 아내가 하는 일이 달랐던 그때는 노동이 돈으로 비교할 수 있는 대상이 아니었다. 그래서 옛날 부부들은 누가 더 많이 일하느냐 대신

다른 문제를 가지고 옥신각신했다.

'돈으로 비교할 수 없었다'는 애기가 한쪽의 노동이 다른 쪽의 노동보다 더 가치 있었다는 뜻은 아니다. 남자들은 대개 겉봉에 액수가 적힌 월급봉투를 가져왔던 반면에, 여자들이 가사에 쏟는 공헌도는 측정하기가 더 어려웠다는 애기다. 그래서 흔히 전업주부의 노동은 가격을 매길 수 없다고들 했으나, 그렇다고 해서 경제학자들이 포기할 리가 없었다. 실제로 샐러리닷컴Salary.com에서 실시한 조사에 따르면, 현재 전업주부 엄마들의 가사노동에 급여를 정한다면 연 평균 11만 5000달러라고 한다(기본급 3만 7000달러에 무려 7만 8000달러의 초과근무 수당을 합한 액수이다). 정말로 엄청난 액수다.

이 액수는 미국 중산층 가정 연평균 소득의 두 배가 넘으며 내 아내나 나의 연소득보다도 더 많다. 우리가 지난 이십 년 동안 해온 청소, 요리, 육아에 돈이 지급됐다면 우리 부부의 은퇴연금은 아주 빵빵해졌을 텐데!

안타깝게도 이것은 이론상의 소득일 뿐이다. 물건을 살 수 있는 실제 돈인 봉급과 달리 은행에 예금하지 못한다. 하지만 오늘날에는 상당수 부부가 각자 돈을 버는데, 자기가 하는 노동에 확실한 수치가 매겨져 있다는 뜻이다. 소득에 대한 구체적 수치가 있고, 잡다한 집안일과 육아에 들이는 시간도 신경 써서 계산하면 그 수치가 구체적으로 나온다. 마음먹기에 따라 부부 모두에게 말다툼과 협상에 내세울 확실한 자료가 있는 셈이다.

물론 정산표를 놓고 앉아서 소득과 가사와 육아에 대해 비교한 후 5 대 5로 정확히 나누는 부부는 별로 없다. 그러나 정도의 차이는 있어도 결혼 생활에서 이런 식의 계산이 고려되고 있기는 하다. 남편과 아내는 서로 공평하길 원한다. 동성애 커플도 다르지 않다. 그래서 어느 한쪽의 배우자가 공평하지 않다고 생각할 때 말다툼이 생기곤 한다.

로맨스의 이상으로 보면, 진심으로 사랑한다면 자신보다 배우자의 행복을 더 살펴야 한다고 여길 수 있다. 달콤한 생각이긴 하지만 현실에서는 다르다. 즉 자신보다 배우자의 행복을 더 살피는 사람들도 얼마쯤 시간이 지나 배우자가 자신과 똑같은 이타심을 보여주지 않으면 이용당한다는 생각이 들지 모른다. 게다가 그런 이기심 없는 마음은 어디쯤에서 선을 그어야 할까? 예를 들어 내 아내가 새 차를 뽑고는 주차장에서 모르는 사람과 섹스를 즐기기 위해 그 차를 이용하고 있는데, 나는 아내의 행복을 내 행복보다 더 존중해줄 수 있을까? 원칙적으로는, 아내를 진정으로 사랑하면 잘한다고 격려해줘야 한다.

하지만 특정한 시점이 지난 후에는 자존감에 상처를 입을지도 모른다. 아내가 나를 진심으로 사랑한다면 자신의 행동이 나에게 불행을 안겨주고 있다는 사실을 알아야 하기 때문이다. 그리고 아내가 자신의 행복보다 내 행복을 더 생각한다면 주차장에서 벌이는 마구 잡이식 섹스를 그만두고 차를 팔아서 그 돈으로 함께 발리나 몰디브로 로맨틱한 휴가를 떠나야 맞다.

결혼 생활에서는 이기심 없는 사랑을 설교하는 것이 답이 아니다. 공평함을 추구하는 것이 답이다. 다행히 우리 부부는 이 문제에서는 잘해나가고 있다. 얼마 전 여론조사 기관 퓨 리서치*Pew Research*가 발표한 바에 따르면 맞벌이 가정의 아빠와 엄마들 간의 전체 노동 시간(유급 노동, 가사, 육아를 모두 포함한 시간)이 이제 거의 동등한 수준에 이르러서, 엄마들은 쉰아홉 시간이고 아빠들은 쉰여덟 시간이라고 한다. 유급 노동에서는 아빠들이 엄마들을 앞서서 주당 서른한 시간에서 마흔두 시간인 아내들보다 평균 열한 시간 더 일했다. 한편 엄마들은 이 차이를 가사와 육아에서 상쇄하여 가사에서는 매주 일곱 시간, 육아에서는 다섯 시간을 더 일했다. 이런 격차는 꾸준히 좁혀지는 추세다.

당신이라면 결혼 생활에서 어떻게 할 것 같은가? 변화에 얼마나 순응할 것 같은가? 이미 결혼했고 이런 문제로 골치가 아프다면 개선을 위해 현재 상태에서 어느 정도까지 변경할 수 있겠는가? 부디 진지하게 상의해보길 바란다.

도움을 주기 위해 지금부터 몇 가지 보편적인 방법을 소개하겠다. 사실 모든 가족이 눈송이처럼 저마다 독특하긴 하지만 이런 문제에서 선택하게 되는 방법들은 표준화된 듯하다. 그리고 고를 수 있는 '자유' 상품이 세 가지로 제한된 데다 그나마 그 자유 상품이 라는 것도 실제로는 자유와 거리가 먼 의료보험 플랜과 다르지 않다. 보험사에서 그러듯 나도 이런 방법들을 긍정적인 명칭으로 포장할 수 있겠지만, 그렇다 해도 그 혼란스러운 실상에는 변함이 없다.

먼저 간략히 설명하고 넘어가자면, 내가 소개하는 플랜들은 양쪽 배우자가 돈벌이와 가사와 육아에 참여하면서 끊임없이 협상을 벌이는 부부의 경우로만 제한했다. 왜냐하면 이런 경우가 가장 골치 아프고 가장 사람 애먹이는 상황이기 때문이다. 전업주부 엄마와 일하는 아빠로 이루어진 부부 관계나, 그보다 적긴 하지만 점차 늘어나는 추세인 전업주부 아빠와 일하는 엄마로 이루어진 부부 관계 역시 부부 싸움에서 자유로운 건 아니다. 하지만 적어도 역할이 뒤섞인 부부보다 역할 분리가 비교적 깔끔하게 정리되어 있어서 끊임없는 비교와 타협이 벌어지는 경향도 그만큼 낮은 것 같다.

진보적 평등형(성별 무시형)

이상주의자에게 완벽한 유형으로서, 양쪽 부모가 생업의 노동량과 소득, 그리고 가사, 장보기, 요리, 육아 분담까지 대략 비슷하게 맞추려는 방식이다. 성을 뛰어넘는 모범을 보여 '남자의 일'과 '여자의 일'이 따로 없다는 점을 가르치고 싶어하는 엄마 아빠에게도 이

상적인 선택이다. 양쪽 부모가 집안
일과 육아 의무를 번갈아 맡으면서 모든
일에서 능숙한 솜씨를 가져야 하기 때문
이다.

아빠는 자녀의 신발 사이즈, 약 처
방, 유치원 교사들의 이름을 척척 대
야 하고, 엄마는 제설기를 작동하거
나 연장 쓸 일이 생기면 주저 없이 나
서야 한다.

• 찬성론 : 더없이 공평하다. 아이들이 남녀 차별에 구애받지 않으면서 자유롭게 미래의 직업을 선택하고 집안일도 자연스럽게 거들 수 있다.

• 반대론 : 이직과 해고와 좌천이 빈번한 오늘날의 경제에서는 이런 식의 균형이 유지되기가 힘들다. 집 안팎에서 모든 잡일과 책무를 잘하려다 보면 시간이 모자란다. 결국 부모가 각자 세금 신고 소프트웨어를 배우고 후추가 어디 있는지 찾느라 애쓰는 동안 정작 아이들은 사랑과 관심을 제대로 못 받은 채 우울해질 수 있다.

복고적 평등형(성별 인식형)

이 유형은 돈벌이, 가사, 육아에서 기본적인 평등을 추구하긴 하지만 집안일을 번갈아 맡는 수준에는 크게 신경 쓰지 않는 (혹은 그럴 능력이 안 되는) 부부들에게 도움이 될 만하다.

진보적 평등형으로 시작했다가 나중에 이 방식으로 단계를 낮추는 부부도 있다. 말하자면 역할을 바꿔보려고 노력했지만 잘되지 않아서, 즉 아빠가 만든 요리가 차마 입에 대지도 못할 정도이거나 엄마가 잔디를 깎다가 괜히 화단을 망치는 식이 되어서 방법을 바꾸는 경우이다. 그런가 하면 전통적인 남녀의 역할과 책무를 정말로 즐기면서 그런 식으로 남녀차별적 고정관념을 부각하는 것이 아이들을 망치는 일이라고 생각하지 않는 부부들 역시 이런 방식을 선호할 것이다. 어쩌면 이런 부부들은 내심 '남자의 일'과 '여자의 일'이 따로 있다고 믿으면서 아이들에게도 똑같은 생각을 심어주려고 할 수도 있다.

- 찬성론 : 양쪽이 가사 분담을 받아들이는 한, 노동을 공평하게 분담할 수 있다. 자질구레한 집안일을 모조리 익히지 않아도 되므로 시간이 절약되고, 그렇게 절약한 시간을 아이들과 함께 보낼 수 있다.

• 반대론 : 새로운 기술을 익히지 않으면 두뇌가 위축된다. 계속 편안한 방식대로 살면서 상대 배우자의 입장이 되어보는 것을 그만두면 공감 능력을 잃게 된다. 남녀 차별적 고정관념을 부각시켜 아이들의 시야를 넓히지 못할 가능성이 있다. 당신이나 당신과 같은 성향의 사람을 진보의 장애물이라고 여기는 동료들로부터 비난을 사게 된다.

신축적 자유형(성별 무시형 또는 성별 인식형)

신축적 자유형에서는 가사와 육아의 분담 가능성뿐만 아니라 큰 소득 격차에 맞추기 위해 조정이 이루어진다. 이 유형을 택하는 사람들은 비슷한 수준으로 돈을 벌어야 한다든지 가사와 육아를 50대 50으로 분담하는 것에 집착하기보다는 누가 더 벌고 덜 버는지, 누가 더 시간이 많은지를 고려하여 필요에 맞게 조정한다. 따라서 배우자 A가 연봉 8만 달러를 벌고 배우자 B가 4만 달러를 번다면 소득 차이에 맞추어 배우자 B는 X퍼센트의 가사와 육아를 더 분담하는 식이다.

이런 조정은 배우자 A가 배우자 B보다 더 많은 시간을 일함으로써 그만큼 더 많이 버는 경우라면 효과적일 수 있다. 하지만 이 유형을 택하는 부부들이 마주하는 골칫거리는, 한쪽 배우자의 소득이 근무 시간을 그대로 반영하지 않는 경우이다. 예컨대 배우자 A가 정규직으로 일하며 8만 달러를 버는데 배우자 B 역시 정규직으로 4만 달러를 번다면 어떨까? 또 배우자 B가 돈은 더 적게 벌면서도 오히려 근무 시간이 더 많다면, A는 B가 밤잠을 못 자며 집안일을 하는 동안 쿨쿨 잠을 자도 될까?

그런데 신축적 자유형은 가사 분담에서 '진보적'이 될 수도, 아니면 '복고적'이 될 수도 있다. 부끄럽지만, 이 문제에 관한 한 캐시와 나는 대체로 복고적 선택을 하고 있다. 삶의 여러 단계를 거쳐 둘 다 상위 소득자에 들었고 한 사람이 돈벌이나 가사를 전담한 적이 없었던 우리는 전반적으로 신축적 자유형 방식에 만족해 왔다.

하지만 캐시는 대체로 요리, 장보기, 계획 짜기 같은 일을 도맡아 하고 아이들 뒤치다꺼리에도 나보다 더 많은 시간과 노력을 들인다. 나는 자동차, 청구서 처리, 야외에서 고기 굽기, 집수리, 마당 정리를 전담한다.

- 찬성론 : 직장을 바꾸거나 소득에 변화가 있거나 집안일이 늘어나면 그에 따라 계속 균형을 맞추어 나갈 수 있다.

- 반대론 : 직장을 바꾸거나 소득에 변화가 있거나 집안일이 늘어날 때마다 계속 균형을 조정해야 한다.

복습과 검토

- 당신이라면 결혼 생활에서 개인의 고유성을 어떻게 지키겠는가?
  (해당하는 부분을 모두 체크하기.)

  ☐ 각자의 집 갖기

  ☐ 살짝 이혼한 척 흉내 내보기

  ☐ 개방 결혼

  ☐ 오피스 스파우즈 두기

  ☐ 기타 _____

  (다른 방법을 원한다면 빈칸에 쓰기)

- 평등한 가사 분담을 위해 어떻게 하고 싶은가?
  (한 가지만 선택하기)

  ☐ 진보적 평등형

  ☐ 복고적 평등형

  ☐ 신축적 자유형

  ☐ 기타 _____

  (다른 방법을 원한다면 빈칸에 쓰기)

당신은 이제 인생의 다음 단계로 넘어갈 준비가 된 셈이다.

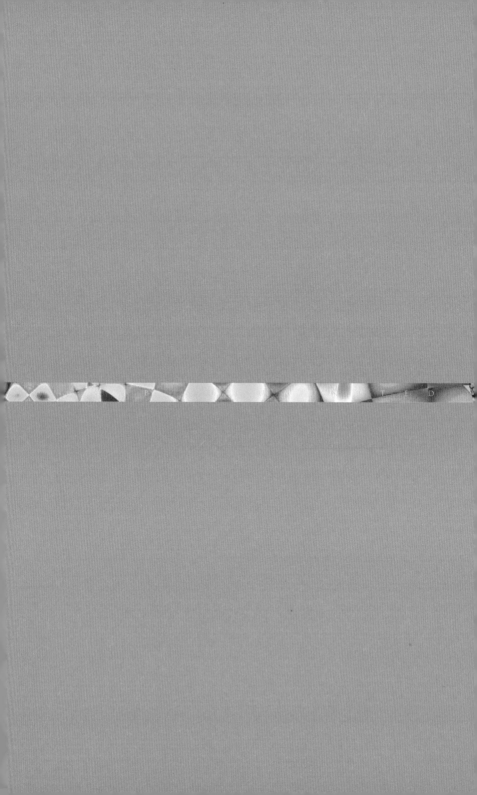

권태

결혼 생활이
첫 바퀴
돌듯 할 때

일 부 일 처 제 가 권 태 롭 게 느 껴

지고. 친밀함이 폐쇄공포증처럼 갑갑함을 주고, 익숙함이 업신여

김을 일으킨다면 결혼 생활에서 열정을 되살릴 최선의 방법은 뭘까?

나도 그 답을 가졌으면 좋겠다. 수많은 사람이 그 답을 알고 싶어할

테니까. 그 답을 찾느라 사람들이 쓴 돈도 수십 억에 이를 것이다.

　내게 오는 사연 중에 자주 등장하는 질문이 있다. 노골적인 질문

은 아니고 넌지시 하는 질문인데 다음과 같은 두 유형이다. 첫 번째

는 젊은 사람들. "어떻게 해야 사랑을 찾을까요?" 두 번째는 부부 갈

등을 겪는 중년들. "어떻게 해야 예전으로 돌아갈까요?"

　물론 이들이 되돌리고 싶은 것은 사랑보다는 관심, 흥분, 열정이

다. 열정이 관계에 불을 붙이는 한순간의 개화라면, 결혼은 열정이

지나간 자리에 남은 억센 외바퀴 수레다. 수많은 사람이 결국엔 크

게 실망하거나 이 거래에서 속았다는 느낌마저 가지면서 부부의 외

바퀴 수레를 도랑에 처박기로 결심한다. 때로는 배우자에게 이런 얼빠진 말을 내뱉기도 한다.

"아직 당신을 사랑하긴 해. 다만 사랑에 빠지지 않았을 뿐."

이런 같잖은 핑계는 풀어 말하자면 대충 이런 뜻이다.

"내 인생에서 당신이 맡은 역할이 중요하긴 하지만 이젠 당신한테 싫증이 났어."

그런데 부정할 수 없는 사실은 결혼 생활이란 것이 싫증이 날 소지가 있다는 것이다. 반복적인 일상, 되풀이되는 똑같은 말다툼, 형식적인 섹스, 했던 얘기를 하고 또 하는 대화 등으로 가득하니 말이다. 결혼 생활이 이십 년째인 내 경우를 예로 들어보자. 아내는 내게 뭔가를 부탁할 때면 꼭 이렇게 말한다.

"까먹지 않고 해줄 수 있겠어? 까먹을 것 같으면 말해. 내가 할 테니까."

그럴 때면 내가 하는 말은 이것이다.

"까먹을지 안 까먹을지 미리 어떻게 알아. 미리 알면서 까먹으면 그게 까먹는 거야?" 이 대답을 지금까지 수백 번은 했을 것이다.

"그냥 좀." 이게 아내에게서 되돌아오는 대꾸이다.

물론 익숙함과 오래된 관계에는 소중한 것도 많다. 둘이서 공유하는 역사는 정말로 근사한 일이다. 가족으로 살며 나누는 일상과 전통은 안락함, 즐거움, 절세, 더 긴 수명의 바탕이 된다. 함께 노후를 꿈꾸기도 한다. 해가 뉘엿뉘엿 질 때 현관의 그네의자에 나란히 앉아 얼그레이를 홀짝이자는 등등의 약속을 하면서 …….

모두 멋진 일이다. 그 무엇과도 바꾸고 싶지 않을 만큼! 하지만 오래된 부부들은 열정 결핍이라는 보편적 문제를 안고 있다. 이는 더러 관계를 끝낼 만큼 다루기 어려운 문제일 뿐만 아니라, 도대체 피할 도리가 없어 보이는 문제이기도 하다.

사연을 보내온 5만 명 가운데서 수십 년이 지나도록 성적 열정이 식지 않았다고 주장하는 부부는 손가락으로 꼽을 정도밖에 안 된다. 남들보다 행복한 이런 부부의 사연 중에는 작가 에일렛 월드먼*Ayelet Waldman*의 이야기도 있다. 그런데 퓰리처상 수상자인 남편 마이클 셰이본*Michael Chabon*과 아이 넷을 낳고도 여전히 성적 매력이 마르지 않은 결혼 생활을 하고 있는 그녀는 〈오프라 윈프리 쇼〉에 출현해 그 얘기를 꺼냈을 때 조롱과 적개심 어린 반응을 맞았다. 모성보다 결혼 생활을 우선시한다는 과감한 고백을 했기 때문이다.

그녀의 설명에 따르면, 결혼을 우선시하는 태도는 오랜 시간이 지나도 결혼 생활의 열정이 식지 않게 해주는 한 요소라고 한다. 또 그렇게 하는 것이 아이들에게도 건전한 모범이 될 뿐만 아니라, 엄마가 아이에게 관심을 조금 덜 쏟는 편이 아이를 더 행복하게 만들지도 모른다고 주장한다. 특히 부모가 서로 사랑하고 다정한 모습을 보여줄 때 더 그렇다고.

대다수가 젊거나 중년인 아내들이고 그 사이에 어리둥절한 표정의 남편들이 드문드문 섞여 있던 방청객들은, 이런 이야기를 하는 그녀를 다른 행성에서 온 머리 둘 달린 외계인 보듯 쳐다봤다.

요즘에는 그녀와 같은 결혼 생활이 드물다 보니 그럴 만도 했을 것이다. 사실, 우리들 대부분은 하루하루 외바퀴 수레를 충실히 밀며 중년의 단조로운 생활을 이어가면서도 배우자들에게 크게 인정받지 못한다고 느끼고 있다. 또한 아주 많은 사람들이 페이스북이나 다른 SNS를 통해 옛 애인을 찾아 연애를 걸거나 공상을 펼치며 책임질 일 없이 바람을 피워봤으면 좋겠다고 꿈꾼다. 그러고는 심장을 뛰게 만드는 옛 애인을 만나기 위해 앞의 준비운동 퀴즈에서 던졌던 바로 그 질문을 스스로에게 던진다. "이런 열정을 다시 느끼면 안 될 이유가 어디 있어? 외도가 될 수도 있지만 이런 건 오랜 세월 동안 느껴보지 못했던 감정이잖아?"

〈오프라 윈프리 쇼〉의 방청객에게 이런 질문을 던진다면, 곧바로 귀청이 터질 만큼 요란한 반응이 터질 것이다. "우우!"

하지만 토크쇼의 청교도적인 방청객과는 별개로, 이 질문 자체는 유익한 질문이다. 결혼하여 아이를 낳아 키우면서도 별 노력 없이 성적 매력을 지킬 수 있는, 세계에서 대여섯 쌍쯤 되는, 아니 인심 좀 써서 서른 쌍쯤 되는 부부 틈에 낄 만큼 운이 좋지 못하다면 우리에게는 어떤 선택이 있을까? 채우지 못한 욕망을 꾹 누른 채 결혼의 굴레에 매여 사는 것? 다른 곳에서 몰래 욕망을 채워보는 것? 문제에 정면으로 맞서며 부부 관계에서 열정을 되찾기 위해 함께 노력하는 것?

근본적으로 이혼을 원치 않고 다시 시작하고 싶다면 다음 셋 중에서 선택해야 한다. 욕망을 억누르거나, 몰래 욕망을 채우거나, 관계를 복원하거나. 결국 이 셋 중에 하나다.

방법 하나, 욕망 억누르기

채우지 못한 욕망을 억누르는 사람들은 지금 그대로의 결혼 생활을 받아들이며 그런 생활을 괜찮게 느낄 방법을 찾으려 한다. 말 안 해도 짐작이 갈 테지만, 이런 방법에는 끊임없는 합리화가 필요하다. 이와 같은 욕망 억제형은 욕망을 채울 방법을 찾느라 힘을 쓰기보다, 그러지 말아야 할 이유를 들어 합리화하는 데 주력하는 편이다.

그래서 예전처럼 서로에게 뜨거웠던 관계로 다시는 돌아가지 못할 이유를 내세우며 스스로를 달랜다.

"그래도 고마워할 게 얼마나 많아. 다시 기회가 온다 해도 아무것도 바꾸고 싶지 않아. 나는 내 배우자와 내 가족을 사랑해. 지금의 내 삶을 사랑하고 우리 집 멍멍이와 내 집과 정원을 사랑해. 이 모든 것에 비하면 육체적 쾌락과 관심 따위가 뭐가 중요해? 이 정도도 나쁘지 않잖아, 안 그래? 아무튼 섹스는 과대평가되어 있어. 그래도 내게는 애들이 있잖아. 애들이 있으면 됐지, 나한테 더 뭐가 필요해?"

이렇게 열심히 기운을 돋우다보면 그 영향이 삶의 다른 측면에 미치기도 한다. 가령 욕망 억제형들은 페이스북 게시물에 가족 휴가, 승진, 아이들의 재능에 대한 행복한 글을 비롯해, 귀여운 유튜브 동영상 링크와 일상적인 삶에서 기쁨을 찾는 방법에 대한 인상적인 명언들을 올리는 경향이 있다.

페이스북 친구들은 이런 게시물을 대수롭지 않게 여기지만, 꼭 그렇게만 볼 일은 아니다. 사실은 자기 연민에 빠져 있는 것이다. 결혼, 가족, 경력 등 바라던 바를 모두 이루어 누가 보기에도 꿈같은 삶을 살고 있지만, 날마다 또는 매주나 한 달에 한 번씩 뜨거운 섹스를 해보지 못하는 자신을 연민하며 스스로를 달래는 것이다.

"소란 떨지 마! 다들 그렇게 살아. 어른답게 굴라고. 인생은 선택이야. 모든 걸 다 가질 순 없다고. 지금 가진 것에 고마워하고 이겨내."

물론 욕망 억제형이 다 그런 것은 아니다. 사람마다 성격이 각양각색이듯, 욕망 억제형도 씁쓸해하며 마지못해 받아들이는 유형에서부터 이렇게 감지덕지 받아들이는 유형에 이르기까지 다양하다.

그런데 쓸쓸히 받아들이는 유형은 자신들처럼 현실을 엄중히 받아들이며 패배주의적 태도를 취하지 않는 사람들에게 혹독한 비난을 가하는 경향이 있다. 바람을 피우거나 이혼하는 이들을 자기중심적 바람둥이, 성욕을 주체 못하는 섹스 중독자라고 업신여기는가 하면, 인터넷 포르노에서 탈출구를 찾는 이들은 정신적으로 문제 있는 이상 성격자라고 비웃기도 한다. 또 이혼 가정 아이들에 대해 걱정을 내비칠 때도 속으로는 우리 아이들은 부모가 이혼하지 않아서 얼마나 다행이냐며 자신감을 찾는 이들도 많다.

쓸쓸히 받아들이는 이런 유형은 대체로 부부 상담을 받으러 가지 않는다. 그게 무슨 소용이 있겠느냐는 생각 때문이다.

"그딴 건 있는 놈들의 사치야. 가서 무슨 말을 하겠어? 사는 게 예전처럼 재미있지 않다는 넋두리밖에 더 하겠냐고? 그런 데다 괜히 돈 갖다 바칠 필요 없지."

쓸쓸히 받아들이는 사람들은 성적인 실험을 통해 결혼 생활에 활기를 불어넣으려는 시도도 하지 않는다. '체위'니 '만족감'이니 '쾌감'이니 따위의 말을 입에 담기가 민망하다는 이유로 말이다. "우웩, 정말 변태 같아."

이들이 바람을 피우지 않는 이유는 성실함을 (그리고 순결을) 귀중히 여기면서 배우자나 아이들에게 상처를 주거나 자신의 사회적 체면에 흠집을 내고 싶지 않아서이다. "나약한 사람들이나 그렇게 성욕을 주체 못 하는 거야."

내가 들어본 이런 사례에 관한 한, 씁쓸히 받아들이는 유형은 하나같이 어린 시절의 트라우마에서 벗어나지 못한 어른아이들의 유형이다. 대체로 이런 사람들은 결혼 제도에 대한 뿌리 깊은 혐오를 지닌 채 결혼함으로써 느끼게 되는 사회적 압박감과 화해하느라 안간힘을 쓴다. 그래서 사랑을 찾는 면에서는 다른 사람들처럼 아무 문제가 없지만, 결혼하면 사랑이 단조로운 일상으로 변할까 봐 두려워하면서 이렇게 말하곤 한다. "난 결혼해서 우리 부모님처럼 살지 않을 거야."

내가 무슨 의사는 아니지만 일화들을 통해 드러난 증거에 주목해 말하자면, 결혼 생활에 대해 씁쓸하게 단념하는 것은 건강에도 좋지 않다. 누군가 이런 부부들을 대상으로 건강 검진을 해봤는데 심장 질환, 암, 비만이 높게 나타났다 해도 나는 놀라지 않을 것 같다. 그런 정신적 억제로 인해 그동안 육체에 타격이 가해졌을 테니, 당연한 결과가 아닐까?

하지만 태도에 따라 굉장한 차이가 생길 수도 있다. 이런 억제형의 반대에 해당하는 이들, 즉 감사히 받아들이는 이들은 이 세상에서 가장 건강하고 가장 행복한 부부들인 것 같기 때문이다. 이들에게는 결혼 생활에 성적 열정이 그다지 남아 있지 않아도 문제 될 것이 없다. 감사히 받아들이는 유형은 아침마다 일어나서 부부 사이의

결핍에 매달리는 것이 아니라 무엇이건 서로의 축복을 생각한다. 마치 닥터 수스*Dr. Seuss*의 동화《그린치는 어떻게 크리스마스를 훔쳤을까》속 이야기에 나오는 후빌 마을에 사는 후즈 족과 같다. 후즈 족은 크리스마스 이브에 먹을 것과 가진 것을 몽땅 도둑맞고도 손을 맞잡고 즐겁게 노래를 불렀다. 이들처럼 모든 것에 감사하는 부부는 유머 감각이 잘 통하고, 다정한 제스처를 교환하며, 서로의 관심사에 적극적으로 흥미를 표시한다. 이렇게 시간을 보내면서 서로 멀어지기보다는 어떻게든 함께 발전해가는 것이다. 오래된 관계를 지탱하기 위해 반드시 맞서서 헤쳐 나가야 할 도전과 실망 앞에서도 애착과 유대를 잃지 않는다.

이런 결혼 생활을 타인의 입장에서 지켜보면 정말로 그린치 같은 기분이 들지 모른다. 녹색 털로 뒤덮인 괴물로, 후즈 종족의 크리스마스를 망친 그린치는 아랫마을에 사는 후즈들이 금세 기운을 차리는 모습을 눈 속에서 덜덜 떨면서 지켜보며 어리둥절해했다.

"나이가 들면서 잠자리도 시들해지는데 어떻게 저렇게 행복하지?"

"남편은 거시기에 힘도 빠지고 아내는 가슴이 축 처지는데도 불만이 없단 말이야?"

도대체 의문이 풀리지 않는다.

적어도 이전에 생각해본 적 없던 뭔가를 떠올리기 전까지는.

"저 사람들한테는 결혼 생활이 따분한 일상으로 느껴지지 않나
봐."

"저 사람들의 결혼 생활에는 뭔가가 더 있는지도 몰라.'

방법 둘,
몰래 욕망 채우기

이런 유형은 자신의 욕망을 합리화로 뿌
리치거나 억누르는 것으로는 만족하지 못한다. 오히려 다른 곳에서
욕망을 채울 방법을 궁리한다. 단, 바람을 피우거나 하는 식으로 결
혼 생활을 위태롭게 만들 만한 일은 피한다(바람을 피우며 결혼을 위
기로 몰고 가는 이들에 대해서는 다음 장에서 이야기하자). 말하자면 자신
들의 열정을 결혼 생활이 아닌 새로운 방향으로 돌리되, 즐겁고 짜릿
하지만 완전한 배신에는 못 미치는 선에서 한눈을 팔고 장난연애를
하는 식이다. 이런 몰래 해소형은 복잡한 감정을 좋아하지 않는다.
그래서 대결 상황에 서툴러 결혼 생활 속에서 문제를 더 직접적으
로 직면하지 못하고, 몰래몰래 즐기더라도 너무 멀리까지 가는 것은
피하려 애쓴다. 물론 더러 결국에는 스스로를 주체하지 못하기도 하
지만.

이렇게 몰래 욕망을 푸는 일들은 편의상 대체로 온라인이 주무

대가 된다. 몰래 해소형은 전자기기를 달고 산다. 앉아 있을 때는 TV를 보는 중에도 노트북이나 태블릿에서 눈을 떼지 못하고, 길을 걷거나 운전하거나 음식을 만들거나 집안일을 할 때도 스마트폰에서 손을 놓지 않는다. 어딜 가나 일거리가 따라 다닌다고 둘러대곤 하지만, 진짜 일거리는 어쩌다 있을 뿐 그 밖에는 모두 지루함을 덜기 위한 것들이다.

이런 기기 집착형은 결혼 생활에서 가장 힘든 일이 배우자 말 들어주기다. 남편이나 아내에게 "뭐라고?", "다시 말해줄래?" 같이 되묻기 일쑤지만 배우자가 다시 한 번 말해줘도 알아듣지 못한다. 두번 세 번 "뭐라고?" 되묻기는 멋쩍어서 알쏭달쏭한 표정을 짓는데, 끝내 모른다는 얘기다. 중요한 얘기라면 나중에 어떻게든 알게 되겠지, 이렇게 생각하며 대충 넘긴다. 예를 들어 딸이 발레 강습을 마칠 시간에 맞춰 가서 태워 와야 한다는 것을 깜빡 모르고 있다가 딸에게서 "짱나!" 같은 문자가 오면 그때야 아는 식이다. 아니면 레인지 쪽에서 연기 감지기의 경보가 울리면 그때서야 아까 못 들은 얘기가 불을 끄라는 말이었음을 눈치 채기도 한다.

요즘의 몰래 해소형에게는 탈출을 부추기는 유혹과 방법이 너무 많아서 현 시대를 몰래 즐기기의 황금기라고 명명해도 될 지경이다. 하지만 통신기술의 발달 추이로 미루어 보건대 아직은 전야제일 뿐이다. 더 치밀한 도구와 방법이 등장해 언제든 부정행위에 탐닉하는

난장판이 벌어질 것이다.

아무튼 지금은, 미래보다 오늘날에 더 빈번히 이루어지는 행위 몇 가지를 살펴보자.

회원님이 알 수도 있는 사람들이 있습니다

몰래 해소형은 페이스북에 로그인해 있는 시간이 많으며 그 시간 중 대부분을 고등학교나 대학 시절의 옛 애인이나 호감이 가는 누군가를 추적하면서 보낸다. 그리고 '알 만한 사람들' 목록이 뜨면 친구의 친구들을 확인하는 것을 특히 좋아하는데, 그 이유는 언제나 더 많은 사람을 '알고' 싶어하지만 대체로 모르는 사람들에게 작업을 걸 만큼 대범한 편이 못 되기 때문이다.

혹시 오래 전 연인이나 지인, 동창생에게 친구 요청을 받은 적이 있지 않은가? 그것도 메시지에서 "안녕, 그동안 잘 지냈어?"로 운을 뗀 뒤에 결혼 여부에 대한 유도 질문을 하거나 자신의 외로움이나 따분함을 고백하는 그런 친구 요청 말이다. 받은 적이 있다면 당신은 몰래 해소형의 표적이 되었던 것이다.

첫 접속에 이어 작업을 거는 메시지를 보내고 직접 만날 가능성에 이르기까지의 통상적 과정은 하도 뻔해서 하품이 나올 정도이다. 그래서 중간에 졸지 않고 소개할 자신은 없지만, 어쨌든 시도를 해 보자.

몰래 해소형은 안부 인사를 주고받은 다음 바로 본론에 착수하는 것이 보통이다.

몰래 해소형 : "음, 나도 결혼은 했는데 잘 모르겠어. 요즘 좀 소원

　　　　　　해진 것 같아서. 넌 어때?"

표　　　　적 : "ㅋㅋㅋ 무슨 말인지 알 만하다."

몰래 해소형 : "진짜로?"

표　　　　적 : "당근이지. 그걸 누가 모르겠어."

몰래 해소형 : "너랑 나 예전에 참 좋았는데, 그치?"

표　　　　적 : "그래 옛날 옛날에 그랬지 ㅋㅋㅋ"

몰래 해소형 : "언제 함 볼래? 같이 점심이라도 하자."

표　　　　적 : "그래."

몰래 해소형 : "지금 사는 데가 어디야? 여기에서 세 시간 거리쯤

　　　　　　되나?"

표　　　　적 : "응. 점심만 먹으러 오기엔 좀 멀지. ㅋㅋㅋ"

몰래 해소형 : "그런데 정말 너도 결혼 생활이 좀 그런 거야?"

표　　　　적 : "ㅋㅋㅋㅋㅋㅋ 대박이다. 넌 하나도 안 변했구

　　　　　　나!!!!!"

몰래 해소형 : "그럼 맞다는 거지? 어… 그만 가봐야겠다. 마누라

　　　　　　가 방에 들어왔어."

표　　　적 : "ㅇㅋ. 나중에 봐 ^^"

　이 두 사람이 점심을 먹기 위해 정말로 만날까? 그리고 만나서 즐거운 시간을 가진다면, 그 다음 순서는 뭘까? 로맨스의 불꽃을 다시 피우고, 각자의 배우자와 이혼할 결심을 하고, 둘이 결혼해서 행복하게 사는 순서로 이어질까?

　아마 아닐 것이다. 말할 필요도 없겠지만, 세 단계의 공상이 실제로 이루어지려면 그에 따르는 복잡함과 감정의 대가가 엄청나니 말이다. 하지만 그동안 답지한 사연만 봐도 페이스북을 통한 이런 몽상은 결혼 생활을 따분해하는 사람들 사이에 가장 흔한 딜레마다. '아, ＿＿＿＿＿와 함께할 수만 있다면 백 배는 더 행복하고 더 황홀한 밤을 보낼 것 같아.'

　이런 망상은 몰래 해소형이 처한 딜레마이자 곤경이기도 해서, 이들은 스스로에게 몇 번씩 자문할 것이다. 어떻게 해야 내 인생을 망치지 않으면서 이 욕망을 풀 수 있을까? 어떻게 해야 아무것도 잃지 않고 뭔가를 얻을 수 있을까? 분명히 방법이 있을 거야. 하지만 방법이 없어. 아니, 있을 거야!

　결국 이런 식의 공상은 곧 그 열의가 짜증이 나거나 점점 재미없어지면서 시들해진다. 하지만 남의 집 잔디가 더 푸르러 보이는 심리가 작용하여 꿈은 쉽사리 꺼지지 않는다. 그래서 하나의 공상이 시들해지면 그 자리에 새로운 공상이 싹을 틔운다. 대개는 더 푸른 잔디가 아니라 또 하나의 잡초일 뿐이지만.

포르노 스타와 점심을

성적으로 기분 전환이 필요하지만 진짜 인간과의 상호작용을 허락하지 못하는 몰래 해소형은 더러 인터넷 포르노의 세계에서 완벽한 파트너를 찾는다.

몰래 해소형 사이에서 확실히 두드러지는 성격상의 특징이 하나 있는데, 바로 분리 능력이다. 즉, 자신들이 가진 여러 성격에 벽을 세워 비밀스레 분리할 줄 아는 것이다. 이들에게는 몰래 욕망을 푸는 것이 가려운 데를 긁는 것, 그 이상도 그 이하도 아니어야 한다. 그리고 가려운 데를 긁고 나면 새로운 마음으로 가다듬고, 아이들 장난감, 설거지거리, 숙제 봐주기의 세계로 돌아올 수 있다.

한편 몰래 해소형에게는 '분리화'도 가능하다. 그래서 몇 발짝 떨어지지 않은 거리에서 아이들이 보드게임을 하고 있는데, 자기는 노트북으로 채찍과 쇠사슬이 나오는 동영상을 보기도 한다. 아이들이 보드게임을 같이 하자고 조르면 노트북을 닫고는 금세 관음증의 노예에서 적극적인 부모의 롤모델로 바뀐다.

페이스북에서 작업을 거는 유형과 다른 점은 또 있다. 포르노 배우와 데이트한다면 성생활이 훨씬 더 황홀할 것 같다는 공상에 아

무리 깊게 빠지더라도, 실제로 포르노 배우를 추적해서 함께 점심을 먹자고 물어볼 수는 없는 노릇이다. 그렇다고 해서 그런 시도를 한 몰래 해소형이 전혀 없었던 것은 아니다. 내가 아는 한 남자는 찾다가 포기를 했다. 그렇다고 그가 열심히 찾아봤던 것도 아니다. 설령 찾는다 해도 자신이 뭘 어쩌겠는가, 싶었을 것이다.

방법 셋,
관계 복원하기

결혼 생활이 표준 기대치 이하라고 느껴지기 시작할 때 열정을 되찾으려는 경향을 띠는 이들은 현재 결혼 생활이 어떻고 앞으로 어떻게 되었으면 좋을지에 대해 솔직하고 분별 있는 이야기를 나눈다. 몰래 해소형과 달리 이런 회복 지향형은 본능적으로 결혼 생활을 회피하는 것이 아니라 결혼 생활을 정면으로 응시한다. 부부가 함께 머리를 맞대고 목표를 정한 다음 그 목표를 달성할 방법을 모색하는 것이다. 회복 지향형 사람들은 대체로 부유하고 교육 수준이 높으며 사회적으로 성공을 거두고 아주 적극적인 편이다. 거대하고 수익성 높은 결혼 생활 개선 산업을 이들이 떠받치고 있다고 봐도 무방하다.

이들은 앞으로 어떻게 할지 그 해결책을 찾기 위해, 어려운 문제에 맞닥뜨릴 때마다 해왔던 방식대로 한다. 즉, 문제를 상세히 조사한 다음 행동 계획을 세운다. 그리고 오래 지나지 않아 해결책을 찾아낸다. 그런데 판에 박힌 일상의 무게에 짓눌린 열정을 다시 불태우기 위해 가장 바람직한 전략은 아이러니하게도 관계 속에 더 많은 일상을 부여하는 것이다. 가령 심야 데이트, 부부 상담, 댄스 강습, 섹스 스케줄, 텐포텐(10 for 10, 날마다 10초씩 열 번 안아주기), 금요일마다 꽃다발 주기, 헤어질 때마다 키스하기 등등 ……. 그뿐인가? 점심시간에 야한 문자도 주고받아야 한다. 가끔 낮 시간에 호텔도 가야 하는데 실크 스카프, 안대 같은 것으로 창의적인 놀이를 해야 하기 때문이다.

지겨운 일과 짜릿한 일

이런 부부들이 실행하는 회복 활동은 두 종류로 나뉘는데 바로 지겨운 일과 짜릿한 일이다. 지겨운 일이 조사와 부부 상담같이 힘든 일들이라면, 짜릿한 일은 야한 이메일, '창의적' 놀이, 헤어질 때의 굿바이 키스같이 재미있고 섹시한 일들이다. 하지만 부부의 성향에 따라 지겨운 일이 재미있는 일이 될 수도 있고(가령, 결혼 생활 개선 지침을 침대에서 읽어주는 것), 짜릿한 일이 어느 순간부터 일처럼 느껴질 수도 있다(가령, 서로에게 딱히 할 말도 없는데 심야 데이트를 하며 말없이 앉아 있다거나, 굿바이 키스를 깜빡해서 다시 집에 들어가는 경우).

다시 불꽃을 피우기 위한 이런 시도들을 해서 실제로 기적 같은 효과를 보는 부부도 있을 것이다. 그러나 대다수 부부에게는 이런 시도들이 결의로 그치고 만다. 서로에게서 재미와 섹시함을 재발견하는 계기라기보다는 결혼 생활을 지속하기 위해 뭐든 할 의지가 있다는 악착같은 결의를 보여주는 것으로 끝나는 것이다. 하지만 이런 결의는 그것만으로도 긴밀한 유대감을 끌어낼 수도 있다. 어쨌든 집에서 드라마나 보고 싶은데도 매주 한 번씩 바에 가서 함께 술을 마시거나, 춤에는 젬병이지만 사교춤을 배우기로 하거나, 일요일 아침의 조깅을 포기하고 그 시간에 알몸으로 누워 서로의 눈을 바라보기로 한 약속을 지킨다면 관계에 상당한 도움이 될 것이다.

십 대 청소년들이 방과 후 스포츠 프로그램이나 진로 상담 등을 받고 길거리를 방황하지 않도록 좋은 방향으로 인도되는 것처럼, 이런 일상을 받아들인 회복 지향형 부부들도 다른 사람들의 침대에서 방황하지 않고 더 건강한 대안에 집중할 수 있다. 소셜 네트워크에 파묻히고 싶은 유혹이나 노래방에서 밤새 어울리도록 부추기는 유혹의 손길로부터 안전히 격리될 수 있는 것이다.

또 있다. 만약에 당신이 성취욕이 강한 회복 지향형 부부라면 결혼 생활을 개선하기 위해 할 수 있는 일은 다 해봤다고 말하고 싶을 것이다. 따라서 결혼 생활을 개선하려는 시도란 본질적으로 말해, 목록을 쭉 훑어보며 모든 내용을 점검하는 것이나 다름없다. 그 목록 가운데 특히 비용 부담이 높은 항목이 있는데 이런 부부들이 초기에 적극적으로 실행하는 편인 부부 상담이다.

그럴 땐 기분이 어때요?

회복 지향형 부부들은 부부 문제 상담사를 찾아가 이런저런 실망을 토로한다. 답답했던 속이 조금 풀리기는 하지만 실망의 대상이 바로 옆자리에 앉아 있다는 점이 문제다. 일단 부부가 이렇게 상황을 설명하고 상대의 잘못을 탓하며 가슴에 맺혔던 말을 쏟아내고 나면, 상담사는 부부를 좌절시킨 문제를 지목하며 말한다. "그럴 땐 기분이 어때요?"

그 대답은 으레 이렇다. "별로 안 좋아요."

부부가 상담을 마치고 나올 때는 둘 중 누구도 기분이 좋지 않을 것이다. 이제 풀어야 할 이런저런 새로운 문제들을 알게 된 만큼 부부는 다음 상담에서, 또 그 다음 상담에서도 기분이 별로일 것이다. 그러다 몇 달쯤 지나면 서로를 더 잘 알게 되고 사이도 나아질 것이다. 그러나 서로를 새롭게 알게 되었다고 해서 상담 후 얼른 집으로 가서 뜨거운 밤을 보내고 싶어지거나 하지는 않을 것이다.

내가 아는 딱 한 쌍의 예외가 있긴 하다. 상담사는 첫 번째 상담에서 이렇게 말했단다.

"당신들에게 필요한 건 지금 당장 집에 가서 잠자리를 갖는 거예요. 자, 어서 가세요. 가서 서로 안아주세요."

부부는 상담사의 말대로 했고, 좋았다. 적어도 한 번은.

그리고 바로 그 점, 한 번밖에 효과가 없다는 것이 이 특별한 방법의 문제점이었다. 결국 그 다음 방문 때 이 부부는 상담사에게 불만을 쏟아냈다. 부부로서는 고작 집에 가서 잠자리를 가지라는 조언에 적지 않은 돈을 가져다 바치기는 싫었다. 그런 건 가르쳐주지 않아도 스스로 할 수 있는 일이니까. 다만 스스로 할 생각을 안 한다는게 탈이지만 말이다.

부부 권태학 탐구

회복 지향형 부부는 '부부 권태학'이라는 학문이 있다면 그 방면에 권위자가 될 정도로 탐구하려는 경향이 있다. 이십 년이나 삼십년 동안 한 사람과 살고 성관계를 갖는 일이 어째서 지루해질 수 있는지, 그럴 때는 어떻게 해야 하는지 설명하는 책이 있다면 다 구해서 읽어볼 것이다. 그렇게 정보를 찾다 보면 어느새 침대 머리맡은 사회과학 도서관 수준으로 탈바꿈한다.

《나는 거부한다》

《머무를까 나아갈까》

《결혼의 쇼크》

《주말 부부》

《아내의 의미》

《더 좋아지거나, 더 나빠지거나》

《여자의 뇌와 남자의 뇌》

《왜 다른 사람과의 섹스를 꿈꾸는가》

이 제목들은 어떤 여성의 사회과학 도서관(사실은, 내 아내의 도서관)에서 몇 가지만 추려본 것이다.

회복 지향형들은 이런 책들을 통해 권태감에 대해 차츰 알아간다. 권태감이 밀려왔다 빠져나가는 방식, 그 후에 더 심한 권태감이 밀려오다가 마침내 노년에 이르러 즐거운 콧노래와 같은 안정 상태에 들어간다는 것 등이다. 인류사 내내 결혼 생활이 우리 인류를 압박해왔던 방법에 관해, 또 시대를 막론하고 남자와 여자가 서로를 돌아버리게 만드는 이유에 관해 전문가가 다 되는 것이다.

오르가슴의 역학, 갱년기 증상, 성욕 감퇴에도 눈뜨게 되어, 육신의 쇠퇴에 저항하는 것은 소용없는 일이라는 것도 배우게 된다. 그렇긴 해도 침실에서 특별한 의상을 입고 깜짝쇼를 벌인다면 평생의 소울메이트와 재미를 못 보는 건 아님을 깨닫게 된다.

우리 호모 사피엔스도 마음 내키는 대로 수시로 섹스를 즐긴다는 점에서는 보노보와 똑같다는 것에 수긍하기도 한다. 그러나 진화와 인류의 기원에 관한 잘못된 추정 때문에 죄책감 없이 성적으로 만족하는 면에서는 불구와도 같았다고 생각할 것이다. 마침내 부부 권태학 탐구를 마치면서는 이런 믿음을 갖게 될지 모른다. 일부일처제는 억압되고 망상에 빠진 이들을 위한 것이며, 전통적 성 역할이 아직도 우리를 도망가지 못하도록 억누르고 있으며, 눈 감고 귀 막고 현실을 부정하면서 남은 평생 동안 감정에 족쇄를 채울 의지가 있는 이들을 뺀 모든 사람에게는 결혼이 곧 형벌이라고.

회복 지향형은 부부 권태학 독학을 마칠 무렵이 되면 침대에서 배우자와 관계를 갖는 대신 이런 개념들에 대해 의견을 나눌 것이다. 그리고 문제를 해결하려는 부부의 노력이 실제로 성과가 있을지에 대해서도 자문할 것이다. 두 사람은 서로 안아주고 키스하고 춤을 추고 심야 데이트를 하다가, 더 이상 안고 키스하고 춤추고 심야 데이트를 할 수 없는 순간을 맞게 될 것이다. 그리고 처음 사랑에 빠졌던 이유를 떠올릴 만큼 행복한 순간을 갖기도 하겠지만, 자꾸만 도망가는 '열정'을 되찾겠다고 시간을 되돌리려 하지는 않을 것이다.

지적 호기심이 강한 사람들이 그렇듯, 회복 지향형은 애초에 품었던 복잡한 의문으로 되돌아온다.

"결혼 생활은 어느 정도까지 기대해도 괜찮은 걸까? 그냥 이대로도 괜찮을 걸까? 아무튼 우리는 서로 좋아하잖아. 별로 싸우지도 않고. 또 우리 아이들을 사랑하고 건강에도 문제가 없잖아. 그럼 불평하면 안 되는 걸까? 지금 우리는 전에는 가져보지 못한 가장 좋은 것들에 둘러싸여 있어. 지금 가진 것에 만족할 수 없을까? 더 많은 것을 가지려 욕심내다가는 정말로 행복한 것을 정말로 불행한 것으로 바꿀 위험이 있진 않을까?"

누구보다 의욕 넘치는 회복 지향형 부부라 할지라도 결국엔 모든 개선 방안을 거두어들이고 감사히 받아들이는 쪽으로 전환할 가

능성이 있다. 그런데 이것은 그렇게 나쁜 일도 아니다. 어쨌든 감사히 받아들이는 부부처럼 거의 날마다 스스로에게 이렇게 말할 테니까. "살다 보면 안 좋은 일도 생기는 거지 뭐, 안 그래?"

살다 보면 안 좋은 일도 생긴다. 사실, 바로 다음 장에서 그런 안 좋은 일 몇 가지를 이야기해보려 한다.

chapter
eight

꽃뱀

지금 이게
잘하는
짓일까?

얼마 전에 한 여성의 사연을
받았다. 그녀는 결혼을 앞둔 남자와 은밀한 관계에 빠져 있다고
했다. 두 사람의 끈적끈적한 관계는 이모티콘으로 도배된 낮 시간의
채팅, 밤마다 보내는 야한 문자, 이따금씩 밖에서 갖는 저녁 식사, 숱
한 시간의 알몸 스카이프 통화로 이루어졌다. 관계의 대부분이 인터
넷을 통한 장난연애와 동영상 재생이었고 직접 만나는 일은 많지 않
았다. 또 같이 잔 적은 한 번도 없고, 공공장소에서 탁자 밑으로 서로
더듬는 정도의 수위 낮은 애무만 했다.

이 남자는 약혼녀를 사랑하는 것 같았지만 음란한 온라인 애인
과 즐기는 것도 사랑했다. 결혼식이 코앞으로 다가오도록 둘 중 하
나도 포기하려고 하지 않았다. 심지어 결혼 후에도 계속 그러길 바
랐다. 하지만 얼마간 시시덕거리를 멈추고 상황을 긴 안목으로 살펴
보더니 그때부터 (노트북 카메라를 통해 떠 있는 그녀의 알몸을 쳐다보

며 채팅창을 통해) 온라인 애인에게 이렇게 묻곤 했다.

"지금 이게 잘못하는 일일까?"

온라인 애인은 그런 판단은 내리고 싶지 않았다. 그녀의 생각엔, 옳고 그른지 판단하는 것은 그의 몫이었다. 또 뭔가 행동을 취할 필요가 있다고 느낀다면 그것을 할지 말지도 그가 판단할 문제였다. 어쨌든 그녀는 현재 약혼자도 없고 만나는 사람도 없지 않은가. 그녀는 바람을 피우는 게 아니었다.

그런데 엄밀히 따지자면 그 남자 역시 바람을 피우는 건 아니었다. 적어도 외도라는 것이 기혼자인 사람과 섹스하는 것을 의미한다면 그랬다. 그는 (아직) 결혼하지 않았고 온라인 애인과 (아직) 잔 적이 없으니까. 그렇더라도 몰래 사귀는 점, 화면으로 알몸 보여주기, 직접 만나 애무하기, 결혼식 날 아침까지도 인터넷으로 야한 농담을 주고받는 것을 모아볼 때 불륜의 고속도로에서도 가파른 내리막길을 달리며 가속도가 붙고 있는 것 같았다. 이들의 이런 못된 장난을 테러 위협 수위에 비유하면 어디쯤일까? 약간 위험함을 뜻하는 코드 옐로일까? 아니면 매우 위험함을 뜻하는 코드 오렌지일까?

불륜이 문제가 될 때 사람들은 이런저런 의문을 갖는다. 내가 얼마나 '잘못된' 행동을 하고 있는 걸까? 얼마나 죄책감을 가져야 하는 걸까? 어느 선까지는 넘어도 괜찮을까? 나 스스로를 어떤 사람으로 판단해야 할까? 연약하고 인간적인 사람일까, 아니면 이기적이고 자기중심적인 사람일까?

이런 의문에 명확한 답을 얻기란 어려울 수도 있다. 실제로 내가 읽어온 사연들을 미루어 보더라도, 불륜이라는 '못된 짓'에 대한 상대적 기준이 바람둥이(그리고 바람둥이의 파트너)를 어떻게 볼 것인가에 따라 차이가 큰 것 같다. 또 못된 짓의 범위도 배우자나 파트너 외에 누군가에게 마음이 끌린 경우부터, 동시에 바람을 피운 경우나 몰래 딴 집 살림을 차린 경우까지 다양하다.

어떤 사람들은 파트너가 포르노를 보는 것도 일종의 부정이라고 여긴다. 언젠가 어떤 여성이 좀 난감한 사연을 보내온 적이 있다. 남편이 또 다시 '바람을 피우는' 현장을 목격했다면서 이번에는 정말로 결혼 생활을 끝장내야 할 것 같다고 괴로워하는 내용이었다. 나는 이 여자 저 여자와 자고 다니는 난봉꾼 얘기가 이어지려니 했건만, 조금 더 읽어보니 남편은 딴 여자와 잔 적이 없었다. 안 그러겠다고 약속해놓고 노트북으로 또 포르노를 봤을 뿐이다.

또 여러 사람들에게 알려져 망신 당하는 것을 부정의 중요한 요소로 여기는 사람들도 있다. 가령 칵테일 파티에서 파트너가 뻔뻔하게 작업을 거는 걸 친구들이 보고 입방아를 찧는다면, 출장길 원 나잇 스탠드보다 더 나쁜 짓으로 여긴다. 출장길에 바람피우는 것은 친구들이 알 턱이 없기에 그렇다는 식이다..

만약 당신이 바람을 피운 사람이라면 양심의 목소리가 가만히 있지 않을 것이다. 당신이 어느 선을 넘는다면 파트너가 싫어할 거라고. 이때 양심의 목소리에 귀 기울일지 말지는 당신에게 달려 있다. 그리고 이미 선을 넘어서 그런 행동을 비밀로 하기로 결정한다면, <u>스스로에게</u>, 그러다 나중에는 다른 사람들에게까지 그 행동을 정당화하려 애쓸 것이다.

사랑이란 게 합리화와 정당화 투성이라지만, 부정만큼 우리 안의 까다로운 변호사를 자주 호출하는 상황도 드물다. 사실 우리 중 많은 사람이 어느 시점에서 철저히 바람을 피우거나, 어느 정도 바람을 피우거나, 바람피우는 것과 비슷한 행동을 한다. 따라서 사람들 사이에 비교적 인기 있는 변명 몇 가지를 지침서 삼아 정리해두는 것도 괜찮다. 그렇게 해두면 어느 순간 다급히 핑곗거리가 필요할 때 허둥대며 진땀 뺄 일은 없을 테니까. 자, 그러면 지금부터 바람을 피우는 사람들이 뻔질나게 쓰는 핑계 몇 가지를 소개하겠다.

인간은 원래 일부일처제가 아니거든!

이과 줄신이거나 그쪽으로 공부를 한 적이 있는 바람둥이들은 여러 사람과 섹스하는 것이 원래 인간의 속성이라고 주장할지 모른다. 인간의 DNA에 그렇게 프로그래밍되어 있다고 말이다. 문명인답고 책임감 있게 행동한답시고 그런 못된 욕망들을 자물쇠 달린 상자에 집어넣은 후 열쇠를 버리려고 할 수도 있지만, 그것은 생물

학에 거스르는 짓이라는 주장이다.

동물의 왕국만 봐도 그렇다. 평생 한 파트너하고만 짝짓기를 하는 동물은 드물며, 그런 동물들 대부분은 별로 가까이하고 싶지 않은 종들이다. 몇 가지만 알아보자.

- 마다가스카르 점핑 래트(덩치 큰 쥐다)
- 검은대머리수리
- 아귀(수컷이 정절을 지키는 이유는 암컷과의 합체가 단지 정자만 제공하는 차원이기 때문이다)
- 디플로준 파라독숨(물고기의 체내에 기생하는 촌충으로, 이 종역시 수컷과 암컷이 죽을 때까지 합체해서 지낸다)
- 만손주혈흡충(인간 기생충으로, 암컷이 수컷의 '도관^{導管}' 안에서 산다)

물론 일부일처제 동물들이 죄다 기어 다니는 곤충이거나 매력 없는 종만 있는 것은 아니다. 예컨대 미국의 국조^{國鳥} 흰머리독수리만 해도 평생 일부일처제를 지킨다. 지구상에서 가장 사랑스러운 동물 중 하나인 황제펭귄 또한 한 철의 짝짓기 동안에는 서로에게 충실해, 적어도 연속적 일부일처제를 고수한다. 황제펭귄은 평등주의자이기도 해서, 수컷이 알을 품고 안전하게 보호하는 동안 암컷은

먹이를 먹으러 두 달 동안 바다로 나간다.

수컷이 그렇게 영하 40도의 기온과 시속 145킬로미터의 바람 속에서 쫄쫄 굶으며 64일 동안 알을 품고 있다 보면 안절부절못할 것 같지 않은가? 추위, 굶주림, 지루함을 견디다 못해 부적절한 짝짓기의 유혹에 넘어갈 거라고 여기기 십상이다. 하지만 황제펭귄 수컷은 인간 수컷과는 다르다. 자신의 알을 팽개치고 매력적인 암컷과 뜨거운 관계를 갖기 위해 군락지를 돌아다닐 생각을 전혀 안 하기 때문이다.

그런데 흰머리독수리와 황제펭귄은 어디까지나 조류다. 감탄하며 바라볼 만한 점은 있을지언정 인간은 새와 공통점이 별로 없음을 알아야 한다. 인간은 유인원의 후손인 포유동물이므로 자연계의 호색한 중의 호색한, 보노보 침팬지와 공통점이 더 많다. 보노보는 성욕이 아주 왕성해서 만나면 섹스를 하고 헤어지면서도 섹스를 한다. 또 치료를 위해서나 평화를 촉진하기 위해서 등등 상상 가능한 모든 이유로 섹스를 한다. 체위도 다양해서 인간과 맞먹을 만큼 창의적이다. 사실, 인간을 제외하면 정상위 섹스, 프렌치 키스, 오럴섹스를 하는 유일한 종이다. 게다가 일부일처제와는 거리가 멀어서 주변에 있는 보노보 중 거의 아무하고나 섹스를 하는 편이며, 엄마와 아들만이 성적으로 피하는 유일한 사이인 듯하다.

진화에 근거를 두고 말하자면, 우리 인간에게 일부일처제라는 굴레가 씌워지지 않았다면 보노보처럼 행동할 인간이 수두룩했을 것이다. 이런 주장은 크리스토퍼 라이언*Christopher Ryan*과 카실다 제타 *Cacilda Jetha*가 쓴 책《왜 결혼과 섹스는 충돌할까*Sex at Dawn*》에 요연하게 나온다. 이런 식의 이론에 기대 당신이 바람피우는 짓을 정당화하고 싶다면 이 책을 읽어보는 것도 괜찮을 것이다.

그런데 과학적이고 진화론적인 접근법을 취하는 것은 만만한 일이 아니다. 여러 책을 샅샅이 찾아 읽고 조사해야 하지만 그만한 시간을 내기는 어려울 테니 말이다. 《왜 결혼과 섹스는 충돌할까》만 해도 내용은 흥미롭지만 400쪽이 넘는 데다 이 두꺼운 책을 다 읽는다 한들 단지 하나의 이론을 얻는 것에 불과하다. 당신의 행동이 타당하며 사실상 생물학적 의무 사항이라고 스스로도 납득할 만큼 탄탄하게 주장하고 싶다면 여러 이론을 소화해야 할 것이다.

이 주제에 관해 전문가 수준이 된다 해도 여전히 신중할 필요가 있다. 과학의 외피를 두른 이런 헛소리가 학구적 의미에서 아무리 흥미진진하게 들린다 해도 당신의 배우자에게는 무정한 인상을 줄 수 있다. 배우자는 철저히 배신당했다고 느끼고 눈물을 흘리며 이렇게 대꾸할지 모른다. 그딴 진화론적 합리화는 보노보한테나 가서 써먹으시지.

열정 없는 삶이 삶이냐고!

이런 접근법의 옹호자들은 쾌락은 좋은 것이라며 이렇게 주장한다.

"쾌락 추구는 당연한 것이다. 미국을 건국한 선조들이 행복 추구를 왜 옹호했겠는가? 모두가 섹스에 굶주려서 관계가 시들해지고, 쾌락을 가져다줄 누군가와 만날 기회를 놓쳐버린다면 그것은 행복을 추구하는 것이 아니다. 사랑받으며 성적으로 충족감을 느끼는 것보다 사람을 더 행복하게 하는 것이 있는가? 부정이 결혼 생활과 사회를 불안정하게 만든다는 부당한 비난들을 하는데, '배신'이니 '서약을 깼다'느니 하는 쓸데없는 언사를 다 벗겨내고 나면 두 사람이 행복을 추구하는 차원의 쾌락을 좋은 것 말고 더 무엇이 남는가?"

이런 접근법의 옹호자들이 즐겨 말하듯 "인생은 한 번뿐"이다. 인생은 한 번뿐이고 인생이 끝나면 누구나 죽는다. 그리고 결혼을 하면 그때부터는 몇 십 년 동안 한 사람하고만 섹스를 하다 죽는다. 그런데 결혼한 상대가 당신만큼 섹스에 관심이 없다면, 또는 당신과 하는 섹스에 관심이 없다면 그때는 평생 자위나 일삼든가 아니면 아예 섹스를 포기해야 할 것이다.

그렇다고 해서 성생활의 끝이 반드시 세상의 끝은 아니다(이것이 디 널리 퍼진다면 멸종에 이를 수는 있을 테지만). 어떤 사람들은 나이가 들면서 섹스를 별로 좋아하지 않게 되고, 섹스 없이도 아쉬워

하지 않는다. 섹스를 좋아했던 적이 한 번도 없는 사람도 있다. 하지만 여전히 좋아하는 사람들은 남은 평생 그것을 못 한다면 문제가 된다. 정열적인 사람들이 흔히 말하듯, 열정 없는 삶은 삶이 아닌 것이다.

열정 없는 삶은 삶이 아니라는 목소리가 머릿속에 울려 퍼지면 뜻하지 않은 기회가 왔을 때 바람을 피워도 될 것 같다는 식의 정당화로 이어지게 마련이다. 심지어 바람을 피우는 것보다 피우지 않는 것이 더 불쌍한 일이라고 확신하게 된다.

엄밀히 말하면 난 외도한 게 아니야

예전에는 섹스의 정의를 내리기가 비교적 쉬웠지만 오늘날에는 앞에서 얘기했던 아바타 섹스, 스카이프 섹스를 비롯해서 '섹스 같지만' 사실상 섹스가 아닌 일들이 넘쳐난다. 서로 살을 맞대지도 않고 한 방에 함께 있지도 않은 사람과 성행위를 하고 사랑도 할 수 있는데, 외도를 저지른다는 것이 더 이상 어떤 의미가 있을까?

법에 일가견이 있는 사람들은 외도를 했나 안 했나를 따질 때 빠져나갈 구멍을 끝없이 찾아낸다. 이런 접근법의 옹호자들은 불륜을 일종의 법정 소송으로 여기며 유죄가 입증될 때까지는 무죄라는 식의 태도를 취한다. 이들은 무죄 추정의 원칙이라는 좁

은 렌즈로 세상을 들여다 보며, 개인적 이득을 위해 빠져나갈 구멍을 찾아낸다. 그렇게 해서 자신의 불륜을 <u>스스로에게</u>, 또 필요하다면 다른 사람들에게까지 정당화한다. 엄밀히 말해 자신들은 바람을 피운 게 아니라고, 부정이라고 부를 만한 것이 못 된다고 주장한다.

이런 식의 법적 궤변은 예부터 쭉 있었다. 그런데 십오 년 전에 빌 클린턴이 모니카 르윈스키와 스캔들이 터졌을 때 어물쩍 넘어간 이후 대중화되다시피 했다. "나는 그 여자와 성적 관계를 가진 적이 없다." 이 말은 아직도 이 부문 최고의 사례로 꼽힌다. 여기에는 격분과 부인과 용케 빠져나가는 교활함이 일품으로 버무려져 있다.

대다수 사람은 클린턴과 르윈스키가 간통으로 간주될 만한 행동을 했다고 생각하며, 대통령 집무실에서 부적절한 행동을 했다고 여긴다. 하지만 클린턴은 주장하길, 엄밀히 따지자면 자신은 바람을 피운 것이 아니라며 '그걸' 했는지는 '그걸' 어떻게 정의하느냐에 따라 정말로 '그런 것'일 수도 있고 아닐 수도 있다는 이유를 댔다.

현재 많은 이들이 자신만 거리낄 것이 없다면, 클린턴의 이런 법률 만능주의적 접근법을 택하고 있다. 이런 접근법을 택하면 연애는 했지만 키스는 하지 않았으니까, 키스는 했지만 애무는 하지 않았으니까, 애무는 했지만 옷은 벗지 않았으니까, 옷은 벗었지만 성교는 하지 않았으니까, 성교는 했지만 마음은 주지 않았으니까 등등의 이유로 바람피운 행동을 용인할 수 있다. 그러면 각 단계의 행동은 경범죄, 중죄, 주차 위반 따위의 법적 분류처럼 느껴질 것이다. 당신이 자신의 행동을 판단할 유일한 판사이고 배심원이라면 이것은 효과 만점의 전략일 수 있다. 그렇지 않다면 반대신문에 대처할 준비를 해두는 게 좋다.

외도는 더 큰 문제를 드러내는 증상일 뿐이야

의학계 및 정신 건강 분야 출신이거나 그 정도 수준의 감각이 있

는 사람들은 외도를 옳고 그름이라는 단순한 렌즈를 통해 바라보기
보다는 증상과 근본 원인이라는 관점에서 바라본다. 이들의 관점에
서는 삐걱거리는 결혼 생활이 근본적 원인이고, 외도는 더 심각한
문제를 암시하는 징후로서 겉으로 드러난 피상적 문제일 수 있다.
그래서 외도는 더 포괄적인 문제의 일부분으로 다루어야 한다고 주
장한다. 마치 헤로인 중독 시 회복 프로그램 중 하나로 투약하는 메
타돈과 같다는 식이다. 하지만 외도도, 헤로인도 굳이 우리의 소중
한 관심과 자원을 바칠 만한 것들은 못 된다.

이 방법을 지지하는 사람들은, 바람피운 사실에 집착하다 보면
나무를 보느라 숲을 놓치는 격이라고 생각한다.

"그래, 외도는 상처를 주고 변명의 여지없이 나쁜 짓이지만 비난
하고 망신을 주는 건 그 해결책이 아니야. 어쨌든 바람을 피운 사람
도 희생자라고. 뭔가 문제가 있고 결핍된 게 있으니까 바람을 피운
거 아니겠어? 그러니까 조금은 측은하게 봐줘도 되지 않을까?"

보복성 맞바람이지

배우자가 바람을 피웠으니까 나도 바람을 피울 권리가 있는 것
처럼 생각하는 사람이 의외로 많다. 이들이 내세우는 정당화 기제
는 정말 간단한데, 바로 보복이다. 이런 부부 관계에서 먼저 바람을
피운 사람은, 배우자가 다른 누군가에게 솔깃해지는 감정을 확인하

기로 마음먹어도 '무임승차권'을 내주어야 한다고 생각하는 경우가 많다. 그것도 출장길에 낯선 사람과의 일시적 만남이든, 더 오래가고 위험한 외도든 간에 말이다. 게다가 이 무임승차권은 유효 기간도 없는 듯하다. 거의 이십 년이 지나서 이용하는 사람도 있는 걸 보면 말이다.

이런 무임승차권 방식은 더러 구두로 합의하는 경우도 있지만 보통은 별 논의 없이 암묵적으로 이루어지는 편이다. 그리고 때로는 무임승차권이 어느 순간 급작스레 생각나기도 한다. 배우자의 외도로 고통을 겪었던 사람이 바람을 피울 기회가 생겼을 때 "좋았어, 이번엔 내 차례야"라고 생각하는 경우가 그렇다.

당연한 말이지만 무임승차권을 이용하면 대개 그 결혼 생활은 원만히 지속하기 힘들다. 처음 바람을 피운 사건으로 이미 결혼 생활이 타격과 고통을 받았기에 보복성 맞바람을 감당할 여력이 없어진다. 보복에 대한 기대 심리 자체가 그동안의 결혼 생활에서 죄책감과 원망 사이의 불균형이 너무 컸음을 드러내는 것이다.

같이 잠만 잤을 뿐, 사랑은 아니야

섹스를 일종의 중독성 마약으로 생각하는 사람들이 있다. 삶의 긴장을 풀기 위해 한 번씩 맞는 주사로 여기는 것이다. 이들은 섹스에 큰 의미를 두지 않아서 마약 주사를 맞듯 바람을 피우는 행동을 대수롭지 않게 여긴다. 배우자에게 상처나 피해를 줄 수 있다는 점은 인정하지만, 그렇더라도 배우자가 자신의 그런 행동을 너무 위협적으로 생각할 필요는 없다고 여긴다.

"그냥 잠만 잔 거야. 그게 사랑이었다면 얘기가 달라지겠지만 사랑이 아니었다고!"

이런 식의 불륜을 '만약 그렇다면' 게임에 빗대어 더 쉽게 설명할 수도 있다. '부부 중 한 사람이 장애를 입었거나 병에 걸려서 건강한 상대 배우자가 수발을 들어주고 있다고 가정해보자. 이러한 경우, 사랑하는 배우자와 잠자리를 할 수 없게 된 그 상대 배우자는 어떻게 해야 할까? 침대에 누워만 있거나 장애가 있는 배우자를 여전히 사랑하고 아낀다 해도 자신의 성적 욕망을 다른 곳에서 채워도 괜찮지 않을까? 또한 더 나아가 병에 걸려 더 이상 잠자리를 가질 수 없게 된 배우자와 더 이상 잠자리를 원하지 않는 배우자를 동일시해볼 수 있지 않을까?

이런 접근법은 상대방의 외도를 겪은 배우자가 이 점을 이해하고 섹스보다 사랑을 더 소중히 여기며, 배우자가 밖에서 딴 짓을 하고 다녀도 눈감아줄 용의가 있는 것으로 가정한다. 지금껏 쌓아온 진정한 사랑에 비할 바가 못 되는 외도쯤은 눈감아줄 수 있다는 것이다. 이것은 변명의 말인 동시에, 배우자에게 간접적 메시지를 전달하는 방편으로 이용된다.

"나랑 섹스를 더 해. 그러면 내가 딴 데 가서 그런 마약 주사 맞을 일은 없을 거 아니야."

관심 받고 싶었을 뿐이야

한편 외도에서 성적인 부분은 사실상 중요하지 않은 부차적 문제일 뿐이라고 여기는 이들도 있다. 말하자면 '자신들의 부부 관계에서 정말로 빠져 있었던 것은 관심'이라는 논리를 내세워, 시선을 돌리지 않고 제대로 쳐다봐줄 사람, 의견을 존중해줄 사람, 자신의 이야기에 귀 기울이고 신경 써줄 사람이 필요하다고 주장한다.

그러면서 섹스가 신 나는 일이긴 하지만, 자전거 타기나 영화 관람처럼 사람들이 함께 어울리는 교제 활동과 다를 게 없다고 말한다. 정말로 자신이 원하는 것은, 관심과 애정을 듬뿍 쏟아주는 누군가와 어울려 시간을 보내는 것이라면서. 섹스가 다른 교제 활동보다 더 복잡하기는 하지만 자신이 찾는 것은 섹스가 아니라고, 섹스가 관심을 보여주는 행동의 일부일 수 있기 때문에 어쩌다가 자게 된 거라고 말한다.

이런 접근법은 불륜의 고통을 겪은 배우자가 이런 생각을 하리라는 것을 전제로 한다. 즉, 남편 또는 아내가 바람을 피운 이유는 누군가로부터 관심을 받고 싶어서가 아니라 그 사람과 섹스를 즐기고 싶어서가 아니었을까 하며 괴로워할 것이라고. 그래서 그 섹스를 대수롭지 않은 것으로 여기며 개의치 않을 것이라고.

이것 역시 앞의 정당화와 마찬가지로 변명의 말인 동시에, 배우자에게 간접적 메시지를 전달하는 것일 수 있다.

"나한테 신경을 더 써줘. 그러면 딴 데서 관심을 구할 일이 없을 거 아니야(그리고 같이 자게 될 일도 생기지 않을 테고)."

외도는 결혼 생활의 '경종'

지금까지 바람을 피우게 된 원인으로 내세우는 것이 바로 결혼 생활의 문제이다. 그리고 이런 문제들은 극복할 수 없는 것들이 대부분이다. 외도는 결국 서로 잘 맞지 않아 오래 전부터 고통스러워하던 부부를 갈라서게 만드는 계기가 된다. 하지만 외도는 서로 잘 맞고 계속 같이 사는 편이 훨씬 더 행복할 것 같은 부부들에게도 파국의 위기가 될 수 있다. 배신감을 이겨낼 수 없기 때문이다. 아무리 생각해도 다시 믿음이 생길 것 같지 않고 너무 고통스럽다.

사랑하는 마음이 큰 만큼 상처도 크다. 젊은 시절에는 바보처럼 참고 살지는 않겠다고, 배우자가 바람을 피우면 갈라서겠다고 다짐했었다. 그리고 안타깝게도 그 생각을 실천에 옮긴다.

하지만 실제로 이런 상황에 놓인 대다수 사람들이 깨닫듯, 본인이 원하지 않는다면 이 각본대로 따르지 않아도 된다. 상처를 입었다 해도 마음만 먹으면 헤어지지 않고 같이 살아갈 수 있다. 무언가

허전한 결핍을 채우려 더 열심히 일할 수도 있다. 죄책감과 원망 사이의 불균형을 계속 이어갈 필요도 없고, 바람을 피우지 않은 배우자를 위한 '무임승차권'을 기대하지 않아도 된다. 부부간에 다시 서약을 할 수도 있다.

다시 하는 서약은 결혼식의 서약처럼 신의를 저버리지 않겠다는 맹목적 서약이라기보다는, 정직과 존중을 약속하는 더 현명하고 성숙한 합의다. 이를테면, 어느 한쪽이 갑갑해서 더 이상 결혼 생활을 이어갈 수 없다는 기분이 든다거나, 지금의 관계에서는 행복을 찾을 수 없을 것 같다고 느껴지면, 속마음을 털어놓고 해결 방법을 찾아야지 불만이나 충동에 따라 몰래 바람을 피우는 식의 행동을 하지 않겠다는 합의다. 이렇게 재서약을 한다면 수많은 부부들이 결혼 생활에서 큰 차이를 느낄 수 있을 것이다.

지금부터 이십 년도 더 전의 이야기다. 주디라는 젊은 여성은 당시에 갓 결혼한 상태였고, 남편이 바람을 피운 것을 알면 어떻게 하겠다는 생각이 확실하게 잡혀 있었다. 그러던 어느 날 저녁, 그녀는 여자 친구들과 식탁에 둘러 앉아 식사를 하게 되었다. 대부분 그녀처럼 신혼 생활을 즐기고 있는 친구들과 이야기꽃을 피우던 중에, 단골로 등장하는 화제가 튀어나왔다. 남편이 바람을 피우면 어떻게 하겠느냐는 얘기였다.

거의 모두가 격분하는 반응을 보였다.

한 친구는 남편이 딴 사람과 자면 당장 헤어지겠다고 말했다.

또 다른 친구는 남편을 다시는 못 믿을 거라고 했다. 남편이 밖에 나가거나 출장을 갈 때마다 혹시 바람을 피우는 건 아닐지 의심이 생길 것 같다며 그렇게는 못 살 거라고 했다.

자신이 말할 차례가 되었을 때 주디는 이렇게 말했다.

"그냥 하룻밤 상대였거나 회식에서 다들 술에 취하는 바람에 생긴 일이라면 용서해줄 수 있을 것 같아. 하지만 일 년이 다 되도록 계속 거짓말하고 몰래 만나면서 정말 바람을 피우면 도저히 눈감아줄 수도 용서해줄 수도 없어."

그런데 그녀의 삶에 그런 시나리오가 그대로 일어나고 말았다. 그로부터 십 년 후에 남편이 어떤 웨이트리스와 일 년 동안 바람을 피웠다고 고백한 것이다. 남편은 그 아가씨가 헤어지자고 하자 충격에 빠져서 숨길 수가 없었다고 했다. 게다가 아내에게 털어놓을 수밖에 없었던 이유는, 누구라도 붙잡고 이야기하지 않으면 견딜 수 없는 지경이었는데 그에게는 아내가 가장 가까운 사람이었기 때문이다.

주디는 충격과 고통이 조금 가라앉고 나자 남편이 측은해졌다. 남편은 상상할 수 있는 최악의 방법으로 자신을 배신했고 몇 년 전에 자신이 말했던 악몽을 그대로 재현한 사람인데도 말이다. 그녀도 깨달았다시피, 직접 그 상황에 처하기 전에는 자신이 어떻게 느끼거나 어떻게 반응할지 알 수 없는 법이다.

많은 사람들이 놀라는 점은 그런 일이 터져도 일상은 계속되어야 한다는 사실이다. 가족 중 누군가 죽었을 때나 사회적 재난이 일어났을 때도, 전과 똑같이 직장에 나가야 하고 밥을 먹어야 하고 설거지를 해야 한다. 그리고 이런 일상 속에서 위안을 얻기도 한다. 한 걸음씩 다가오는 그런 위안 속에서 시련을 극복하는 것이다. 게다가 배우자가 바람을 피웠다고 해서 몇 년 또는 몇 십 년 동안 쌓아올린 사랑의 세월이 무너져 내리는 건 아니다. 이혼을 해야겠다는 생각이 들기도 하지만 정말로 이혼하고 싶지는 않다.

어떤 경우에는 그런 바람을 존중해 더 좋은 시간으로 보상 받기도 한다. 주디에게는 어린 자녀 둘이 있었는데, 부부는 나중에 후회할지도 모르고 아이들에게 큰 상처가 될까 봐 경솔히 갈라서고 싶지 않았다. 그래서 결혼 생활을 새롭게 시작하는 데 도움이 될까 싶어 이사를 하기로 결정했다. 이사를 하면 가족이 새로운 곳에 적응하느라 똘똘 뭉칠 것이다.

그 뒤로 10년 동안 부부는 새 직장을 얻고 아이들을 키우고 세계 곳곳을 여행했다. 그러는 사이에 두 사람은 새로운 마음으로 서로를 사랑하고 존중하게 되었다. 결혼한 지 이십이 년 만에 부부는 결국 이혼을 하고 각자의 길을 떠났지만, 지난 세월 동안 함께 이런저런 일을 겪으면서 아이들을 잘 키울 수 있었던 것에 감사했다.

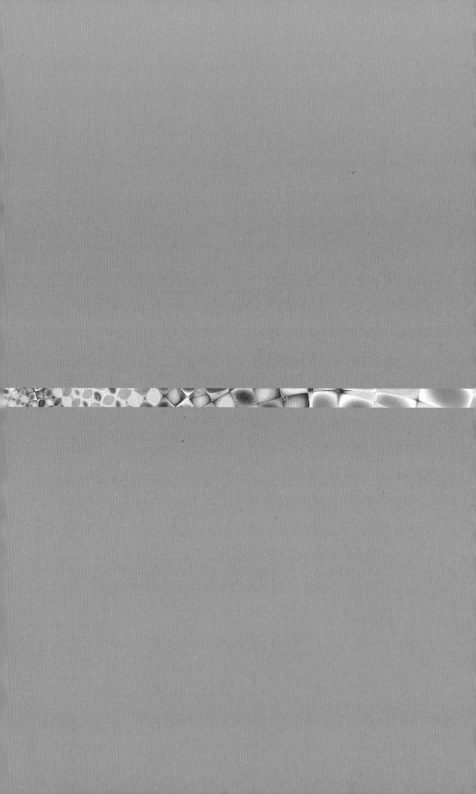

chapter
nine

의리

그래도
너를
사랑해

사 랑 찾 기 지 침 에 퀴 즈 가 자 주 등장한다면, 사랑 지키기 지침에는 테스트가 곧잘 따라붙는다. 이런 테스트 중에서도 가장 인기 있는 유형이 바로 '충실성 테스트*The Devotion Test*'이다. 혹시 해본 적이 있는가?

이 '충실성 테스트'는 부정행위나 사소한 말다툼을 훨씬 넘어서는 차원의 관계에 대한 것이다. 즉, (기억할지 모르겠지만) 당신이 결혼할 때 서약했던 '병들었을 때'나 '어려울 때'나 '빈궁해졌을 때' 등의 상황에 해당하는 것이다. 결혼식 당시에 너무 로맨틱하게 들려 친구들과 가족 앞에서 미소를 짓고 서약했던 그 대목 말이다.

대체로 이런 테스트에는 배우자가 심각한 병을 앓거나 생명이 위태로운 상황에 처하는 경우가 포함되는데, 대다수 사람들은 인생의 말년에 이르러서야 현실에서 이런 충실성 테스트 같은 상황에 직면하게 된다. 하지만 충실성 테스트는 누구에게나 언제든 조금씩

맞닥뜨릴 수 있는 문제다. 암 진단, 외상성 뇌손상, 우울증 등의 심
각한 상황이 예고나 이유도 없이 별안간 일어나는 경우가 있기 때
문이다.

대개 이런 상황에서 '올바른' 선택이란, 실천하기가 어려워서 그
렇지 분명하다. 그 사람 곁을 지키면서 있는 힘껏 도와주는 것이다.
이것은 당신이 스스로에게 기대하는 바이자, 남들이 당신에게 기대
하는 바이기도 하다. 아내가 방사선 치료와 화학 요법을 받고 있는
중인데 이혼을 한다거나, 외국에 주둔해 있는 군인 남편에게 스카이
프를 통해, 떨어져 지내는 결혼 생활이 너무 힘들어서 다른 남자를
만나기로 했다는 말을 전해서야 되겠는가.

하지만 모든 충실성 테스트가 도덕적으로 명쾌한 상태로 주어지
는 것은 아니다. 대부분의 문제가 애매하기 때문에 무엇이 옳은지,
무엇이 최선인지 잘 분간이 안 된다. 그것은 당신 자신뿐 아니라 당
신을 판단할 만한 입장에 놓인 친구들이나 가족도 마찬가지다.

지금부터 소개하려는 두 가지 사례도 이런 애매한 유형이다. 두
가지 사례의 상황이 흔한 경우는 아니다. 그렇다고 해서 두 가지 상
황에서 비롯되는 감정이나 여러 선택들이 일반적이지 않다는 뜻은
아니다.

각각의 사례는 세 단계로 나누어 소개될 텐데, 첫 번째 단계에서
는 핵심 질문을 던지면서 당신이 그 사람의 입장이라면 그 상황에

서 어떻게 할 것인지 물을 것이다. 두 번째 단계에서는 당신의 가상 판단에 도움을 주고자 좀 더 자세한 내용을 덧붙일 것이다. 그리고 마지막 단계에서 실제로 이런 상황에 직면했던 커플들이 나중에 어떻게 되었는지 밝혀주겠다.

케리의 선택 :

케리는 테오라는 남자와 사랑에 빠졌다. 그런데 몇 번 데이트를 하고 나서야 테오가 HIV 보균자라는 사실을 알게 되었다. 당신이 케리라면 이런 충격적인 사실을 알고 나서도 계속 교제를 할 용의가 있겠는가?

☐ 그렇다

☐ 아니다

☐ 이 정도 얘기만 듣고는 결정을 못 내리겠다

다이앤의 선택 :

다이앤은 결혼한 지 얼마 안 돼 남편의 고백을 들었다. 자신의 성 정체성이 남성보다 여성에 더 가깝다며 성전환 수술을 하고 싶다는 얘기였다. 당신이 다이앤이라면 그가(곧 그녀가 되겠지만) 원할 경우 성전환 진행 과정이나 그 이후에도 쭉 부부로 남겠는가?

☐ 그렇다

☐ 아니다

☐ 이 정도 얘기만 듣고는 결정을 못 내리겠다

각 사례에 '이 정도 얘기만 듣고는 결정을 못 내리겠다'로 답했다면 정말 훌륭한 답변이다! 사랑은 일반적인 게 아니라 구체적인 것이라는 점을 이해하고 있는 셈이므로, 첫 번째 가상의 충실성 테스트를 통과했다. 그럼 이제 이 뼈대에 현실의 살을 붙여볼 테니 생각이 좀 바뀌는지 확인해보자.

케 리 의 고 심 :

두 사람이 만났을 때 케리는 열아홉 살이었고 테오는 마흔두 살이었다(나이 차가 스물셋이라니? 이건 설상가상이다!). 또 테오는 이혼남에 십 대 딸도 있었다. 당시에 알코올과 마약 중독 치료를 받던 그는 십이 년 전에 어떤 친구와 주사기를 같이 썼다가 HIV 바이러스에 감염되었고 그 친구는 나중에 에이즈로 사망했다. 케리를 만나기 몇 년 전에 의사들은 그에게 HIV 감염이라는 비보를 전하면서 오래 생존할 가망성이 '제로'라고 했다.

하지만 잠깐……! 마약과 술에 찌들었던 테오의 방종한 생활은 이미 십 년도 더 전의 일이었다. 케리를 만났을 당시에는 건강하고 행복한 기운이 넘쳐흘렀다. 에이즈의 징후가 드러나지도, 면역체계가 파괴되지도 않았다. 꼬박꼬박 금주 프로그램에 참석했고 놀라우리만큼 자기 관리를 철저히 하고 있었다. HIV 바이러스도 처방약을 복용하면서 잘 관리되어 정상적인 생활이 가능했다.

테오의 십 대 딸은 엄마와 살며 잘 지냈다. 테오는 잘나가는 조경사였다. 그는 똑똑하고 재능 있고 매력적인 데다 모든 면에서 케리의 마음을 사로잡았다.

이제 어떻게 생각하는가? 당신이 케리라면 계속 교제하면서 결혼까지 생각할 수 있겠는가?

□ 계속 만난다.

□ 그만 만난다.

□ 아직도 결정을 못 내리겠다. 실제로 두 사람은 어떻게 되었는가?

다이앤의 고심 :

다이앤이 지금의 남편을 만난 것은 둘 다 사십 대 초반일 때였다. 두 사람 모두 초혼이었고 이전 교제에서 생긴 아이도 없었다. 사실 남편은 예전에 데이트 할 때 성 정체성의 혼란에 대해 털어놓은 적이 있었다. 얘기인즉슨, 오래 전부터 자신의 남성성에 대해 확신이 안 섰지만 이젠 마음을 다잡았다는 것이다. 어쨌든 너무 마초 같

연결해달라고 부탁하자, 그 직원은 그 방으로 걸려온 다른 사람의 전화 얘기도 해주었다. 그 사람은 허시 소재의 병원에 있는 사람이라고 했다.

순간 아찔해진 랭은 전해 받은 번호로 전화를 걸었다. 곧 이어 병원교회 목사와 연결이 되었는데, 고속도로에서 사고를 당해 아내와 아들 모두 그 병원에 있다는 게 아닌가! 그가 방금 지나쳐온 그 사고를 말하는 것이었다.

랭이 두 사람은 괜찮으냐고 묻자 목사는 의사에게 전화를 연결해주었다.

"아드님은 괜찮습니다." 의사가 말했다. 하지만 린다는 상태가 좋지 않다고 했다.

나중에 랭은 린다가 다리를 움직이지 못한다는 사실을 알게 되었다. 다시는 움직이지 못할 거라고 했다. 그가 린다의 침대 옆에 앉아 그녀의 손을 꼭 움켜쥐면 린다는 눈에 눈물이 그렁그렁한 채 말했다. "모든 게 완벽했어, 그치?"

랭은 그 말에 동의하곤 했다. 그에게도 언제나 그렇게 보였으니까.

그런데 의사와 통화 중인 지금, 랭의 머릿속은 알 수 없는 것들에 대한 두려움으로 제정신이 아니었다. 아내는 얼마나 다친 걸까? 지금 내가 아는 건 상태가 좋지 않다는 것뿐인데. 앞으로 우린 어떻게 될까? 우리가 전에 이와 비슷한 일을 겪은 적이 있던가?

당신이 배우자에게 헌신적인 사람인데 불운하게도 이런 상황에 처했다면 이 순간 의사에게 무엇을 묻겠는가? 당신은 두 사람의 관계에서 가장 중요한 것이 무엇이고, 당신이 품고 있는 사랑의 핵심이 뭔지 생각하면서, 랭처럼 이렇게 물을 수도 있다.

"생각은 할 수 있습니까?"

의사가 대답했다. "예. 머리엔 이상이 없습니다."

그제야 비로소 랭은 아내가 어떤 상태이든 헤쳐 나갈 수 있겠다고 생각했다. 부상이 얼마나 심각하든, 회복 과정과 미래가 얼마나 힘들든, 머리에 이상이 없다면 여전히 린다는 자신이 사랑하는 사람이고 자신이 정성껏 돌볼 여자라고. 머리만 괜찮다면 두 사람도 괜찮을 거라고 ……. 그리고 현실은 랭의 생각대로 돌아갔다.

괜찮은 것 이상이었다. 두 사람은 정말 잘 살았다. 린다는 휠체어를 타고 펜웨이파크로 보스턴 레드삭스의 경기를 보러 가는 것은 말할 것도 없이, 마라톤 풀코스를 세 차례나 완주하고, 토스카나 언덕들을 오르내리는가 하면, 아일랜드의 술집에도 들르고, 파리, 로마, 샌프란시스코, 마이애미 등지를 여행했다. 랭은 린다에게 물에 뜨는 접이식 의자를 만들어주기도 했다. 폭이 넓고 빵빵한 타이어가 달려서 모래 위에서도 조종이 가능하고, 물에 들어가 그녀가 사랑하는 바다 물결 위를 둥둥 떠다닐 수 있게 특별히 고안된 의자였다.

두 사람은 큰 상실을 겪었다 해도 여전히 멋진 인생을 살 수 있음을 배웠다. 그리고 더 중요한 것도 배웠다. 제대로 마음만 먹는다면, 멋진 인생을 살아갈 힘은 자신들의 내면에 있음을. 우리 부부가 그런 경우에 해당한다며, 랭은 이렇게 말했다.

"우리는 그런 삶을 무지무지 원하고 사랑해요."

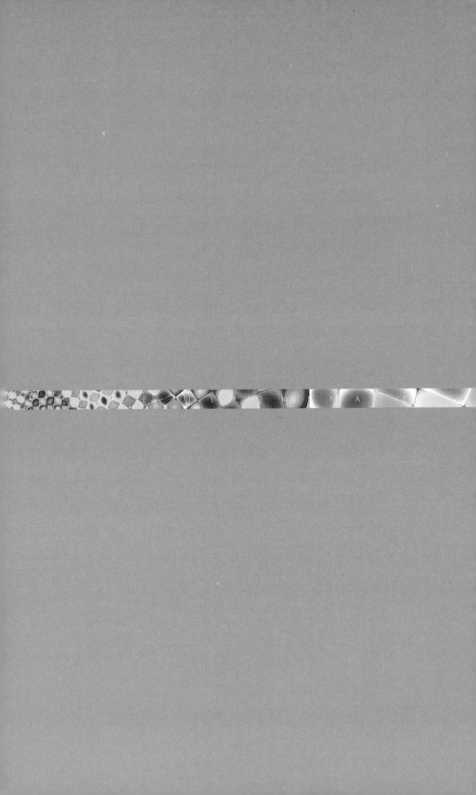

chapter

ten

지혜

사람도
요술의
별으왜

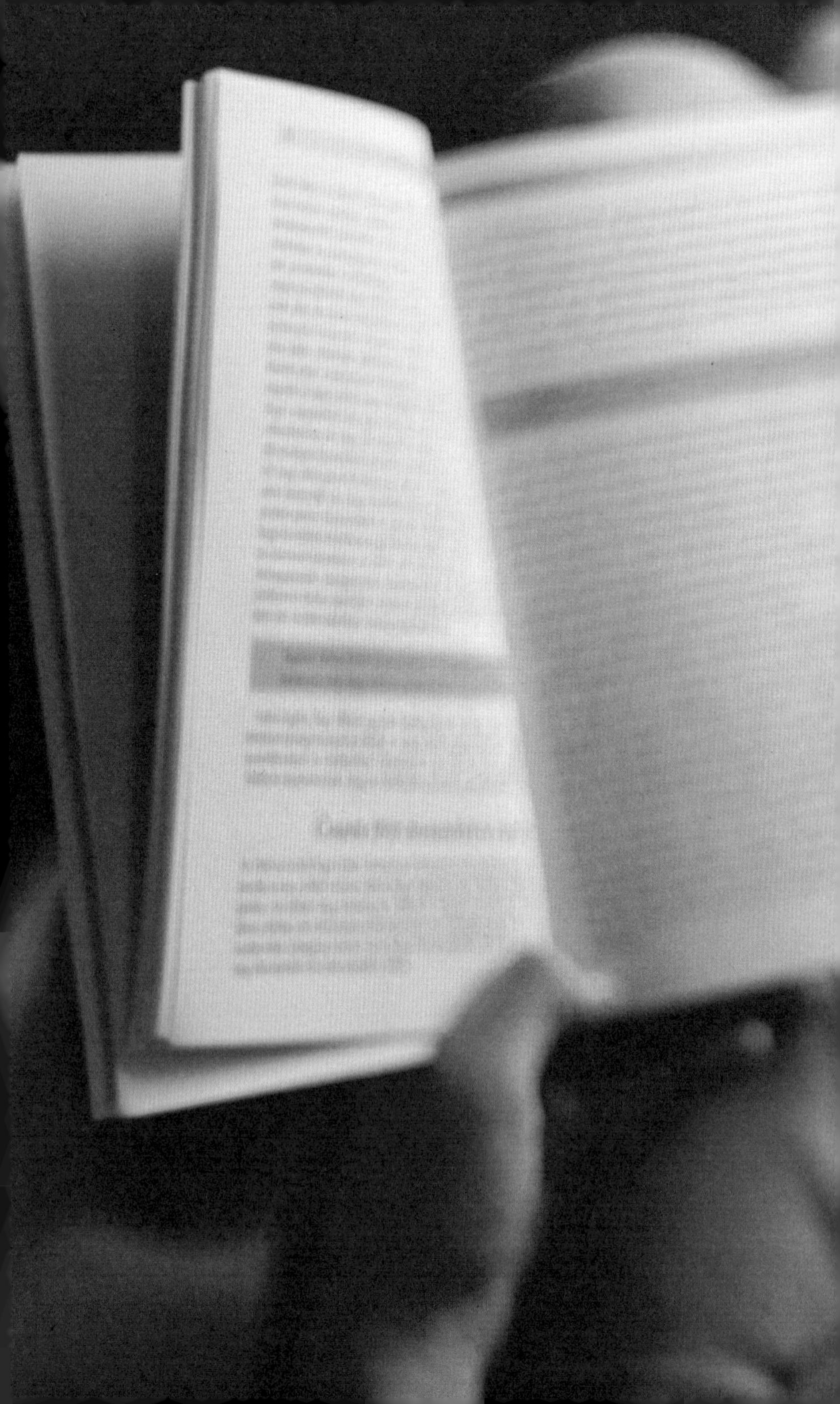

이 책을 시작하면서 내가 마지막
에 냈던 퀴즈는 '사랑을 주로 감정의 문제라고 여기는가, 아니면 선
택의 문제라고 여기는가?'였다. 거의 모든 퀴즈와 마찬가지로 이 질
문을 던진 이유는, 나도 그 답을 몰랐기 때문이다. 그리고 지금 열 번
째 장을 쓰고 있는데도 여전히 모르겠다. 사랑이 주로 감정의 문제인
지, 선택의 문제인지는 나도 정말 모르겠고, 다만 이 말밖에 해줄 게
없다. '다 그 나름이다'라는 것이다.

정말 답을 모르겠어서 어느 날 캐시에게 물어봤더니 캐시는 한
치의 뜸도 들이지 않고 대답했다.

"로맨틱한 사랑은 감정이야. 그리고 결혼한 사랑은 선택이고."

이런, 고마워, 여보.

"그런데, 사실 말이야, 다 그 나름이지." 캐시가 덧붙였다.

"뭐에 따라?"

그렇게 해서 감정의 사랑 대 선택의 사랑에 대한 우리의 열띤 논쟁이 시작되었다. 그 논쟁은 삼십 분이 지나도록 계속되었다. 캐시는 우리의 논쟁에 다른 사람들까지 끌어들였다. 같이 마트에 갔을 때 쇼핑객들을 붙잡고 내가 던졌던 그 질문을 물었던 것이다. "이 사람이 사랑에 대한 책을 쓰고 있거든요. 그런데 글을 쓰다가 궁금한 게 있어서요 ……." 생판 모르는 사람들에게 다짜고짜 의견을 구하다니, 어찌나 창피하던지.

그런데 우리의 이 대화는 확실히 잊히기가 쉬운 것이어서 정말로 나는 깜빡 잊고 말았다. 그리고 그 점이 이런 질문 자체의 문제이다. 대단한 질문인 것처럼 많은 얘기를 주고받게 되지만, 모두가 하는 얘기가 그럴듯하게 들린다. 그렇다고 전적으로 들어맞는 것은 아니다. 누군가 사랑이 어째서 감정의 문제인지 그 이유를 늘어놓는 말을 듣다 보면 그것도 타당하게 들린다. 그러다 또 누군가가 사랑이 어째서 선택의 문제인지 설명하는 말을 들으면 머릿속이 복잡해지면서 그 얘기도 맞는 것 같다.

아무튼 나는 아내나 쇼핑객들 외에 좀 더 폭넓은 의견을 들어봐야 할 것 같았다. 그래서 그것을 주제로 조사에 들어갔다. 이런저런 기사를 읽고 책 여러 권을 통독했다. 인터넷 검색도 해봤다. 믿거나 말거나, '사랑은 감정에 가까운가, 선택에 가까운가?'를 주제로 몇 년 치의 토론 자료가 쌓인 토론장이 여러 군데나 되었다.

"사랑은 뇌의 화학 작용이다. 종을 유지하기 위해 후손을 생산하는 것을 주된 목표로 삼아, 시간이 지남에 따라 상대와 정 들게 만드는 그런 화학 작용." 한 토론장에서 ID를 princess_jasmine라고 밝힌 사람이 올린 의견이다.

"누군가를 만나는 건 선택이에요. 그 사람을 더 알고 싶은 것은 호기심이고, 그 사람과 함께 있고 싶은 것은 사랑이라는 감정이죠." ID rim68의 말이었다.

이때 barbiedollgirl이 끼어들었다. "적절하지 않은 비교 같네요."

"호기심도 사랑도 상대가 받아줘야 호기심이고 사랑이지." rim68이 빈정거렸다.

마지막으로 ID mirr0rmirr0r가 이모티콘까지 넣어가며 자기 나름의 진리를 내세워 말다툼에 끼어들었다. "☺ 사랑은 감정이지만 감정은 선택할 수 있어요 ☺"

"이 의견에 공감." fun2bchattin가 맞장구쳤다.

그럼 이쯤에서 정리된 걸까? 아니다.

icuddle이 끼어들었다. "나는 내 감정을 선택해요. 마음대로 켰다 껐다 할 수 있죠. 전등 스위치를 켰다 껐다 하듯이요. 그런데 그 모습을 지켜보는 사람은 섬뜩해지겠죠."

gjlover도 의견을 제시했다. "우린 사랑할 사람을 선택하는 것이지, 페로몬에 도취될 사람을 선택하는 게 아니다. 뭐가 뭔지 분간하는 게 핵심이다."

gjlover가 쉬운 말로 제시한 이 의견의 의미는, 우리는 사랑할 사람을 선택하는 것이지 욕망을 느낄 사람을 선택하는 것이 아니라는 얘기다.

하지만 나에게 오는 사연을 읽다 보면, 사람들에게 닥친 문제는 무엇이 무엇인지 분간하는 일이 아닌 것 같다. 사실, 사람들은 사랑하는 사람과 욕망을 느끼는 사람의 차이를 구별한다. 그래서 사랑하는 동시에 욕정을 느낄 누군가를 찾고, 또 그 사람이 자신에게 똑같이 느끼게 만들려고 안간힘을 쓴다. 사람들 중에는, 자신도 그 이유를 도저히 이해할 수 없지만, 사랑하는 사람에게 욕망이 느껴지지 않거나 절대 사랑에 빠질 리 없는 사람에게 욕망이 느껴지는 이들도 있기 때문이다.

하지만 다시 gjlover의 핵심으로 돌아가보자. gjlover가 말한 페로몬은 사실상 인간보다는 동물의 유혹에 더 많이 적용되는 것이다. 특정 동물, 특히 설치류는 수컷이 암컷의 땀과 소변에서 화학 분비물을 감지하면 욕망에 불타올라 발광한다. 또 발정한 암캐들은 강력한 암내를 발산하여 번식 준비가 되어 있음을 광고하고, 그러면 이내 수캐들이 달려온다.

이런 식의 충동은 인간 수컷에 대입하더라도 그럴듯할 것 같다. 적어도 인간 수컷과 욕망에 따른 기이한 행동의 측면에서 보면 그럴싸하다. 하지만 과학자들의 주장에 따르면 우리 인간의 욕망은 그런 식으로 작동하지 않는다. 즉, 남자들은 여자들의 땀이나 소변에서 페로몬을 감지하고 욕망에 불타올라 발광하게 되지는 않는다. 여성의 땀이 약간의 페로몬을 함유할 수도 있지만 소량의 페로몬은 욕망을 일으키는 데 핵심 성분이 될 만큼 강력하지 못하다. 한편 여성의 소변 냄새가 남성을 욕망으로 미치게 만들지도 않는다. 그 여성이 방금 전에 최음제 역할을 하기도 하는 아스파라거스를 먹은 경우라 해도 말이다. 물론 아스파라거스의 최음 효과는 풍부한 비타민과 엽산 때문이지, 소변 냄새에 미치는 영향 때문은 아니다.

'그렇다면 페로몬을 발산하는 쪽은 여성이 아니라 남성인 것이 아닐까?' 연구자들은 아마 이런 의문을 가졌을 것이다. 그래서 의문을 풀기 위해 땀에 젖은 채 빨지 않아 냄새가 진동하는 남자들의 티셔츠를 늘어놓고 여자들에게 냄새를 맡게 하는 실험을 했다. 이런 연구들 가운데 두 건에서 드러난 바에 따르면, 여자들이 어떤 남자의 겨드랑이 냄새에 끌리는 경우에는 그 냄새에서 아버지를 연상하거나, 냄새의 주인공인 남자가 여성의 면역체계와 보완적 면역체계를 가지고 있을 가능성이 있었다. 그리고 이것은 앞으로 태어날 자손의 건강에 좋은 징조였다.

여기까지가 우리의 탐구가 현재 밝혀낸 부분이나. 사랑과 욕망의 비밀을 풀려는 시도에서 이제 우리는 아스파라거스, 소변, 겨드랑이 냄새에 담긴 에로틱한 암시를 연구하는 단계까지 이르렀다. 분명히 우리는 이런 시도를 할 때 온갖 노력을 다하려 애쓰며, 이미 많은 노력을 해왔다.

어쩌면 당신도 이런 생각이 들지 모른다. 사랑은 그냥 내버려둬야 하지 않을까? 연구실에서 더러운 세탁물의 냄새를 맡으며 냄새 선호도를 기록하기보다는 잘 사랑하고 친절해지는 쪽으로 노력의 초점을 맞춰야 하지 않을까? 하지만 사랑을 그냥 내버려둘 수는 없다. 다른 모든 일과 마찬가지로, 우리는 사랑을 더 잘하고 싶어하기 때문이다.

더 잘하려고 애쓰는 것, 그것이 인간의 속성이다. 어떤 이들은 그 점이 바로 인간과 동물의 차이라고 말할지도 모른다. 가령 황제 펭귄은 지상에서 뒤뚱뒤뚱 걸어온 펭귄의 역사 그대로, 맹렬한 바람과 혹독한 추위 속에서 해마다 알을 품는다. 그런데 인간이 그런 방식을 재현한다면 어떨까? 인간 아빠들이 그런 가혹한 조건에서 두 달간 알을 품으라는 명령을 받는다면, 틀림없이 오 분 안에 알에게 필요한 적정 온도나 바람막이의 강도를 알아낸 다음, 자기들 대신 알을 품어줄 상품을 고안할 것이다. 그러고는 몸을 녹이고 술을 마시고 여자들과 어울리러 '남극 나이트클럽' 같은 곳으로 향할 것이다.

사실, 우리 인간은 살아가면서 약간의 육체노동과 창의력으로 향상시킬 수 없는 것은 거의 없다고 여긴다. 우리는 모든 방면에서 진보

를 꾀하고 있다. 사랑조차 더 잘할 수 있다고 확신한다. 이 사랑이라는 괴물을 채찍질하여 길들이기 위해 무엇을 해야 하는지 그걸 알기만 한다면, 우리 인간은 바로 그 일에 착수하여 기어코 해낼 것이다.

하지만 그 모든 자금, 연구, 전자 혁신, 비상한 수학적 재능, 수십 년간의 실험이 무색하게도 사랑의 개선에 관한 한 우리는 흐리터분한 상태에 갇혀 있는 것 같다. 거의 오백 년 전에 셰익스피어가 씨름했던 똑같은 의혹과 딜레마를 붙들고 지금까지도 괴로워하고 있으니 말이다. 셰익스피어가 몰랐던 사랑에 대해 우리가 아는 것이 뭐가 있는가? 그동안 우리는 무엇을 터득했는가? 현재에 이르러 과거보다 사랑을 더 쉽고 더 잘하도록 도와주는 의미 있는 돌파구로는 무엇이 있는가? 그런 게 있기나 한가?

내 생각엔 그런 돌파구가 하나 있긴 하다. 현재 우리는 성문을 활짝 열어 더 많은 유형의 사랑을 안내하는 측면에서 더 잘하게 된 듯하다. 이는 결코 작은 성과가 아니다. 우리는 더디지만 확실히 배워가고 있는 것 같다. 사랑이 여러 가지 다양한 조합과 배열로 다가올 수 있으며, 어떤 사랑이 다른 사랑보다 더 좋거나 더 나쁘지 않다는 것을. 과거에 우리 사회는 인종, 계급, 종교, 성적 취향, 신체적 장애, 정신적 결함 등의 장애물 때문에 사랑을 두려워했으나, 이제 두려워하기보다 격려할 수 있을 만큼 성장했다. 받아들이기 힘든 사랑을 금지하고 부끄러워하고 악마 취급하려는 사람은 여전히 많다. 하지만 이러한 흐름이 뒤집힐 것 같지 않다. 우리는 배워가는 중이며, 더 많이 사랑하고 있다고 말할 수도 있다. 적어도 온정과 이해심은 더 많아졌다.

다른 쪽에서는 지혜의 탐구가 진행 중이다. 나는 인간의 매력과 애착에 관한 어려운 문제를 다루느라 애쓰는 사람들에게 그 사람의 동기가 무엇이건 간에 친근감을 느끼지 않을 수 없다. 욕망의 밑바탕에 있는 화학작용을 조사하는 과학자이든, 짝 지어주기 알고리즘을 고안하는 수학자이든, 깨져버린 관계를 받아들이려 애쓰는 버림받은 연인이든, 나처럼 이 모든 것을 이해하려 노력하는 작가이든, 이 모든 사람에게 깊은 공감을 느낀다. 우리가 하는 일들이 때로 좌절하고 헛된 시도로 그쳐도 우리는 용기를 잃지 않고 노력하고 있다.

그런데 또 한편으로는 사랑에 대해 조금 안쓰러움도 느낄 수밖에 없다. 우리가 끊임없이 사랑을 면밀하게 조사해서 위축시켜왔다는 점 때문이다. 나는 가끔 사랑이 살아 있고 숨 쉬는 하나의 생명체처럼 느껴진다. 그런데 우리 인간은 그 생명체를 거듭 포획해서는 마취하고 실험을 한다. 사랑이라는 생명체의 구성 물질을 밝혀내 우리 시스템에 맞게 길들이려고 열심인 것이다. 그렇게 실험을 일단락 짓고는 야생으로 되돌려 보내면서 다음에 더 쉽게 찾아 연구할 수 있도록 GPS 추적용 목걸이를 채우는 게 아닐까?

그런 의미에서 마지막 퀴즈를 내고 싶다. 사랑을 하나의 생명체라고 상상해야 한다면 어떤 생명체로 여기고 싶은가? 아이 같은 모습의 큐피드? 하트 모양 얼굴과 핑크색 귀를 가진 털복숭이 동물? 평화를 설파하는 달라이 라마? 아니면 완전히 다른 또 다른 생명체?

내 의견을 말하자면, 사랑을 생명체로 상상할 때 E.T. 같은 모습이 떠오른다. 스티븐 스필버그가 1982년에 내놓은 영화 속에 나오는 사랑스러운 외계인 E.T.*Extra Terrestrial*는 피가 흐르는 상처를 빛나는 손가락으로 치료하고 자신의 어린 보호자들에게 '좋은' 사람이 되도록 권고했다. 그런 게 바로 최상의 사랑이 아닐까? 상처를 치료해주고 좋은 사람이 되는 것 말이다. 하지만 영화 속에서 E.T.는 이 신기한 생명체의 정체가 무엇이고 구성 물질이 무엇이고 어디에서 왔는지 알아내려는 과학자들과 정부 요원들에게 쫓긴다. 그래서 영화 끝 무렵에 임시 수술대에 눕혀져 죽을 위기에 처한다. E.T.의 몸 여기저기에 붙은 전극은 E.T.의 생기를 빼앗아가고 붉은 생명의 불빛은 희미해진다.

"사랑의 암호를 해독해. 수수께끼를 낱낱이 해부하란 말이야!"

사랑을 탐색하려는 움직임이 점차 공격성을 더해가는 요즘의 양상을 보면 그런 노력이 궁극적으로 어디에 다다를지 짐작된다. 실험실의 과학자들은 사랑의 차가운 시체를 내려다보며 이렇게 중얼거리지 않을까?

"이런, 이젠 우리가 할 수 있는 일이 별로 없는 것 같군. 사랑을

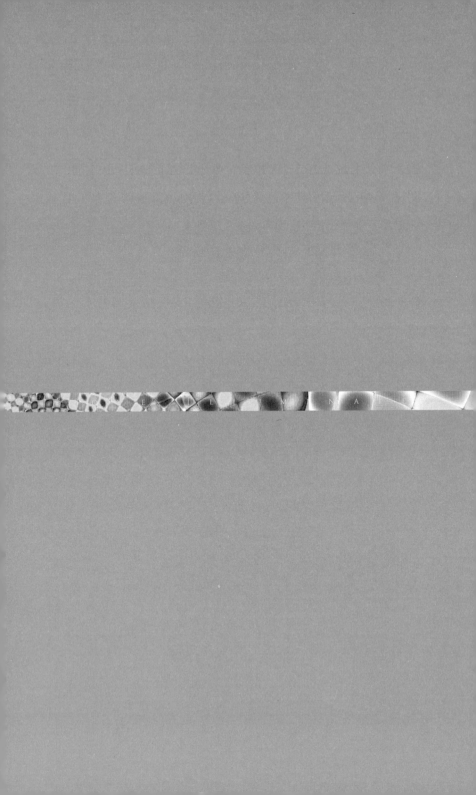

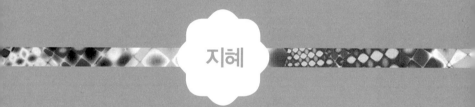

사랑도
요술이
별로왜

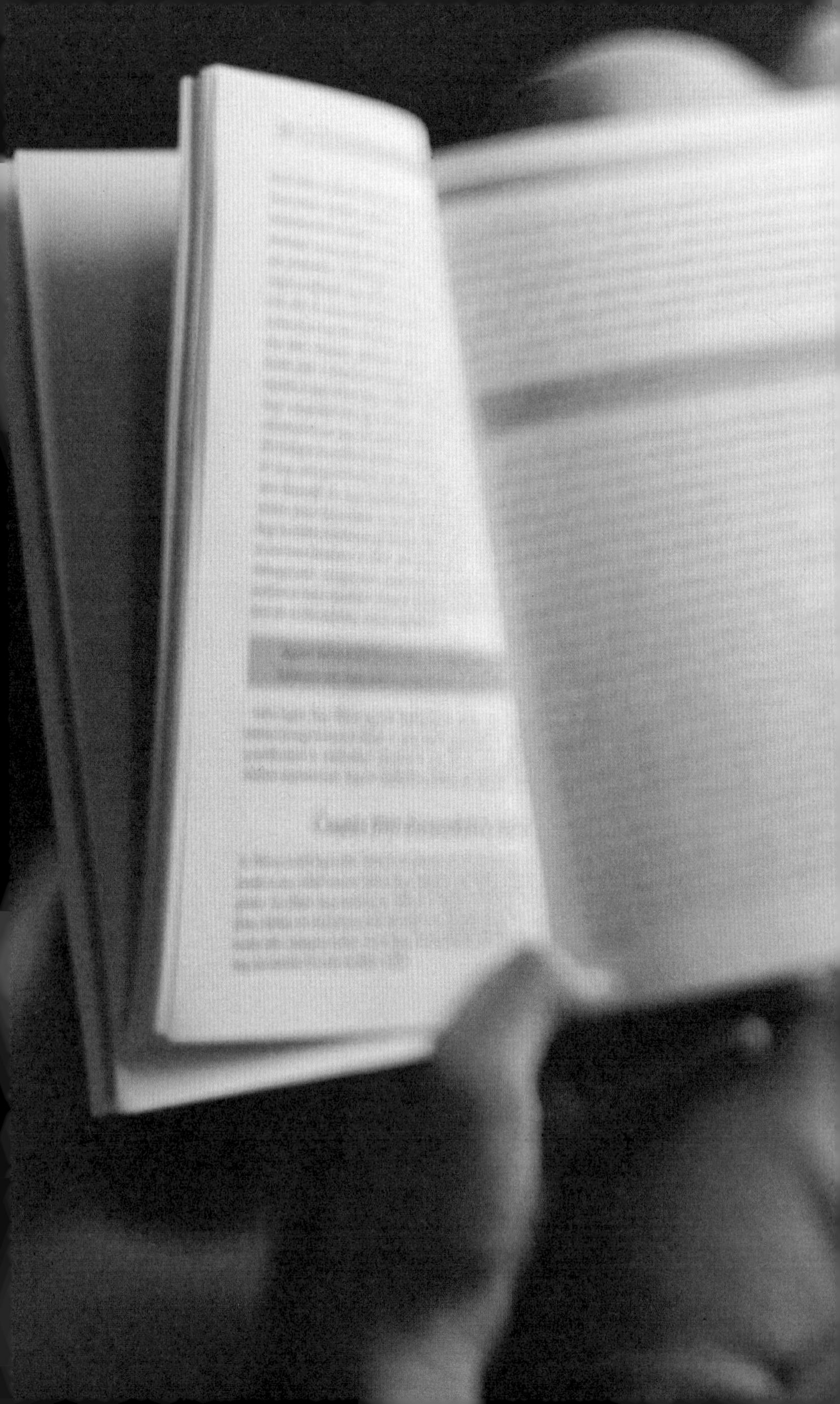

이해하기 위해 사랑을 죽여야 했다니 정말 유감이야. 누구도 그걸 바라진 않았는데. 아무튼 적어도 이젠 해부를 해서 이 지긋지긋한 녀석의 정체를 밝혀볼 수는 있겠지."

그러니까 요지는 이것이다. 사랑의 비밀을 설명하려고 기를 쓰는 과학자라면 연구실에서 인간의 매력과 애착을 연구하며 그 화학적 근원을 밝히려는 데 흥미를 가질 것이다. 또 사업가라면 조사를 실시하고 온라인 데이트 자료를 추려내 커플을 잘 맺어주어 회사를 키우고 수익을 높이려 할 것이다. 또 작가나 편집기자라면 잘 모르는 사람들의 수많은 러브 스토리를 읽어보고 그 카테고리와 이론과 트렌드를 주제로 책을 쓰면서 사랑을 이해하려고 할 것이다. 이러한 모든 노력 덕분에 누구를 사랑할지, 그 사람을 어디에서 찾을지, 오래오래 잘되기 위해 무엇을 할지 결정할 때 도움이 될 것이다.

이 모든 일은 멋진 일이다. 나는 어떤 주제가 됐건 더 잘 알고 이해하고자 애쓰는 노력에 반대하는 건 아니다. 다만, 우리가 이리저리 쑤셔보고 찔러보고 분석하고 이론화하면서 답을 찾으려고 몰아붙이다가, 두 손에 차가운 유해만 남게 하지는 말자. 사랑을 이해하려고 애쓰는 것만큼 사랑의 복잡성을 끌어안으려는 노력도 해보자. 그리고 가끔은 겸손하게 뒤로 물러나 사랑의 미스터리에 그저 경탄해보기만 하자. 그러면 좋은 사람이 되는 데도 도움이 되지 않을까?

 end.

사랑도 엄연한 현실이다.
아무리 낭만적이라 해도 사랑은
아름답지만은 않으며, 현실 앞에서
무기력해질 수 있다. 그러니 사랑에도
기본기가 필요하지 않을까?

내게 사랑을 가르쳐준
사람들에게

먼저 출판 대리인 어맨다 어반에게 각별한 감사를 전한다. 몇 년 전 나에게 이 프로젝트를 제안한 어맨다는 계속 격려하며 아이디어와 열정, 믿음을 불어넣어 주었다. 여러 방면으로 도와주어 정말 고맙게 생각한다.

아내 캐시 하노어는 내 모든 작업과 삶에서 그래왔듯이, 이 책을 집필하는 데서도 없어서는 안 될 존재였다. 캐시는 내 최고의 독자이자 첫 번째 편집자로서, 빨간 펜을 거침없이 휘두르면서도 웃긴 대목에서는 거리낌 없이 웃어주었다. 이 자리에서 다시 한 번 캐시에게 사랑과 감사의 마음을 전한다.

출판사 윌리엄 모로_William Morrow_에서 오랜 기간 내 책의 편집을 맡아준 헨리 페리스에게도 감사한다. 그는 이 책을 더 읽기 좋고 보기 좋게 다듬고, 뛰어난 지성과 관대함과 유머 감각으로 복잡한 출판 절차를 잘 안내해주었다.

〈뉴욕 타임스〉의 전 스타일 에디터, 트립 가브리엘을 비롯한 동료들에게도 큰 신세를 졌다. 특히 가브리엘은 구 년 전에 '모던 러브' 칼럼을 구상하고 나를 일원으로 끌어들이면서 내 삶에 변화를 안겨주었다. 뿐만 아니라 2006년 1월에는 내가 그동안 사랑에 대해 깨달았던 점들을 글로 써서 칼럼의 밸런타이데이 특집으로 내도록 권유하여 또 하나의 문을 열어주기도 했다. 그 후로 몇 년에 걸쳐 그런 특집 글을 게재한 덕분에 이 책도 쓸 수 있었다.

지금 〈뉴욕 타임스〉 스타일 에디터인 스튜어트 엠리치와 그의 부하 직원 로라 마모에게도 감사한다. 최고의 상관이자 동료인 두 사람은 이루 말할 수 없이 소중한 지도와 우정, 아이디어와 지원, 유머 감각을 선사해주었다.

내 부모님, 찰스 존스와 베라 존스에게도 감사를 전하며 이 책을 두 분께 헌정한다. 내가 평생 창의적 활동을 하도록 격려해주신 은혜에 진심으로 감사드린다.

로니 하노어와 베티 하노어는 사랑, 우정과 함께 여러 차례의 여행 기회를 베풀어주었다. 그들과 떠난 알래스카 크루즈 여행에서, 4천 명이 넘는 승객들이 물을 뿜는 고래들과 분리된 빙하를 구경하는 배의 갑판 카페에서 이 책의 시동을 걸 수 있었다. 그 주에 에이미 하노어와 나누었던 대화도 언제나처럼 큰 도움이 되었다. 또한 이 여행 중에 크루즈 비유를 통해 비로소 내 직업 인생을 이해하기 시작했던 것 같다.

어느 누구 못지않게 사랑에 대해 많은 것을 가르쳐준 나의 아이들, 피비와 너새니얼에게도 고마움을 전한다. 두 아이는 내가 모든 면에서 더 잘하도록 힘을 준다.

애리조나 대학의 전 문예창작 석사학위 학과장 고故 스티브 올렌도 빼놓을 수 없다. 캐시에게 건네준 연락처에 내 이름을 넣으며 엉겁결에 사랑의 큐피드가 된 그분께 감사 말씀을 올린다.

케이트 크리스텐슨과 브렌단 피츠제럴드는 따뜻한 사랑과 너그러운 환대를 비롯해 요리 솜씨까지 베풀어주었다. 특히 11월에 콘웨이 호숫가에서 홀로 느긋이 글을 쓰도록 도와준 것에 감사의 마음을 보낸다.

내 안식처가 되어준 매사추세츠 주 플로렌스 소재의 라이터즈밀(The Writer's Mill, 작가들의 공동 작업 공간—옮긴이)에도 고마운 마음을 전한다.

지난 몇 년간 시사적이고 예리한 일러스트레이션으로 '모던 러브' 칼럼을 빛내준 브라이언 레아에게도 감사한다. 또한 이전 일러스트레이터인 크리스토퍼 사일러스 닐과 데이비드 첼시에게도 독특한 스타일로 칼럼을 보기 좋고 유머 있게 꾸며준 것에 존경과 감사의 마음을 전한다.

벌써 몇 년째 칼럼과 관련된 사랑 이야기를 꺼낼 때마다 넓은 아량으로 귀 기울여주고 도움을 준 친구들과 친척들에게 감사한다. 조 B. 존스, 벳시 고먼, 주디 하노어, 마크 카셀, 데이브 스프링, 로비 마이어스, 프랭크 미키엘리, 지나 러셀, 마곳 구랄닉, 크리스 러셀, 테드 코노버, 스탠 야브로, 존 막스.

마지막으로 지난 수년간 나와 함께한 수백 명의 작가들과, 사연을 보내주신 수만 명의 독자에게 감사한다. 다채롭고 진솔한 삶과 분투가 담긴 사연에 푹 빠져 있는 동안, 인생의 많은 것을 배우는 특전을 누릴 수 있었다. 허심탄회하게 이야기를 들려주신 분들께 깊이 감사한다.

사랑,
그 영원한 수수께끼

사랑 …… 참 어렵다. 저자의 말마따나 우리는 사랑에 관한 한 거의 오백 년 전에 셰익스피어가 고심했던 것과 똑같은 문제를 붙들고 지금까지도 씨름 중이다. 그동안 인류는 수많은 난제를 풀어내면서 우주기술, 생명공학, 컴퓨터, 인터넷, 전기자동차 등의 분야에서 과거엔 상상도 못 했던 일들을 이루어냈지만, 사랑은 그 옛날이나 현재나 여전히 풀기 어려운 수수께끼로 남아 있다. 이런 골치 아픈 수수께끼를 풀어주기 위해 저자는 연애 노하우 몇 가지를 던져주기보다는, 사랑은 물론 관계 지속의 근본적 문제에 눈뜨도록 길잡이가 되어준다. 사랑의 기본기를 닦고, 마음가짐을 다지도록 이끌어준다.

사실, 저자의 말처럼 사랑도 엄연한 현실이다. 아무리 낭만적이라 해도 사랑은 아름답지만은 않으며, 현실 앞에서 무기력해질 수 있다. 그러니 사랑에도 기본기가 필요하지 않을까? 아무런 준비 없이 환상에 사로잡혀 사랑의 바다로 뛰어드는 것은 위험하다. 아주 운이 좋은 경우가 아니라면, 그 자체로 어느 정도 불행이 예고된 일일 수도 있다.

한편 근본적 문제를 짚어나가다 보면 자칫 딱딱한 설교처럼 흐를 수도 있으나, 저자는 '모던 러브' 칼럼 편집자로서의 장점을 최대한 활용해 실제 사연을 버무려 넣어 흥미로움을 더하는가 하면, 때로는 익살스럽게 이야기를 풀어낸다. 또한 인터넷, 스마트폰, SNS 등의 디지털 기기 없이는 하루도 살 수 없는 현대의 연애 풍속도와 관련된 일면도 꼼꼼히 다루고 있다.

사랑은 시작도 중요하지만 지속시키는 일도 중요하다. 그런 면에서 볼 때, 이 책은 사랑 찾기에서부터 사랑의 결실인 결혼 생활까지 사랑의 전 과정에서 불거지는 여러 문제를 현실적이면서도 인간적인 시선으로 두루 어루만지고 있다.

어떻게 사랑을 찾아야 할지 몰라 애태우는 이들에게,

운명의 상대에 집착하는 이들에게,

사랑 앞에서 약자가 될까 봐 전전긍긍하는 이들에게,

21세기의 신 풍속인 온라인 데이트에 흥미를 가진 이들에게,

상대의 진정성에 경계심의 날을 세우는 이들에게,

결혼 생활의 현실에 갑갑해하는 커플에게,

권태기에 허덕이는 커플에게,

상대에게 배신감을 느껴 위기에 처한 커플에게

이 책이 한층 깊은 사랑을 가꾸어가도록 든든한 길잡이가 되어
주길, 그래서 서로 사랑하는 사람들이 사랑의 바다를 더 잘 헤쳐나
가길 기원한다.

2014년 7월
정미나

모던
러브

초판 1쇄 찍음 2014년 8월 5일
초판 1쇄 펴냄 2014년 8월 10일

지은이 대니얼 존스
옮긴이 정미나
펴낸이 정용수
펴낸곳 도서출판 예문사

박지원이 편집장을, 신주식이 책임편집을, 이근정이 교정교열을, 오성민이 표지와 내지 꾸밈을 맡다.

출판등록 1993. 2. 19. 제11-76호
주소 경기도 파주시 직지길 460(출판도시) 도서출판 예문사
대표전화 031-955-0550
대표팩스 031-955-0660
이메일 yms1993@chol.com
홈페이지 www.yeamoonsa.com

ISBN 978-89-274-1046-1 03840

한국어판 ⓒ 도서출판 예문사, 2014